소벌도리(蘇伐公)

소진섭 장편소설

소벌도리(蘇伐公)

발행처 · 도서출판 **책마루**

발행인 · 박영봉

편집고문 · 김가배

편집 · 김성배 | 박혜숙

등록 · 2009년 1월 2일 제389-2009-000001호

2014년 10월 5일 초판 1쇄 발행

주소 422-240 경기도 부천시 소사구 심곡본동 539-9 (3층)

대표전화 070-8774-3777

010-2211-8361

팩스 032-652-7550

http://cafe.daum.net/chaekmaru

E-mail · seepos@hanmail.net

SBN · 978-89-97515-14-1(03800)

이 도서의 국립중앙도서관 출판예정도서목록(CIP)은 서지정보유통지원시스템 홈페이지(http://seoji.nl.go.kr)와 국가자료공동목록시스템(http://www.nl.go.kr/kolisnet)에서 이용하실 수 있습니다. (CIP제어번호 : CIP2014025208)

소벌도리(蘇伐公)

소 진 섭 장편소설

도서출판 책마루

머리글

뿌리를 찾아서

　변화되는 우주 공간 속에 지금 나의 좌표는 어디에 있을까? 어떤 인연의 업보로 세상에 나와 이런 현상을 직시하고 있는지 신만이 아는 비밀일는지 알 수가 없다.

　50만년 전의 지구 생성과정을 짐작하더라도 우리는 한치 앞의 내 운명을 예상 못하는 것이 삶이다. 삼라만상의 대자연 속에 자신의 위치는 너무나 미미한 존재다. 그럼에도 현대인들은 내가 제일이라며 뽐내고 산다. 하기야 제 잘난 멋에 사는 게 인생이라면 할말이 없다. 어쩌면 그것도 삶의 보람일지 모른다. 그들 속에 삶의 철학이 들어 있으니 말이다.

　그러나 얼마의 시간이 그들을 버텨 줄 수 있을까? 끝내는 허무 속에 자신을 뉘우치지 못한 채 미로의 세계로 살다 가는 것은 아닐는지. 이제 자신의 위치를 재조명해 보자. 지금 나는 어디서 와서 무엇을 위해 일했으며, 어디로 갈 것인가를 생각해 보자. 아무리 물질문명이 발달되고 그 문화를 영위한다 해도 자신을 진정 모른다면 그 실체는 과연 존재한다고 여겨질까?

　대지의 넓은 품에서 내 뿌리를 찾아보자. 우리들의 먼 조상의 피나는 사투와 자손들의 사랑이 없었다면 인류문화 역사는 오늘날 없었을 것이다. 어머니의 따뜻한 모체에서 눈을 뜨지 않고서도 순수한 모정을 느끼며 세상에 함성을 지르고 태어났다. 그 위대한 조상의 얼과 끈끈히 이어온 혈통이 바로 '뿌리'가 아니겠는가 통찰해 보자.

작가라는 숙명 앞에 내 조상의 뿌리를 찾아보라는 큰 과제를 종친들이 던져 주고 있다. 자신이 안절부절못하고 현재의 위치에서 방황하고 있었다. 지난번 '신라의 상대등 소알천 '(新羅 上代等 蘇閼川)을 상재하고서 많은 채찍을 받은바 있다. 다시는 가문에 대한 글을 쓰지 않겠다고 맹세를 했었다. 그럼에도 운명 앞에 다가오는 또 하나의 그림자 같은 숙제는 정말 감당하기 어렵게 되었다.

6천년 전의 내 조상 뿌리를 찾아 2000년경인 신라 창건의 일등 공신인 소벌도리(蘇伐都利 : 蘇伐公)의 역사를 밝힌다는 것은 엄숙한 사명이었다. 적제 축융(赤帝 祝融)의 61세손인 태하공(太夏公 諱 昆吾)께서는 조조(肇祖)요, 69세손인 진한왕(辰韓王) 소백손공(蘇伯孫公)은 비조(鼻祖 : 始祖)이시다. 그분의 5세손이 신라 창건 6촌장인 소벌도리(蘇伐都利 : 蘇伐公)는 현조(顯祖)이시다. 그분의 25세손인 신라의 상대등(新羅 上代等 : 현국무총리) 소알천공(蘇閼川公)이 중시조(中始祖)이시다.

소벌공의 후손은 사성제도(賜姓制度)로 성씨가 갈라져 오늘날 예민한 문제가 발생하고 있다. 사성제도는 바람직하지 않은 것 같다. 이는 단순한 권위를 상징하는 것은 이해가 간다. 그러나 먼 훗날 재산관계, 혈연관계로 얽혀 나쁜 감정이 일어날 수가 있기 때문이다. 그럼에도 불구하고 자신의 뿌리를 찾기 위해 많은 노력을 경주하고 있다.

조상이 있었기에 오늘날 내가 있는 것이다. 자신의 조상을 모르고 오늘의 역사 위에 산다는 것은 부끄러운 일이다. 요즘 족보(族譜) 이야기를 하면 젊은이들은 고답적이고 시대상에 맞지 않는다고 일축해 버린다. 자신의 할아버지 할머니 이름은 모르면서도 몇천년 전 남의 조상의 이름은 줄줄이 외우고 있다. 자신의 뿌리를 알지 못하면서 어찌 '국가와 민족'을 말할 수 있을까?

5천년 전의 단군 조선 때에도 '홍익인간'을 제창했다. 슬기로운 조상의 얼을 이어 받아 우주시대를 여는 현대와 접목한다면 얼마나 좋을까. 그러기 위해선 우리 조상의 뿌리를 찾아보려는데 힘입어 다시 무딘 필을 들었다. 또 한번의 매서운 채찍을 맞아야 될 것 같다. 옛부터 어진 사람은 광풍에 휘말리지 않고 바른 길을 걷는다고 했다. 그러나 어리석은 이 작가는 성현의 말씀을 고집스럽게도 어기고 있다.

지금 와서 어쩌겠는가? 이것이 타고난 운명이라면 광풍 속에 휘말리는 불행을 겪을 수밖에 없다. 조상 님의 엄한 훈계를 받을 각오를 하니 조금 마음이 놓인다. 건강을 생각지 않고 또 책을 쓰느냐는 아내의 핀잔이 이제는 애교로 받아들여진다. 아마도 이번엔 자금줄을 바짝 조일 기세다. 당분간 빈털터리 인생을 생각하면서 껄껄 웃어 본다. 그래도 '뿌리'를 찾으려는 나의 노력에 행여 조상 님의 현몽이 있으시지 않을까 은근히 기대해 본다.

2014년 9월
빌딩 숲 속에 가려진 좁은 서재에서
竹樓 蘇 鎭 燮

신라건국 전설을 조명한 역사소설

진주소씨대종회 고문 蘇仁永

고대 부족국가들은 동서양을 막론하고 신화와 같은 건국설화가 전하여 왔다. 신라(新羅)의 건국이야기 중에서 '육부촌장 소벌도리(六部村長 蘇伐都利)'가 라정(羅井) 우물가에서 말 울음소리를 듣고 가서 보니 큰 알에서 아기가 탄생되니 잘 양육하여 서라벌의 왕으로 추대 되고 신라 초대왕 박혁거세(朴赫居世)가 되었다.'라고 전하여 온다. 이 신화와 같은 전설이 '국사편찬위원회 사료조사위원이며 소설가인 소진섭 작가'의 상고사 같은 이 소설에서 그 옛날의 내용을 흥미진진하게 감미 할 수 있다.

이 책의 흥미 있는 내용을 보면 삼국사기(三國史記 : 고려 인종 1145년 김부식)와 삼국유사(三國遺事 : 고려 충열왕1285년 중 일연 金景明)의 내용을 비교 분석하여 조명하였고, 또한 소벌도리의 위패를 모신 경주의 양산재(楊山齋) 제향을 현재 경주최씨(慶州崔氏)와 경주정씨(慶州鄭氏)들이 '소벌도리가 자기들의 조상'이라고 주장하며 양산재 제향을 주관하고 있으니 진주소씨와의 연관성을 규명한 내용이다.

고대 한민족의 이동경로를 보면 시베리아 북쪽 바이칼호 지방으로부터 대륙을 따라 남하하여 현재의 중국을 거쳐 한반도에 이르게 되었다. 특히 조선족은 중국 진시황 시절 압박과 학대로 인하여 요동반도를 거쳐 한반도에 이르러 진한(辰韓 : 삼한시대) 부족을 통합하여 신라를 건국하였다.

　　현재 우리가 사용하고 있는 성씨의 유래는 요(堯), 순(舜), 하(夏), 은(殷), 주(周) 춘추전국시대(春秋戰國時代, 기원전, 403-224), 예를 들어 공자(孔子, 기원전 552-479), 맹자(孟子, 기원전 372-289) 등에서 성이 사용 되었음을 알 수 있다. 한반도에서도 이미 고조선 때부터 왕족, 귀족, 귀화민, 주민 등에 왕이 성을 하사하였다. 조선조에서도 상민, 노예까지도 성을 부여하였다. 진한(辰韓)에서도 성을 사용하였으니 6부촌장 소벌도리(蘇伐都利)의 성(姓)은 소(蘇)요 이름은 벌(伐)이고, 도리(都利)는 수장(首長 : 임금)을 의미하는 것으로 해석이 된다. 실제로 신라가 건국한 후에 신라 유리왕(儒理王 : 서기 32년)이 6부 촌장들에게 성을 부여하였다. 즉 양산부(楊山部)-이씨(李氏), 고허부(高墟部 : 사량부)-최씨(崔氏), 대수부(大樹部 :점양부)-손씨(孫氏), 간진부(干珍部 : 진지부, 우진부)-정씨(鄭氏), 가리부(加利部 :한진부)-배씨(裵氏), 명활부(明活部 : 고야부)-설씨(薛氏)를 각각 하사하였다.

　　성(姓)을 사용하자면 문자가 있어야 하는데 문자의 기원을 보면 이미 5,000여 년 전부터 메소포타미아에서 상형문자, 나일강 유역에서 에집트문자, 중국 황하유역에서 갑골문자 등이 발전하였다.

　　이 소설에서 마음을 평안하고 즐겁게 하는 부분은 죽루 자신이 소설가며 시인이라 그러한지 중국계(中國系)인 소식(蘇軾), 소순

(蘇洵, 父), 소철(蘇轍, 弟) 3인의 소동파(蘇東坡) 적벽부(赤壁賦)의 시감을 맛보게 하였고, 조선조 중종 때의 명신이고 문장가인 양곡(陽谷) 소세양(蘇世讓, 1486-1562) 문집 중에서 시문을 발췌하여 소개하였으며, 말미에 작가가 심혈을 기우려 그려 내린 시상을 느낄 수가 있었다.

죽루(竹樓) 소진섭(蘇鎭燮) 작가의 면면을 살펴보면 한국의 현대사를 묘사한 대하소설 백두대간의 새벽(1-10권), 장편소설, 서울은 내꺼다, 소설집, 두더지의 눈빛, 수필집, 우편물이 오지 않는 날, 논문집, 부천의 민속과 문화 등 그의 예리하고 심오한 통찰력은 독자들의 심금을 흔들고 있다.

특히 2012년에 출판한 장편 역사소설 '신라의 상대등 소알천'은 신라의 삼국통일시대에 김춘추(金春秋, 태종무열왕)와 두각을 다툰 명장이며 진주소씨 시조이신 소경(蘇慶 : 闕川) 공의 일대기를 그린 소설이 절찬리에 매진된 힘을 받아 이번에 소벌도리(蘇伐都利, 文列王 추대) 시대의 상고사적(上古史的) 역사소설이 우리 종친들은 물론이고 많은 문인들의 유혹을 이끌 것으로 확신합니다.

글쓴이 : 국립전북대학교 명예교수

진주소씨 참판공파 17대 대종손

차례

머리글
뿌리를 찾아서
추천사

소진섭 장편소설

소벌도리

(소벌공 : 蘇伐公)

도서출판 책마루

소진섭 장편소설 **소벌도리(蘇伐都利)**

1. 명활산의 야생화

천지개벽이란 말이 이를 두고 한 말인 것 같다. 갑자기 하늘에선 먹구름이 몰려들더니 천둥번개가 무섭게 내리친다. 동시에 폭포수처럼 장대비가 쏟아졌다. 맹수들도 토굴을 찾아 들고 사람들은 겁에 질려 방 한 구석에 움츠리고 있었다. 앞 냇물이 흙탕물로 번창을 하고 강풍에 나무가 우두둑 꺾여 나갔다. 천지가 종말을 고하는 듯한 이 엄청난 상황에 사람들은 공포에 떨고 있었다.

한 밤중에 일어나는 천지조화이니 꼼짝을 할 수가 없었다. 희미하게 먼동이 틀 무렵에 먹구름이 물러나자 대지는 언제 무슨 일이 있었느냐는 듯이 조용해졌다. 광풍이 몰아치고 간 후에 고요함이란 삶의 세계가 무섭게 변화된 것 같았다. 개울물 소리는 요란하지만 새들의 지저귐이 희망의 소리로 들려 왔다. 마루 밑에 잔뜩 웅크리고 있던 검둥개가 사방을 두리 번거리다 목을 내밀고 나왔다.

새아침을 맞은 대지는 우렁찬 굉음을 내고 태양을 산 위로 밀어 올리고 있었다. 진한(辰韓)의 사로국 남산에선 장엄한 기지개를 펴고 저마다 지난밤의 험상궂은 날씨 이야기로 호들갑을 떨었다. 수없이 많은 산새들이 떼를 지어 나지막한 언덕 아래 지붕 위를 계속 선회하면서 마치 시위를 벌리는 듯했다. 순간 대지를 가르는 듯한 '으앙' 하는 우렁찬 애 울음소리는 이웃을 놀라게 했다

찬란한 광채가 애 울음소리 나는 곳을 내리 비치고 있었다. 뒷동산 나뭇가지가 휘어지도록 희귀한 새들이 몰려들어 지저귀어 댔다. 마치 꿈속의 동산에 머무른 것처럼 새로운 세상이 열려 보였다. 바깥채에 있던 할아버지 성고공(成高 : 文公)께서는 아랫목에 가부좌를 틀고 눈을 감은 채 요동도 하지 않고 있었다. 뜨거운 햇살이 창문을 비집고 그의 몸을 감싸고 있을 때 자신도 모르게 내면에 간혈이 끓어올랐다. 이때 밖이 어수선 하자 방문을 제치고 벽력같이 소리를 친다.

"거기 누구 없느냐?"

온 식구가 가슴 조이며 안채 뜰 밖에서 서성거리고 있을 때 바깥채에서 할아버지의 큰 소리가 들리자 아들 기노(其老)가 달려갔다.

"아버님! 부르셨습니까?"

"그래! 애 울음소리가 우렁차게 들렸는데 어찌되었느냐."

"소자도 막 확인하려 든 참인데 아버님의 부름을 받고 급히 먼저 찾아 뵈온 것입니다."

밖에서 신발 끄는 소리가 어지럽게 나더니 몸종이 달려왔다.

"영감님! 기뻐하십시오. 장손을 보셨습니다."

그때서야 방안에 있던 부자가 환한 웃음을 웃었다.

"아버님! 늦게 손자를 보게하여 불효 막급합니다."

"아니다, 잘되었다. 이제야 응어리졌던 내 가슴이 뻥 뚫린 기분이다. 안에 들어가 산모와 아이를 잘 보살피도록 당부하거라."

"예! 아버님, 말씀 따르도록 하겠습니다."

기노는 장대한 몸집을 구부려 문을 조용히 닫고 밖으로 나왔다. 강렬한 햇빛은 사로국(斯露國) 천지를 감싸 안고 돌다 북쪽을 향해 서서히 움직여 나갔다. 지저귀던 새들의 울음소리도 조용해졌다. 다시 우렁찬 애 울음소리가 나자 안채로 급히 달려갔다. 얼마만에 맞이하는 집안의 경사인가. 그 동안 자식이 없어 마음 조리던 기노공은 후하고 한숨을 토해 내다 뛸 듯이 기쁜 마음을 억제할 수 없었다.

이제 아버지가 된 기노공은 진한왕의 백손(伯孫: 辰公)의 4세손이다. 백손공이 임진년에 뜻을 같이하는 신유(申有)와 진기(陳崎), 신천,(神川), 발산(發山)과 후조선(後朝鮮)으로부터 나와 진한(辰韓)을 세워 도리(都利)가 되었다. 도리는 군주의 뜻인지라 후에 진공이라 했다. 비(妃)는 여영부인(黎英夫人)으로 영특하고 품위가 있으며 아름다운 분이셨다.

백손공은 아들 부을미(扶乙美: 泰公)를 두셨고 3세 손자 성고(成高)를 두었으니 그가 바로 방금 아기 울음소리를 듣고 활짝 놀랐던 할아버지다. 할아버지 문공께선 손자 이름을 뭐로 지을까 생각을 굴리며 방안을 서성거렸다. 그러다 그는 손뼉을 탁 치며 크게 웃었다. 내가 왜 이 생각을 못하였는가. 그는 만면에 웃음을 담고 자리에 앉았다.

문공께서는 즉시 지필묵을 앞당겨 죽피에다 휘(諱)는 벌(伐)이라고 힘차게 썼다. 한문으로 칠 벌자는 전쟁에 나가 과감하게 적을 쳐 승리로 이끄는 정벌의 상징이기도 하다. 할아버지께서는 사내 녀석이라면 의당 이런 큰 뜻을 품어야 된다고 확신하고 있었다. 그리고 그 녀석 울음소리와 찬란한 햇살과 새들의 조화로운 웃음소리는 예사로운 아이가 아니라고 짐작을 하면서 매우 만족하고 있었다.

벌은 태어날 때부터 몸집이 크고 예사롭지 않았는데 생후 10개월만에 벌떡 일어나 걷기를 시작하자 집안에선 또 한 번 환호성이 터졌다. 어머니 라화부인(羅和夫人)께서도 기뻐하시면서 부군이신 기노공(聖公)과 함께 장래 문제를 생각하셨다. 벌이 5세가 되자 어찌나 데설궂고 장난이 심한지 집안 어른들로부터 꾸지람을 많이 받기도 했다.

특히 벌은 불장난을 즐기며 놀았다. 하루는 어른들의 감시가 소흘한 틈을 타서 탈곡하고 남은 볏가리를 부지깽이에 불을 붙여 가지고 불을 놓았다. 하마터면 불이 번져 바깥채가 소실 될 뻔했다. 다행이 큰 손해는 없이 진화되었으나 집안에서 큰 소동이 벌어졌다. 아버지 기노공께서도 벌을 앉혀 놓고 크게 꾸짖었다. 다시는 그런 일을 하지 않겠다는 구두 확약을 받고 나서 용서를 했다.

그러나 어머니 라화부인(羅和婦人)께선 벌을 안채로 조용히 불렀다. 바지를 올리게 하고 회초리로 피가 나도록 때렸다. 벌이 울며불며 다시는 안하겠다는 약속을 받고서야 매를 멈췄다. 라화부인께서는 흐르는 피를 재를 발라 응혈 시켜 주고 벌을 껴안고 소리 죽여 눈물을 흘렸다. 이 순수한 모정이 행여 달리 표시될까 봐

얼른 눈물을 닦았다.

벌은 어렸지만 어머니의 눈물을 보고 자신을 미워서 때린 것이 아니고 잘못을 저지른 것을 깨닫고 무릎을 꿇고 용서를 빌었다. 어머니는 벌을 조용히 일으켜 세우고 다시는 그러지 말라고 타일렀다. 뿐만 아니라 엄한 훈계를 내리셨다. 사내자식은 어떤 일이 있어도 무릎을 꿇는 잘못된 일을 해서는 안된다고 힘주어 말씀하셨다.

"특히 나라를 위해 전쟁터에 나가거나 옳은 일을 하고선 절대 무릎을 꿇지 말아야 한다. 네가 지금 불을 질러 집이 타서 없어졌다면 우리 가족은 살 터전을 잃어버리는 것이다. 거기다 누대에 내려온 가보들을 모두 소실 당하게 된다. 네가 훌륭히 커서 우리 집안을 잘 일으켜야 되느니라. 그러기 위해선 위험한 불장난을 절대 해서는 안 되는 것이다."

기원전 121년, 벌이 나이 9살 되는 따스한 봄날이 돌아왔다. 봄날은 역시 상큼한 아침을 가져다준다. 시원함을 느끼게 해주는 아침의 맛도 몸을 가볍게 깨어나게 한다. 숲들도 일어나 빈 잠을 깨우는데 이른 아침 새들이 지저귐이 더욱 숲속을 소란케 한다. 진한의 사로국(金城)에도 긴 겨울에서 풀려나 만물이 소생의 기지개를 펴고 있었다.

벌이 이날도 앞개울에 놀러 갔다가 흙투성이가 되어 돌아왔다. 아버지 어머니가 이를 보고서 몹시 걱정을 하셨다. 이제는 학문을 가르치고 무예를 익힐 나이가 돌아왔다고 생각했다. 방에 돌아와 라화부인과 의논을 했다.

"여보! 조금 전에 벌이 앞개울에서 놀다가 흙투성이로 돌아온 것을 부인은 보았소?"

"영감님! 저도 꾸짖었어요. 너무나 장난이 심해 어떤 대책을 세워야 되겠어요. 저 나이에 합당한 학문이나 무예를 가르쳐야 되지 않겠어요."

"나도 같은 생각을 했소 만 마땅한 생각이 떠오르지 않는구려."

"그래요, 아버님 연세가 올해 53세이시고 보니 걱정이 되는구려."

"여보! 언뜻 생각이 떠오르는데 명활산 고야촌장 설명국(明活山 高野村 薛明國)이란 분이 있소. 나와는 막연한 친구이며 지난번 사로국 부족 모임에서도 술잔을 기울이면서 많은 이야기를 주고받았소. 그 친구는 위풍이 당당하고 정의감이 있으며 학문과 무예를 겸비한 친구요. 사로국에서도 그만큼 출중한 인물은 드물 것이요. 마침 그곳에 도장을 차려 놓고 후배를 양성시킨다고 하오. 그 친구를 찾아가서 우리 벌이를 맡아 교육시켜 달라고 함이 어떠하겠소."

"그런 인품이라면 맡겨도 좋겠지만 우리 애 하나를 가르치려고 하겠어요."

"그렇지 않으니까 말을 꺼낸 거요. 그 설명국 고야 촌장은 근처의 30여 명의 자녀들을 모아 놓고 학문과 무예를 가르치고 있소."

"영감님! 말을 듣고 보니 아주 마땅한 곳이기는 한데 벌이 겨우 아홉 살이니 교육이 가능하겠어요."

"부인! 모르는 소리 마시오, 내 생각엔 너무 늦었다고 보오. 집에서 아버님한테 학문을 배우고 있었지만 체계적으로 가르치지 못했소. 내년이면 벌의 나이 열 살이요. 사내녀석 15세면 전쟁에 나가 부족을 지킬 나이 인데, 지금이 적령이라고 생각되오."

"여보! 우리 내외가 결정할 문제가 아니니 아버님한테 여쭈어 보고 결정을 함이 좋을 것 같아요."

"당연히 그리 하여야지요. 오늘 말이 나온 김에 아버님께 여쭈어 봅시다."

다음날 날이 밝자 아버님께 아침 문안을 드렸다.

"아버님! 소자 찾아 뵙습니다. 병환은 조금 쾌차가 있으신 지요."

"조금씩 낳아지고 있다. 나이가 들어가니 노쇠 현상이 일어나고 있나 보다. 요즘 벌이 녀석이 기가 죽어 있어 보인다. 할애비 방에도 전처럼 자주 놀러 오지 않고 있구나."

"아버님! 그러잖아도 벌이 문제로 의논드리려고 했어요. 그 녀석이 벌써 아홉 살인데 이제는 학문을 체계적으로 가르치고 무예를 닦을 나이가 되었습니다. 저의 내외가 여러 가지로 고심하던 중에 명활산 고야촌장 설명국에게 맡겨 보려고 하온데 어떠하실는지요?"

"그 설 촌장을 잘 알고 있느냐?"

"아버님! 설 촌장은 소자와 막연한 사이이고 인품이 출중합니다. 마침 그곳 부족 아이들을 교육시키고 있어 벌이를 함께 맡겨 보려고 생각합니다."

"어멈한테는 의견을 물어 보았느냐?"

"예! 아버님, 승낙만 계시면 즉시 실행하려 합니다."

"아범 내외가 결정한 것이라면 그렇게 하거라. 학문과 무예는 일찍 배워 둠이 좋을 것이다."

기노는 안에 들어와 라화부인에게 이런 사실을 말하고 벌이를 고야촌에 보내기로 했다. 이곳 돌산 고허촌에서 명활산 고야촌까지는 걸어서 왕복 하루는 족히 걸린다. 그러나 말을 이용하면 한낮이면 족하다. 그는 정월 초에 사로국 부족 회의에서 고야촌 촌장을 만나 벌의 이야기를 했더니 아무 때나 기회 봐서 데려오면 함께 가르치겠다고 언약을 받았었다.

그로부터 5일 후에 기노는 떠날 준비를 했다. 벌은 할아버지(成高 :文公)께 학문과 무예를 익히고 오겠다고 인사를 하러 갔다.

"할아버지! 학문을 배우고 무예를 익히려 명활산 고야촌으로 떠나려고 합니다. 할아버지께 하직 인사를 올립니다."

할아버지는 불편한 몸을 일으키고 자리에 앉으셨다.

"오냐! 아범한테 이야기 잘 들었다. 부디 가서 학문과 무예를 통달 할 때까지 익혀야 된다. 절대 고통스럽다거나 가족이 그립다고 집에 와서는 안 된다. 네가 더 성장하면 알겠지만 우리 집안은 진한 왕족으로 삼한갑족임을 잊지 말아야 한다. 고조 할아버지 백손공(伯孫公)은 진한을 건국한 왕이셨으며 증조 할아버지 부을미 태공(扶乙美 泰公)과 이 할애비, 너의 아비 모두가 성읍국가의 부족장을 지낸 왕가의 혈통을 갖고 있느니라. 너도 소씨 가문을 잘 이어 나갈 훌륭한 인재가 되어야 한다. 가문의 역사와 혈통은 네가 장성하면 알게 될 것이다. 할애비 말뜻을 알겠느냐?"

"할아버지의 말씀 명심 또 명심해서 학문과 무예를 열심히 배우고 익혀 가문을 빛내겠습니다."

"음! 우리 벌(伐)이 이만큼 커서 장하다. 그리고 아범아, 그곳 생활에 지장이 없도록 배려를 했느냐?"

"예! 아버님, 저희 내외가 꼼꼼하게 모두 챙겼습니다. 그리고 식대며 학비 등을 모두 준비해 놓았습니다. 그럼 소자 다녀오겠습니다."

"할아버지 안녕히 계십시오. 그곳에서 열심히 배우고 익히겠습니다."

"어머니! 꼭 성공해서 돌아오겠습니다. 안녕히 계십시오."

"그래라, 절대 약해서는 안 된다. 너는 사내 대장부라는 것을 명심하거라. 그리고 우리 소씨 집안의 기둥이요 장차 이 나라를 걸머질 왕손임을 잊지 말아야 한다. 착실하게 배우고 돌아와라."

부자가 말안장에 앉아 함께 출발하자 라화부인은 참았던 눈물을 흘리고 말았다. 어린것을 타지로 보내는 어미의 마음을 저 녀석은 알고 있는지 모르겠다. 엊그저께 품에 안겨 있던 모습, 불장난을 해서 말썽을 부린다고 피가 나도록 회초리를 때리던 생각, 며칠 전에는 개울에 나가 옷을 버렸다고 심하게 꾸짖던 일들이 자꾸만 떠올랐다.

부자를 태운 말이 멀리 살아질 때까지 바라보고 있다가 방으로 돌아왔다. 벌이 기거하던 방을 치우다 녀석의 채취가 물씬 나자 그만 소리내어 울었다. 들어온 자리는 잘 모르지만 나간 자리는 너무나 텅 비어 쓸쓸했다. 지저분하게 사용하던 방안을 치우다 또 한 번 울컥 치미는 감정을 억제할 수 없었다. 이것이 어미의 약한 정이라 생각했다.

사로국의 찬란한 태양이 점점 하늘 높이 솟아 올랐다. 어린 벌을 낯선 곳에 데려다 교육을 시켜 달라는 부정도 마음 한 구석을 쿵하고 울렸다. 엊그저께 이녀석이 태어났다고 큰 소동을 벌렸었다. 이제는 성큼 커서 학문과 무예를 익히기 위해 부탁을 하러 가는 길이다. 만가지 일들이 머리 속을 헤집고 스쳐 간다. 녀석이 교육을 잘 받고 돌아와야 할텐데 하는 걱정이 앞선다.

동쪽의 토함산과 남쪽의 남산, 서쪽의 선도산(仙桃山)과 북쪽의 명활산이 오늘 따라 선명하게 다가왔다. 기노공(基老公)은 아들을 데리고 사로국 북쪽에 있는 명활산 고야촌장 설명국의 집을 찾은 것은 정오가 조금 지나서다. 미리 가는 날을 인편을 통해 놓았기에 한 시진부터 설촌장 내외분이 기다리고 있었다. 소기노 부자가 도착하자 반가이 맞아 주었다.

"어서 오십시오! 소기노 촌장님, 먼 길에 오시느라 수고 하셨습니다."

"반갑습니다, 설촌장 내외분, 그간 별고 없으셨는지요. 자식놈으로 해서 큰 폐를 끼치게 되어 송구스럽습니다. 참, 인사 올려라. 이 분이 너의 학문과 무예를 가르쳐 주실 고야촌장 설명국님이시고 옆에 계신 분이 너를 키워 줄 대부인이시다."

"인사 올리겠습니다. 진한왕 소백손의 5세손 소벌(蘇伐)이옵니다. 많은 가르침을 두 분께 받겠습니다."

"음! 아주 똑똑하고 숙성하게 자랐군, 아버님을 닮아 기골이 장대하구나. 앞으로 이곳 생활에 적응하며 열심히 배우거라."

"서수을아! 너도 이분에게 인사를 하거라. 이 애는 저의 미숙한 딸아이입니다. 이 분은 고허촌장 기노공이시다. 그리고 너와 함께 기거를 할 촌장의 자제 분인 소벌 군이다."

"인사 올립니다. 서수을이라고 부릅니다."

그리고 벌에게 눈 인사를 했다. 벌도 목예로 화답을 했다. 이날 늦은 점심을 조촐하게 차려진데다 곡주가 곁들여져 흡족하게 많이 먹었다. 설촌장도 내외분과 벌이 또래의 여식 애가 있어 아주 안락해 보였다. 점심 식사를 마치자 설 촌장님은 소기노 촌장 부자분을 모시고 도장으로 안내를 했다.

"이곳이 볼품 없는 제가 만든 도장입니다."

"별말씀 다하십니다. 아주 훌륭한 시설입니다."

도장은 설 촌장 집에서 천오백보 떨어진 명활산 산 밑에 남쪽방향에 오십여 명이 앉아서 학문을 익힐 수 있는 공간이었다. 이 도장은 구들을 놓아 난방시설을 갖추어 놓았다. 그 옆에 다른 한 동은 그보다 3배는 되어 보이는 무술 도장이 있었다. 그곳에서 조금 떨어진 곳에는 활터, 승마장, 격투기장 등이 있었으며, 바로 옆에 남서로 흐르는 냇물은 제법 양이 많고 깨끗해 수영 시설로 활용하기 좋아 보여 만족했다.

기노공은 이곳저곳을 둘러보고는 아들녀석을 맡길 만한 곳이라고 생각되었다. 고야 촌장께 떠나겠다는 인사를 하면서 자식놈을 엄하게 교육시켜 줄 것을 거듭 부탁드렸다. 벌이도 아버지와 헤어진다고 생각하니 울적한 기분이 솟구쳐 하마터면 눈물을 보일 뻔했다.

"벌아! 이젠 늠름한 모습으로 사내답게 교육을 잘 받아야 한다. 그리고 어떠한 고통도 참아 이겨내고 오직 학문과 무예만을 익혀야 한다. 집에는 아무걱정 없으니 생각 말거라."

"아버님!, 소자 걱정 마시고 안녕히 가십시오."

벌은 아버지가 가시자 입술을 지긋이 깨물고 두 주먹을 불끈 쥐었다. 그러나 자신도 모르게 눈물이 주르륵 양볼을 타고 흘러내렸다. 처음으로 느껴 보는 부모님의 따뜻한 품에서 벗어나 허허벌판에 외로히 서 있는 기분이었다. 이것이 할아버지께서 말씀해 주셨던 인생고행의 첫걸음인 것임을 깨달았다. 아무리 마음을 달래어 봐도 가라앉지가 않았다.

기노공도 말을 달리면서 어린 자식을 떼어 놓고 오는 기분에 만감이 교차했다. 집에 가까이 올수록 마치 커다란 보물을 놓아 두고 온 것 같은 허전함에 자꾸만 뒤돌아 보았다. 아마도 이것이 부자간에 떼어 놓을 수 없는 끈끈한 혈연일 것이다. 너무 일찍 교육을 시키고 있지는 않은지 후회도 해 보았다. 집에 돌아와 아내의 붉어진 눈시울을 보자 마음이 더욱 뭉클해졌다.

벌은 낯선 집에 돌아와 잠을 청하려 해도 잠이 오지 않았다. 부모님께 어리광만 부리던 일 들이 되살아났다. 할아버지 방에 들어가 옛날 이야기만 들려 달라고 보채던 생각이 들자 자꾸만 눈물이 고였다. 하루를 밤새워 고민하며 뒤척이다 밤을 보냈다. 아침이 밝자 설 촌장님의 인사 소개로 도장을 들어섰다.

"잠시 주목하거라, 이번에 우리 도장에 새로 입학하는 소벌군으로 돌산 고허촌장님의 아드님이시다. 앞으로 교우로서 화목하게 지내며 많이 일깨워 주고 서로 도와주며 열심히 학문과 무예에 힘써 주길 바란다. 알겠느냐?"

"예! 스승님 뜻에 따르겠습니다."

도장 대표되는 아이가 힘차게 대답을 했다.

"벌아! 인사하거라."

"촌장님께서 말씀하신 돌산 고허촌에서 온 소벌입니다. 앞으로 많은 가르침 부탁합니다."

도장 안에는 학도들 중에서 제일 나이가 적은 애가 일곱 살 정도 되고 나이가 제일 많은 친구는 십육세는 되어 보였다. 열살 전후로 두 반으로 나누어 배우고 있었다. 오전 교육과정은 사시부터 오시까지이고(9-12), 오후엔 미시부터 신시(2-4)까지다. 오전엔 학문이고 오후엔 무술연마다. 이날은 어떻게 하루를 넘겼는지 모르게 힘겨웠다.

설 촌장의 집은 안채와 바깥채를 비롯해 광 등 부속건물이 많아 상당히 넓었다. 아담한 별채가 후원 쪽에 있어 별궁같이 보였다. 벌이 기거할 방은 바깥 채 서쪽 에 위치한 끝방이다. 일곱평 정도의 방이지만 사용하기엔 불편하지 않았다. 나무로 만든 책상과 걸상이 남쪽 창가에 있었다. 바깥채 동편에는 행랑아범 내외분이 기거하고 있어 마음이 놓였다.

격일 제 근무라 다음날은 쉬는 날이다. 아침밥을 먹고 나자 설 촌장은 작은 물통을 가지고 와서 명활산에 약수를 뜨러 가자고 했다. 수십 년 묵은 적송이 하늘을 찌를 듯 했다. 꼬불꼬불한 오솔길은 얼마를 돌아왔는지 모른다. 산 중턱을 근 한 시진만에 오르자 밑밑한 바위 산이 나타났다. 거기에는 거북이를 닮은 커다란 바위가 있어 신기했다. 바위 밑에서 맑은 물이 조금씩 흐르고 있었다. 그래서 이름 붙여진 것이 거북 약수터라고 한다.

설 촌장은 표주박에 물을 떠 마시고 벌에게 주었다. 물맛이 상큼하며 이가 시리도록 차가웠다. 이 물은 약수로서 피부병을 고치며 속 앓이 하는 사람은 석 달만 마시면 병이 싹 났는다고 한다. 설 촌장은 나무통에 물을 가득히 넣고서 벌이 들고 내려오라고 하고선 휘적휘적 앞장서 가더니 보이지가 않았다. 급한 마음에 마구 달려 쫓아 보았으나 그림자도 보이지 안했다.

처음 겪어 보는 공포감이다. 이 낯선 산골짜기에 혼자라 생각하니 앞이 캄캄했다. 부모님께 어리광만 피우다 무서운 세상에 휩싸여 있는 것이다. 사방을 둘러봐도 우거진 숲뿐이다. 소리를 질러 보고 싶었지만 소리를 듣고 큰 짐승이 나타날까 마음이 조바심이 났다. 입술을 깨물고 뛰다 걷다를 반복했다. 멀리 마을이 보이자 후 하고 안도의 숨을 내쉬었다.

생전에 오래 걸어 보는 길에 무거운 물건을 들으니 힘에 겨워 죽을 지경이다. 어깨가 떨어져 나가는 기분이 들어 철썩 주저 않고 싶었다. 손이 금새 벌겋게 부풀어올랐다. 아무리 설 촌장을 뒤쫓아도 보이지 않았다. 땀을 뻘뻘 흘리며 집에 도착하니 촌장님은 사랑채에서 주무시고 계셨다. 떠온 물은 가지고 오다 엎질러져서 물통에 반도 안 채워져 있었다.

이틀 밤이 지났다. 손에 허물이 벗겨져 쓰라려웠다. 설촌장께서 매일 아침 식사 전에 약수를 떠오라는 지시를 받았다. 아침 일찍 일어나 약수터에 오르자 인적은 하나도 없고 울창한 숲 속에서 맹수가 튀어나올 것만 같아 오금이 저렸다. 맹수나 장애물을 대적하기 위해 단단한 물참나무를 꺾어 지팡이를 만들었다. 한결 마음이 든든해지고 걷기도 조금 편해졌다.

아홉 살 나이에 고된 교육을 받은 지도 근 석 달이 지나 초여름이 되었다. 이제는 설촌장 댁에서의 기거 환경도 익숙해 졌다. 그리고 학문을 배우고 도장에서 무예를 익히는 것도 훨씬 수월했다. 이 날은 쉬는 날이라 약수를 일찍 길어다 놓았다. 설촌장께선 물을 한 모금 마시면서 '물은 마음을 정화시켜 영혼을 맑게 적셔 준다고 했다. 뿐만 아니라 물은 산의 마음을 담아 낸다'고 하셨다. 그러나 벌에겐 고통의 시련대임을 어쩌겠는가.

벌이 피곤을 풀기 위해 방안에 벌렁 누워 있는데 설 촌장님이 불으시었다. 안 채에 넓은 대청마루엔 부침이와 오얏 등 신선한 과일이 가득했다. 이 집에 외동딸 서수을(徐首乙)도 한 집에 살면서 오랜만에 만났다. 행랑채 내외분도 함께 있었다. 이 날은 서수을의 생일날이라 특별한 잔치가 벌려진 것이다. 한참 음식을 먹고 분위기가 무르익자 설 촌장이 좌우를 쓸어 보더니 말을 했다.

"벌아! 이곳 생활이 힘들지?"

"처음엔 어찌 감당해야 하나 몹시 힘들고 괴로웠습니다. 이젠 적응이 되어 괜찮습니다."

"그랬을 것이다. 적응이 되어 간다니 다행이다."

"서수을아! 오늘은 네 생일날이니 힘들게 살았다는 벌이 오빠에게 과일 주 한 잔 따라 주렴."

벌이는 처음 가까이 앉아서 식사를 나누다가 아가씨에게 과일 주를 받자 당황해서 얼굴이 벌개졌다. 다음 순간 자세를 바로 했다.

"고마워요, 생일 축하합니다."

이날 이후 한 살 아래인 서수을과 친숙해져 자주 만나서 놀았다. 이날은 삼복 더위가 기승을 부리기 시작해 도저히 집에 머무를 수가 없었다. 저녁 무렵 냇가로 더위를 식히려 나갔다. 그때 저쪽 나무 그늘 밑에서 그녀가 전 나신으로 미역을 감고 있었다. 벌은 못 볼 것을 본 것처럼 고개를 돌리고 그 자리에 주저앉아 버렸다.

벌은 미역감을 것을 단념하고 숨을 헐러 벌떡이면서 제방으로 들어갔다. 생전 처음 여자의 신비스러운 나체를 구경한 것이다. 봉긋이 튀어나온 젖가슴, 맷방석 같은 하얀엉덩이, 백옥 같은 흰 살결을 보는 순간 충동적인 마음을 억제할 수 없었다. 이 세상에 저런 아름답고 황홀한 여체의 비밀이 있단 말인가. 아무리 잠을 청해도 잠이 오지 않았다.

그런데 왜 자꾸만 이리 가슴이 두근거릴까? 이날 이후 서수을을 만날적 마다 그 일이 떠올랐다. 그러나 이 집에서 같은 잠을 자고 밥을 먹으니 차츰 한 식구가 된 기분이 되어 갔다. 벌이 가끔씩 생각나는 것은 그 때 신비의 여체를 잊을 수 없었다. 해를 거듭할수록 서수을의 어머니 께서도 꿋꿋이 커 가는 벌을 보고서 끔찍이 아껴 주었다.

세월은 물 흐르듯 간다는 말이 거짓이 아니다. 벌이 이곳에 온지도 벌써 오년이 되었다. 벌이 나이 열네살이 되어 기골이 장대했다. 그 동안 집에는 매년 정월 초순에만 다녀왔다. 할아버지, 아버지, 어머니께 새해 인사를 올리고 삼사일 쉬었다가 다시 돌아오곤 했다. 이제 벌이는 이두 문자를 완전 독해를 하였고 한자 문도 상당한 수준에 도달했다.

무예를 익혀 검도, 창법, 경공술, 말달리기 등 매년 8월 한가위에 실시하는 실기대회에서 우수한 성적을 내었다. 이는 벌의 튼튼한 몸매에다, 총명한 두뇌와 예리하고 정확한 판단력에 기인한 것이다. 도장에서도 벌을 대적할 사람이 없을 정도였다. 벌의 인기는 날로 상승했다. 그리고 그의 너그러운 인품에 모두 따랐다. 이 소문이 널리 고야촌에 퍼져 아가씨들로부터 사모의 대상이 되었다.

기원전 116년(乙丑)에 벌의 나이 열네살 되던 해다. 8월 한가위에 사로국에서 실시되는 가장 큰 종합무예 시합이 있었다. 이날은 모든 부족 촌장들이 참석하여 대성황을 이루고 상품도 푸짐했다. 미시부터 시작해서 술시까지 이어지는 큰 행사다. 장소는 자산 진지 촌장 정명출이 운영하는 도장에서 실시한다. 참석 선수만도 이백여 명이라니까 적어도 일천명 이상이 운집 될 것이라고 여겨졌다.

　이날 설 촌장님도 날이 훤이 밝자 참석 준비에 잔뜩 신경을 썼다. 이날 고야촌에서도 삼십여 명이 참석하게 되었다. 또한 열심히 교육시킨 벌이가 금년이면 오년 동안 갈고 닦은 마지막 경연장에 참석하는 날이다. 행랑아범 내외는 말안장에 먹을 거며 깔고 앉을 자리 등을 챙기느라 법석을 떨었다. 소벌은 무도 복을 챙겨 입고 두 시진이나 걸리는 자산 진지촌으로 떠났다.

　함께 가는 서수을의 아리따운 모습에 시선을 뗄 수가 없어 흘끔흘끔 바라보았다. 하늘색 상의에 검정치마를 받쳐 입은 그녀는 하늘에서 내려 온 선녀 같았다. 예쁜 가죽 꽃신과 치렁치렁 늘어진 긴 머리 결이 바람에 날릴 적이면, 그녀의 채취가 흠뻑 온몸에 휘감겨 오는 것 같은 기분이 들었다. 그녀도 도복을 입은 늠름한 벌의 모습에 새삼 놀라워했다.

　자산 진지 촌에는 당당한 무예 경연자들과 참관자들 가족들이 동반하여 인산 인해를 이루었다. 사로국에서 행사하는 매년 무예 대회가 해를 거듭할수록 경쟁력도 커지고 대회가 확장되어 갔다. 행사장 주변에는 천막을 치고, 솥을 걸어 놓고, 음식을 장만하는 등 시끌벅적했다. 벌이는 그 복잡한 장소에서 돌산 고허촌에서 오실 아버지와 어머니를 찾기에 사방을 두리번거렸다.

이때 행랑아범을 만나 너무도 반가웠다.

"어머님, 아버님은 어디 계십니까?"

"저쪽 고허촌에서 오신 분들과 함께 있었습니다. 그리로 가시죠"

벌은 한 달음에 그쪽으로 달려가 부모님을 발견했다.

"아버지, 어머니 그간 강녕하셨습니까?"

"오냐! 그 동안 잘 있었느냐. 오늘 갈고 닦은 너의 무술 실력을 유감없이 발휘하거라."

어머니께선 벌이의 손을 꼭 잡으시고 눈시울을 붉히셨다. 장정이 되어 있는 벌이의 늠름한 모습을 보고 한편 고맙고 대견스러웠다. 다른 한 편에는 집을 떠나 얼마나 고생을 했을까를 생각하니 안쓰럽기만 했다. 이 때 설 촌장 내외와 서수을 아가씨가 달려 왔다. 먼저 소기노 촌장 내외가 인사를 했다.

"설 촌장 내외분님 강녕하셨습니까? 그동안 철없는 벌을 키워 주시고 학술과 무예까지 두루 섭렵해 주신 은공 어찌 갚아야 될지 몸둘 바를 모르겠습니다."

"소기노 촌장님 내외분! 그간 강녕하셨습니까? 오늘 벌이를 출정을 시킵니다만 워낙 제가 모자라는 점이 많아 벌이 실력을 발휘할지 오히려 제가 몸둘 바를 모르겠습니다."

"무슨 당치도 않으신 말씀을 하십니까?"

"참 인사가 늦었습니다. 저의 여식입니다. 고허촌장 님이시고 벌의 부모님이시다."

"처음 뵙겠습니다. 서수을이라고 합니다."

"아유! 따님을 예쁘게 잘 키우셨군요. 벌이 녀석한테 이야기는 들었어요. 혹여 짓궂은 짓은 안했는지요?"

"안이에요, 그 오라버니는 예의가 바르고 정도만 걷는 걸요."

이렇게 수인사가 끝나자 무술 경연장으로 자리를 옮겼다.

이윽고 오시에 무술 경연대회가 시작되었다. 자산 진지촌의 정명출 촌장님의 굵직한 목소리로 개회사가 있었다. 내빈 소개로 알천양산촌 이 촌장, 돌산 고허촌장 소기노, 무산대수촌 손 촌장, 금산가리 촌의 배 촌장, 명활산고야촌에 설명국 촌장 등이 소개 되었고 그 외에도 유명 인사들이 소개되었다. 이어서 사회자는 무술 경연대회의 규칙과 심판에 대해 소개를 하고서 정정당당히 싸워 최선을 다해 연마한 기술을 발휘할 것을 당부했다.

무술 경연장은 '와' 하는 함성이 하늘을 찌를 듯 했다. 무술 경연대회 종목은 달리기, 돌 들어올리기. 검도, 창던지기, 활쏘기, 말달리기 등 각 종목에서 예심 2명씩을 선발해서 6개 종목 12명이 경합을 치르게 되었다. 6개 종목 중 3개 종목 이상에 예선에 들어가면 최종 심사에 응할 수 있었다. 예심을 통과하지 못하면 결선에 임할 수 없어 바짝 긴장하고 있었다.

이번 상은 6등까지 시상을 하게 되었다. 최우수자는 말 한 필과 쌀 두 가마니에 우수패인 검 한 자루를 받게 되었다. 당시로 보아선 파격적인 시상이었다. 최우수자는 모자에 꿩의 수컷인 장끼 털을 달고 마상에 올라 무술 도장을 세 바퀴를 돌면서 참석자들로부터 열렬한 환영을 받게 되어 있다. 뿐만 아니라 훗날 6촌에 중요한 일이 있을 때 중임을 맡게 되어 있었다.

벌은 첫 번째 달리기에 예선에 들지 못했다. 운동장이 협소하여 밀치고 떠밀려 넘어지는 바람에 기회를 놓쳤다. 두 번째 돌 들기엔 2위를 하였고, 세 번째 검도는 1위를 하였으며, 네 번째 창던지기는 발이 꼬이는 바람에 예선 탈락되었고, 다섯 번째 활쏘기는 침착하게 쏘아 1위를 했다. 여섯 번째 말달리기는 장애물 통과와 마상에서 적장 베기는 난이도가 높았으나 2위를 했다. 6개 종목 중 달리기와 창던지기에서 만 실패를 했다.

오전 예선 경기는 끝이 났다. 다행이 벌은 예선을 어렵사리 통과되었다. 오후 본선 경기는 치열한 접전이 예상된다. 벌이를 지켜봤던 아버지와 명활산 촌장은 마음이 조마조마 했다. 낳아 준 부모는 자식이 실수할까 걱정이고 가르쳐 준 스승은 예심을 통과 못할까 더욱 마음을 조렸다. 이를 지켜보던 서수을은 말을 못하고 속으로 애간장을 태웠다. 이번 경기에서 벌이 우승을 하면 양가에서 좋은 소식이 있을 것이라고 했다. 그 좋은 소식이 무엇일까?

오후 본선 경기는 참가 인원 열두명이 피나는 경쟁으로 여섯개 촌장들의 선수 임원과 가족들이 열띤 성원이 펼쳐질 것이 예상된다. 본선 경기 서막의 북이 울리자 장내는 함성이 일어났다. 벌이도 마음을 가다듬고 평소 연마했던 힘과 기술을 다 쏟았다. 오전에 달리기와 창던지기에 실패한 것을 교훈 삼아 최선을 다해 전 종목을 통과 최종 예선 여섯명에 합세했다. 최종 예선은 난이도가 높은 검도, 활쏘기, 말달리기로 승부를 가리는 것이다.

검도는 설 총장이 가르쳐 준 비산호법(飛散虎法)인 나는 호랑이 검법을 사용하기로 했다. 이 검법은 난이도가 높고 변화가 무쌍해 누구든 대적하기가 힘들었다. 벌의 힘센 두 팔이 공중에서 휘둘을 적에 상대는 검을 놓치고 말았다. 그의 출중한 검법은 따를 사람이 없어 최우수를 했다. 활쏘기는 열 발 중 두 발이 명중치 못해 2위를 했다. 검법을 사용하느라 너무 팔에 힘을 주어 조절이 어려웠다.

말달리기는 장애물 통과와 마상에서 달리며 적장 목을 베기에 최우수를 했다. 3개종목 종합점수 1위를 차지했다. 심사 발표가 있자 장내는 떠나갈 듯한 함성이 일어났다. 고허촌과 고야촌 사람들은 미친 듯이 환성을 지르며 야단법석을 떨었다. 그 중에도 서수을의 가슴은 터질 것만 같았다. 이제 양가의 승낙만 있으면 그녀의 꿈은 이루어지는 것이다.

장원을 하여 벌은 상품으로 받은 흑마의 마상에 높이 올랐다. 장끼 털을 꼽은 모자를 쓰고 위풍당당하게 경연장을 세바퀴 돌았다. 벌은 장내에 뜨거운 환호에 정신이 없었다. 벌과 서수을의 양부모님들도 너무나 감격스러워 어찌할 줄 몰랐다. 설명국 공과 소기노 공은 금새 사돈이라도 된 양 기뻐했다. 낳으신 어머님과 길러 주신 어머님들도 서로를 얼싸안고 눈물을 흘렸다.

장하도다 내아들 벌아! 이 어찌 하늘의 뜻이 아니고서 이렇게 양가에게 경사를 안겨 줄 수 있겠는가. 그는 장한 아들을 힘껏 안아 주었다. 대회가 끝나자 벌은 부모님과 아쉬운 작별을 하였다. 생각 같아선 부모님을 따라 고허촌으로 가고 싶었다. 벌은 벅찬 감격을 안고 일단 고야촌으로 돌아가야만 했다.

"아버지 어머님 안녕히 가십시오. 소자 고야촌 일이 마무리 되면 집으로 돌아가겠습니다."

"오냐! 그리하거라. 사람은 무슨 일을 할 때 마무리가 깨끗해야 된다. 설촌장님 내외분께 실수 없도록 매사에 조심하거라."

고야촌 설촌장은 이날 저녁 실외 도장에서 관솔불을 밝히고 연회를 가졌다. 술과 떡을 준비하고, 돼지 한 마리를 잡고, 닭고기 등을 푸짐하게 차려 고야촌이 생긴 이래 최대의 잔치를 베풀었다. 마침 8월 한가위 보름달이 동산에 솟아올라 휘영청 밝은 달 아래 정겨운 운치는 너무나 아름답고 흥에 겨웠다. 음식을 정신없이 나르는 서수을의 볼은 보름달을 무색케 달아올랐다.

잔치가 파해지고 부족들이 술에 취해 흥겨워 집으로 돌아갈 무렵 벌은 서수을을 가만히 찾아서 개울가로 이끌었다.

"오라버니! 누가 보면 어쩌려고 그래요."

"보라면 보라지, 난 서수을을 좋아하니까."

벌은 번개처럼 날쌔게 그녀를 껴안고 입맞춤을 했다. 서수을은 온 몸이 경직되는가 싶더니 순간 황홀경에 빠져 버렸다.

"서수을아! 이젠 우리 고허촌으로 나를 따라 올 생각을 굳혀야 해."

그녀는 조용히 벌을 쳐다보다가 고개를 끄덕였다. 소벌은 더욱 힘있게 그녀의 어깨를 감싸주었다. 그리고 5년 전에 보았던 그녀의 신비스러운 여체가 생각나자 더욱 소중해 보였다. 금성의 동산에 높이 떠오른 둥근 달이 이들을 부러운 듯 바라보았다. 너무나 정겹게 포옹한 자세를 보고 민망해서인지 달이 구름 속으로 잠시 숨어 버렸다. 나뭇잎 고운 자태 겹겹으로 둘러싸고 하얀 꽃초롱 밝혀 드는 짜릿한 첫사랑의 꿈은 이 밤을 지새우고 있었다.

명활산 골짜기마다 단풍이 여인의 치마폭에 수를 놓은 듯 곱게 물들어 내려오고 있었다. 삼계절 두고 이룬 피땀의 맺음이건만 무정한 서리의 재촉에 진 그 아픔이 오죽하겠는가. 사람들은 그 인고의 아픔을 모르고 아름답다고만 한다. 소벌도 저 단풍이 들기까지의 아픔을 남몰래 이곳에서 견디어 냈다. 그러면서 이것이 사내 대장부가 걸어야 할 길이라고 자부해 보기도 했다.

소벌은 오늘도 처음 이곳에 와서 아침 일찍 일어나 무거운 물통을 들고 쩔쩔매던 생각이 떠오른다. 그리고 부모님이 그리워 남몰래 밤이면 이불을 뒤집어쓰고 눈물을 흘렸었다. 두 주먹을 불끈 쥐고 험한 세파를 헤쳐 나갔다. 학문을 밤새워 배우고 혹독한 훈련으로 무예를 익혔다. 지난번 무술 경연대회에서 당당히 최고 입상을 한 것이 우연이 아닌 피땀의 대가라고 여겼다.

명활산 오솔길을 아침에 오르내리면서 수많은 생각에 잠겼었다. 이 길은 나의 체력단련과 정신수양에 요람이었던 곳이다. 이제야설 촌장님의 깊은 뜻을 헤아릴 것 같았다. 이제 삼일만 지나면 오년간 정들었던 이곳을 떠나야 한다. 가장 아쉬운 것이 서수을과 떨어져 있게 되는 고통이다. 예전엔 몰랐는데 막상 헤어진다고 생각하니 너무나 아쉬움을 금할 수 없었다.

하루빨리 서수을을 아내로 맞이하고 싶은 충동을 억제할 수 없었다. 이것이 진정 애정인 것을 느끼게 했다. 그녀가 환하게 웃으며 숲속 길을 달려오는 듯한 착각 속에 눈을 비벼 봤다. 나무에서 풍겨 나오는 그윽한 수향이 그녀의 체온에서 풍겨 나오는 체취와 같았다. 지금 이 순간에도 운명처럼 다가오는 스치는 시간 앞에 그저 망연히 서 있을 뿐이다.

고야촌의 설명국 촌장님께선 늘 벌에게 이런 말씀을 하셨다. 옛 성인께서 말씀하시길 '사람은 여유 속에서 자연과 함께 살아가기를 꿈꾸고 있다. 복잡한 형식을 싫어하고, 명예를 멀리 해야 한다. 언제나 사람을 사랑하되 목적을 취하지 말고, 인간을 가까이 하되 그 허물을 들어 말하지 말라'고 하였다. 이 평범한 진리는 벌이 자라면서 커다란 교훈을 주었다.

　벌은 고야촌 집에 돌아와 대충 짐을 싸기 시작했다. 어느 것 하나 정이 들지 않은 것이 없다. 특히 서수을이 손수 만들어 준 목도리, 장갑과 손수건은 그 따스한 정이 담뿍 담겨 있었다. 마음 같아선 마상에 번쩍 안고 어디론지 달려가고 싶었다. 내일이면 떠나야 하는 마지막 밤이다. 잠이 오지 않아 뒤척이다 묘시가 다 되었다. 방문을 열고 나가자 가을 바람이 차갑게 옷깃에 스며든다.

　서수을과 함께 놀던 냇가로 갔다. 이 밤중에 그곳에 웅크리고 앉아 있는 서수을의 뒷 모습을 발견하고 깜짝 놀랐다. 벌은 가슴이 떨리고 흥분되어 한 걸음에 달려갔다. 인기척에 놀라 그녀가 벌떡 일어났다. 한 참을 바라보던 그들은 누가 먼저라 할 것 없이 부둥켜안았다. 잠시 후 그녀의 어깨가 가볍게 움직이는 것을 알았다. 몸을 떼고 바라보니 그녀의 맑은 눈에선 눈물이 똑똑 떨어졌다. 남자의 애간장을 녹이는 순간이다.

　벌은 그녀를 똑바로 바라보다 눈물을 손등으로 닦아주었다. 마음 같아선 으스러지게 안아 주고 싶었다. 순간 파르르 떨고 있는 입술을 가만히 포개었다. 그리고 강하게 그녀를 끓어 안고 뜨거운 입맞춤을 했다. 달콤한 타액이 넘어갈 때 황홀한 기분을 억제할 수 없었다. 벌은 뭉클 하는 감정을 간신히 억제했다. 둘은 떨어질 줄 모르고 오랫동안 포옹하고 있었다.

달빛이 서산에 기울어 다시 어둠이 다가오자 그제야 몸을 떼고 냇가를 걸었다. 흐르는 물소리 뿐 주위는 달빛에 쌓여 적막했다. 서수을 아가씨도 너무도 황홀하고 아쉬운 밤이었다. 이제 벌을 떠나 보내면 언제 다시 만날 수 있을까? 양가에서 혼인을 승낙해 부부가 되어야 만날 것이다. 너무나 긴 시간이라 가슴이 조여 왔다. 벌은 그녀의 마음을 아는지 손을 꼭 잡고 말없이 걷다 입을 떼었다.

"서수을! 난 네가 없는 세상은 상상할 수 없어. 우리 꼭 빨리 혼인하자."

"저두요, 벌씨가 내 곁에 없으면 죽을 것만 같아요. 그래서 밤새도록 잠을 이룰 수가 없어 같이 놀던 이 냇가로 저절로 발길을 옮겼어요."

조금 걷다가 흐르는 냇가 백사장에 앉았다. 여울물 소리는 무슨 깊은 사연이 그리도 많은지 종알대며 달려갔다. 이끼 낀 자갈 위에 달빛이 사뿐히 앉아 쉬고 있어 그 정취가 아름다웠다. 그러나 두 사람의 마음은 왠지 무거웠다. 피나게 울어대는 두견새는 얼마 안 있으면 아쉬운 이별을 할 이들의 마음을 알고 있을까? 잠시 침묵을 깨고 벌이 먼저 말을 걸었다.

"서수을아! 난 자꾸만 너 없는 세상은 못살 것만 같아 큰 일이다. 나 상사병 나면 어쩌지?"

"남자들은 처음엔 다 그런데, 그러다가 어느 날 오뉴월 음식 변하듯 싹 변한다고 들었어."

"정말, 난 안 그래. 서수을과 백년을 함께 할 꺼야."

"그걸 믿을 수 있을까?"

"내가 그 증표를 보여 줄게 눈을 감고 있어 봐."

그녀가 순진하게 시키는 대로 눈을 감고 있었다. 달빛에 비친 그녀의 모습은 참으로 하늘에서 내려온 선녀 같았다. 순간 이상한 충동이 일어났으나 간신히 참았다. 벌은 대신 장난기가 발동했다. 자신이 뾰족하고 길쭉한 자갈을 입에 물고 그녀의 입에 밀어 넣었다. 눈을 크게 뜨고 바라보니 어느새 자갈이 두 사람의 입에 가교를 놓고 있었다.

그녀는 눈을 곱게 흘기더니 자갈을 뺏어 벌의 속옷에 재빨리 집어넣었다. 차가운 감촉이 배꼽 밑에 서렸다. 급한 마음에 손을 하복부에 넣었다. 서수을이 입에 손을 대고 까르르 웃었다. 벌은 그녀에게 대항하려 손을 젓자 손이 부딪치는 반동에 그녀가 뒤로 넘어졌다. 벌은 넘어진 그녀를 빤히 쳐다보다 와락 끌어 안았다.

그녀는 참새처럼 숨을 할딱이며 얼굴이 달아올랐다. 벌은 살며시 그녀를 팔베개를 해주고 입술을 더듬었다. 아무도 가르쳐 준 사람이 없는데 이런 행동이 자연스럽게 연출되는 지 자신도 놀라웠다. 대자연의 섭리는 음양오행의 법칙에 따라 돌고 도는 모양이다. 대지는 이들을 힘껏 포용하고 하늘은 모든 일을 관용하고 있었다. 깊어 가는 가을밤에 흰 구름의 그림자가 내려와 이들을 감싸주었다.

"서수을아! 지금 이 순간은 마치 혼인을 해서 신방을 꾸민 그런 기분이야. 이를 어찌하면 좋지?"

"아이 미워, 남자들은 모두 욕심쟁이래."

"뭐! 남자만 그런가. 여자들은 여우라던데."

"정말 좋지 않은 것만 배웠어."

"아냐, 무술 도장에서 모두들 그렇게 말들 하드라고."

그녀는 대꾸 대신 뾰로통한 입술을 내밀었다. 벌은 귀여운 그녀의 입술을 보자 정말 짐승처럼 달려들어 또다시 입술을 포갰다. 그녀의 입술이 파르르 떨리는가 싶더니 힘있게 안으로 받아들였다. 얼마의 시간이 흘렀는지 모른다. 어느새 그녀는 벌의 가슴에 머리를 묻고 있었다. 여울목에 여러 마리의 큰 물고기가 푸드덕거리며 물살을 차고 힘있게 올랐다.

달이 서쪽으로 기울어지고 있다. 밤이 꽤 깊어진 모양이다. 벌은 그녀의 따듯한 손을 꼭 쥐고 냇가를 걸었다. 풋풋한 풀 내음이 상큼하게 코끝을 자극한다. 집이 가까이 다가올수록 마음이 어수선하고 들어가기가 싫었다. 이대로 밤이 새도록 발이 퉁퉁 부르틀 때까지 그녀와 걸었으면 좋겠다. 서수을의 마음도 다름이 없었으니 이심전심인가 보다. 다시는 이런 한적한 밤에 벌과 만날 기회가 없겠다고 여겨지자 마음이 동동거려졌다.

둘은 걸음을 멈추고 다시 으스러지게 껴안았다. 이젠 더 이상 시간이 없었다. 어떤 일이 있어도 마음을 변치 말고 혼인하자고 손가락을 끼고 맹세를 거듭했다. 그녀의 따스한 체온이 전달되는 순간 이상한 기분이 다시 일어났다. 아쉬웠던 지난밤의 어둠이 거두어지자 여명이 밝아 왔다. 명상 속에 눈을 감았다 떠보니 동산에 해가 떠서 아침이 힘차게 열렸다.

이날 아침상은 아주 특별했다. 닭을 잡아 무국을 끓이고 버섯 등 맛있는 음식이 푸짐하게 차려졌다. 설촌장님 내외분께서 자식처럼 오년 동안 키어 온 벌에 대한 특별한 배려에서다. 사람은 만남의 기쁨도 중요하지만 석별의 정은 더 애틋한 모양이다. 어머니께선 벌이 잘 먹는 반찬을 앞에다 차려 놓아 주셨다. 많이 먹으라며 손수 수저에 얹어 놓아 주셨다. 눈물이 나오도록 뭉클한 감정을 간신히 억제했다.

"벌아! 우리 집에 와서 고생 많이 하면서 잘 참아 주어 고맙다. 이게 모두 하늘이 주신 인연이다. 많이 먹고 떠날 준비를 하거라."

"촌장님! 그리고 사모님! 정말 고맙습니다. 아무것도 모르는 코흘리개를 이렇게 장성하게 키워 주신 큰 은혜 평생토록 잊지 않겠습니다."

"그래! 많은 생각이 떠오르는구나. 처음 우리 집에 와서 서수을과 테격태격 싸우던 일을 생각나느냐?"

"그르믄요, 사내 녀석이 소갈머리 없이 굴던 잘못된 일들을 어찌 잊을 수가 있겠어요. 이젠 동생이 이해하고 있을 겁니다."

서수을은 귀밑까지 얼굴이 빨개졌다. 아버지 어머니를 힐끔 보다가 말문을 열었다.

"잘못은 내가 더 많이 했어요. 닭이 텃세를 하듯 쫑알거리고 쪼아댔으니까요. 오라버니 미안해요. 이해하시는 거죠?"

"안이요, 그때 쥐어박지 못한 것을 얼마나 후회가 된다 구요. 그러나 지금은 벌써 그 일을 잊어버린 걸요."

하하하――― 가족들은 한바탕 웃었다. 이날 아침 밥상에 벌이 처음 집에 왔을 때를 돌이켜 보면서 모두가 웃음꽃이 피었다. 이때 행랑채 할멈이 말을 거들었다.

"우리 아가씨와 벌 도령은 처음엔 티격태격 다투었지만 지금은 한 쌍의 비둘기 같아요. 영원히 한 쌍이 되어 희로애락을 같이 했으면 좋겠다고 생각이 드는구먼요."

"할머니는 별 소릴 다하세요."

서수을은 빈 물그릇을 가지고 부끄러운지 부엌으로 나갔다. 아침 식사 후 바깥마당엔 지난번 무술 경연대회에서 시상 받은 '흙표' 검정말에 소지품과 책, 활, 검 등이 실려 있었다. 벌은 설 총장님 내외분께 땅에 엎드려 큰 절로 하직 인사를 올렸다.

"촌장님 내외분! 만수무강하십시오. 시간 나는 대로 자주 찾아뵈겠습니다."

"벌아! 너도 더욱 학문과 무예를 닦아 이 나라의 훌륭한 대들보감이 되어야 한다. 그리고 내가 항상 말했지만 효가 으뜸이다. 부모님께 극진한 효도를 다하거라. 그리고 건강에 주의하거라."

"명심하여 말씀 잘 받들겠습니다."

서수을 아가씨에게도 잘 있으라고 인사를 했다. 말고삐를 말아쥐고 마을 입구까지 걸었다. 뒤를 돌아보니 그때까지 가족들이 거기 서 있었다. 벌은 손을 흔들어 작별 인사를 하고 마상에 올라 채찍을 쳤다. 질풍처럼 달리는 말발굽 소리는 사로국 앞 날의 새로운 이정표가 될지 아무도 모르고 있었다. 다만 두고 온 연인을 어찌 잊을 수 있겠는가.

한편 벌을 떠나 보낸 서수을 아가씨는 방에 돌아와 그리움에 몸부림을 치며 아쉬워했다. 이토록 이별의 아픔이 큰 줄을 미처 몰랐다. 벌의 따뜻한 입김과 힘있게 쥐어 주었던 그의 손길이 몸 속에 맴돌았다. 가장 짜릿한 사랑은 가장 은밀한 관계에서 나온다고 한다. 이것이 애틋한 사랑이라고 흔히들 말하는가 보다. 그녀는 몸에서 힘이 쑥 빠지고 맥이 떨어졌다. 마냥 누워 있었는데 소벌의 영상이 새록새록 떠올라 어찌할 수가 없었다.

낙엽이 우수수 떨어지는 깊은 가을밤이다. 서수을은 뜰에 나오면 남쪽 고허촌을 바라보았다. 지금쯤 벌공자는 무엇을 생각하고 있을까? 애타게 그리는 이 맘을 알아줄 수 있을는지? 휘어진 고목에 걸린 달님만이 이 안타까운 설움을 전달해 줄 수는 없을까? 그녀의 동공에선 어느덧 그리움의 눈물이 솟아났다. 피나게 울어대는 부엉새 소리가 오늘따라 가슴을 쪼개는 듯이 들려왔다.

소벌이 문을 두드리는 소리가 들려 왔다. 문을 따고 열어 보니 소벌이 비를 쪼르륵 맡고 들어왔다. 젖은 옷을 횃대에 걸고 뒤돌아보는 순간 자신을 번쩍 안고 아랫목에 눕혔다. 미치도록 보고 싶어 왔노라며 그녀의 입에 뜨거운 입김을 불어넣었다. 몸이 후끈 달고 현기증이 났다. 순간 벌은 자신의 옷을 하나하나 벗기고 나서 으스러지게 안았다. 이것만은 안돼 안돼 하면서 몸부림을 치다 깨어났다.

꿈이지만 너무도 현실 같았다. 온 몸이 땀에 젖어 있었다. 입술이 바짝 달아올랐다. 너무나도 허망해 꿈이 아니길 바랬다. 이 밤이 왜 이렇게 긴지 모르겠다. 밖에는 바람이 몹시 부는 모양이다. 나뭇잎 구르는 소리가 스산스럽다. 일어나 창문을 열어 보았다. 서녘에 걸린 초생달이 서럽게 울고 있어 보였다. 애타게 님을 그리는 자신의 위치와 비슷해 보여 더욱 감정이 복바쳤다.

설촌장과 부인은 요즘 딸이 밥맛이 없다며 끼니를 가끔 거르고 얼굴이 핼쑥한 모습을 보았다. 이런 눈치를 알아차리고 서둘러 벌과의 혼사가 이룩되어야 되겠다고 생각을 했다.

"여보! 요즘 딸애가 식욕이 없는지 밥도 잘 안 먹고 말도 적어졌어요. 아마도 벌을 생각하는 모양이에요.”

“나도 눈치는 챘소! 혼인이 어디 그렇게 단순하게 이루어지는 것이 아니잖소. 양가에 원만한 합의가 이루어지고 당사자간에 의견이 접근되어야 하지 않겠소. 그러니 조금 시간을 기다려 봅시다.”

“그래서 생각한 건데 매파를 그쪽에 넣어 결정을 보아야 되겠어요.”

“그것참 좋은 생각이요. 부인이 알아서 하시구려.”

“영감님! 그 쪽 집안에서 우리 딸을 흔쾌히 받아 줄 수 있을까요.”

“그쪽 기노공과는 막연한 사이요, 그것은 문제없을 겁니다.”

“혼사는 안주인이 더 큰 역할을 한다는 사실을 알아야 돼요.”

“자! 밤이 깊었으니 이만 자고 내일 당장 매파를 시켜 의견을 교환해 봅시다.”

소벌도 책을 보아도 산만해지고 자리에 누워도 잠이 오지 않아 바깥마당에 나왔다. 멀리 고야촌에 서수을 아가씨가 아른거린다. 생각 같아선 애마 흙표를 몰고 단숨에 달려가고 싶은 충동이 일었다. 그녀와 개울가를 걸으며 사랑을 속삭이던 생각이 떠올랐다. 그녀의 뜨거운 입맞춤이 입술에 번지자 온 몸에 전율이 일어난다. 이것이 진정 사랑의 아픔인가보다. 화살을 힘껏 당겨 사랑의 하소연을 날리고 싶다.

2. 이어온 혈통

　바람이 불어 구름을 쫓고, 세월은 흘러 오년이란 짧지 안은 공간을 훌쩍 뛰어넘었다. 흐르는 세월의 실타래 속에서 한순간도 정지된 그대로 있지는 않았다. 물내린 나뭇가지에 잎은 바스러지는데 산등성이를 휘감은 구름이 시시각각 그 모양을 변화시키고 있다. 소벌(蘇伐)은 마상에 앉아 금성 뜰을 지나다 보니 감회가 헤아릴 수 없었다.

　아홉 살 어린 나이로 아버지와 함께 말을 타고 이길을 거슬러 올라가서 고야촌에서 생활한지가 엊그제 같았다. 그런데 지금은 무예시합에서 상품을 받은 이 검정말 흙표를 타고 금의 환향하는 중이었다. 소벌이 집에 돌아오자 집안이 온통 떠들썩 했다. 아버지 어머니께 돌아왔다는 인사를 하고 나서 별채에 계신 할아버지를 뵈었다.

"할아버지 손자 소벌이 돌아왔습니다."

"오냐! 이야기 들었다. 얼마나 객지에서 고생이 많았느냐. 그리고 지난 한가위 무술 경연대회에서 네가 수석을 했다니 가문의 영광이다. 어디 이리 가까이 오너라. 이녀석 자세히 보니 골격하며 아주 대장부가 되었구나."

"할아버지 건강은 어떠하신지요?"

"늙은이 건강 별 수 있느냐. 진시황도 삼신산에 삼천명의 선남 선녀를 보내어 불노초를 구하려다 세상을 떠났거늘 세월 앞에 장사 있느냐. 지난번 아범이 수십년 묵은 산삼을 구입하여 그것을 다려 먹었더니 원기가 회복되어 지금은 많이 좋아졌다."

"할아버지 감축드립니다. 오늘부터는 이 장손이 할아버지를 정성껏 모시겠습니다."

"그래라, 이 할애비 방에 자주 찾아오거라. 그런데 옛날 얘기 해달라고 떼를 부리진 않겠지."

"할아버지! 제가 그 동안 생각한 것인데 세상 일들이 너무 궁금한 것이 많습니다."

"예끼! 이 녀석아, 벌써 불알이 영글었나보구나. 그래 어디서 예쁜 손주 며느리 감을 챙겨 놓았느냐?"

"할아버지! 이 손자가 챙겨두었으면 승낙하시겠어요."

"암! 여부가 있나, 네가 챙겼다면 곰보도 싫다고 안하고 승낙하마."

"할아버지 고맙습니다."

"네녀석이 뭔가 있긴 있는 모양이구나."

저녁 식사는 할아버지께서 참석하시어 온 식구가 대청마루가 꽉

메운채 덕담을 나누며 식사를 했다. 이 때 할아버지께서 말씀하셨다.

"한 집안을 이어 나가고 번성하려면 자손이 번창 되어야 한다. 다행이 우리 집안의 기둥이 될 벌이가 오년만에 집에 돌아오니 온 집안이 꽉찬 기분이 드는구나. 저녀석이 저렇게 장성했으니 짝을 채워줘야 되지 않겠느냐. 아범과 어멈 생각은 어떠하냐?"

"아버님! 우리 내외도 생각해 둔 것이 있습니다. 내년 봄 쯤 며느리를 맞이할까 생각하고 있습니다."

"어디 보아 둔 랑자가 있느냐?"

"몇 군데 보았습니다만 결정된 곳은 없습니다."

"이 가을에 서둘러서 결정하고 내년 봄에 저녀석 혼인을 시키도록 하거라. 벌이 녀석이 집에 오자마자 이 할애비를 졸라 장가 보내달라고 귀찮게 하는구나."

"할아버지! 제가 언제 그랬습니까?"

"저녀석 봐라, 아까 내 방에 들어와 한 말을 금새 번복하는구나."

가족들이 한바탕 웃음보가 터졌다.

초겨울을 맞이했다. 가을 걷이를 끝낸 앞 논의 벼를 빈 자리가 허전하다. 뒷동산의 갈참나무의 바람부는 소리가 스산했다. 벌은 고즈넉한 자신의 방에서 촛불 심지를 세우며 서수을을 생각했다. 밤은 점점 깊어만 가는데 서수을에 대한 애타게 그리운 정은 시간이 지날수록 점점 쌓여만 간다. 북풍의 바람은 문풍지를 울리는데 달빛은 싸늘하게 창틀을 비집고 들어온다.

벌은 그동안 집안 일을 도와주며 낮에는 무예를 익히며 밤에는 글 읽기를 게을리하지 않았다. 지난 오년간 배웠던 것을 하나하나 복습하며 정리해 나갔다. 그러다가 문득 자신의 혈통에 대해서 무척 궁금했다. 구전 되어 오는 가족의 혈통을 할아버지께서 생존해 계실 때 상세히 알아서 기록으로 남겨 둘 것을 결심했다. 그러기 위해선 이번 겨울이 적기라고 생각했다.

벌은 저녁상을 물리고 나서 별채인 할아버지 방을 찾았다.

"할아버지 춥지 않으세요, 굼불을 더 땔까요?"

"아니다. 조금 있으면 따스해 진다. 불을 땐지가 얼마 안돼서 그렇치 구들이 달궈지면 뜨듯해 진다. 어멈이 신경을 써서 문풍지를 붙이고 바람 틈을 모두 메꾸어 아주 아늑하구나. 그런데 네 녀석이 저녁 밥을 먹자마자 할애비를 찾은 것을 보니 아무래도 수상하구나. 이젠 불알이 땅겨지느냐?"

"아유! 할아버지, 이제 추위가 다가와서 그 귀중한 것이 오그라들고 있습니다."

"하하하! 그렇다면 큰 일이구나, 노끈으로 잡아 당겨야지."

"할아버지! 오늘은 중요한 것을 배우러 왔어요. 다름아닌 저의 혈통이 어찌 이어왔는지 알고 싶어요. 지금까진 진한왕 소백손 공의 5세손이라는 것만 대충 들었지 자세한 사항은 모르고 있어요."

"음! 그걸 이야기 하자면 시간이 오래 걸린다. 이제는 네가 이야기를 들으면 이해가 될 나이가 되었구나. 그래서 내가 죽기 전에 네 녀석 한테 일러두는 것이 좋겠구나."

"벌아! 지금부터 이 할애비가 하는 말을 잘 들어야 한다. 우리 소씨(蘇氏) 조상 이야기를 하자면 무척 길고 어렵다. 우리 나라 기록으로 전해 내려오는 것도 많치만 외국인 중국, 왜(倭)의 기록도

많이 남아 있다. 더구나 문자가 없던 오랜 역사는 구전으로 전해
오는 것도 많았다. 이 할애비가 말하는 것을 꼭 기록으로 옮겨야
한다. 내 말뜻을 알겠느냐?"

"예! 할아버지 말씀을 골간만 지금 기록해 두었다가 훗날 다시
자세하게 문자로 남기겠습니다."

"그러니까 이 땅덩어리가 생긴 것은 50만년 전이라고 한다. 처
음엔 저 태양계에서 떨어져 나와 불바다였는데 차츰 식어서 지금
과 같이 육지와 바다가 생겼다. 오랜 변천 속에 식물, 동물, 사람
들이 살고 있는 것이다. 그 중에도 만물의 영장인 인간이 존재하
고 있다. 하늘에 헤아릴 수 없는 수많은 별들 중의 하나가 우리가
살고 있는 이 땅이다. 그래서 우주의 이치와 삼라만상의 섭리가
생기게 된 것이다.

밤 하늘에 보이는 저 무수한 별들 중에도 사람과 동물이 어느 별
들 중에는 살고 있을 것이라고 추측하고 있다. 지금 이 땅에 다른
사람들의 종족과 수많은 동식물들이 자손의 번영을 위해 생존경쟁
을 하고 있다. 생존경쟁을 하기 위해선 약육강식의 법칙이 자연적
으로 발생하고 있다. 그러면서 종족을 번영하기 위한 강한 생명체
가 이어지는 것이다. 이것이 종족 번영의 법칙이다.

이같은 종족관계는 다시 혈족관계로 이어져 성(姓)으로 표시되
었다. 지금까진 인간이 이 땅에 생겨서 삼라만상과 지내온 긴 이
야기라면 지금부터는 네 녀석이 궁금해 하던 우리 소씨 가문의 혈
통이다. 그러니까 기원전 4242년 기묘년 축융(祝融) 시절부터 거
슬러 올라간다. 당시 소복해(蘇復解)라는 분이 풍주배곡(風州倍谷
: 바이칼호)에서 제왕에 올라 나라 이름을 적제축융(赤帝祝融)이

라 했다.

전국에 무궁화(扶蘇)를 심었기 때문에 성을 소(蘇 : 무궁화소)라 한다. 그 후 2백여 년이 흐르자 돌을 가지고 도끼도 만들고 칼도 만들어 사용할 줄 알게 되었으며 이 시기를 석기시대라고 한다. 불의 발견은 사람들의 머리를 점점 영특하게 했다. 할애비가 말하는 것을 알아 듣고 기록하느냐?”

“예! 할아버지, 열심히 듣고 있는데 하두 먼 옛날이야기라 그럴 수 있을까 반신반의 하고 있습니다.”

“그래서 구전(口傳)이라는 것이 많다고 했느니라. 신빙성 유무는 더욱 연구하고 노력해야만 된다. 다만 오랜 역사 속에 전해 내려오는 것인데 별로 틀린 사실이 없다는 사실이다. 그래서 문자와 구전의 힘이 위대하다. 특히 우리 민족과 소사(蘇史)에 대해서 기록은 물론 구전해내려 온 과정이 신기하다. 어느면에선 역사의 정확성이 높다는데 새삼 놀라운 일이 많다.”

이 때 어머님께서 연시감을 큰 사발로 가득히 담아왔다.

“벌아! 너 또 할아버지 괴롭히는구나.”

“어멈아! 그런 소리 말아라, 이 녀석이 이젠 철이 들어 장가 가려고 가문의 혈통을 공부하는 중이다.”

“그것봐요, 어머니께선 무조건 소자를 어린애 취급하고 구박만 주신단 말야. 할아버지 안그래요.”

“아이구! 다 큰 녀석이 응석만 부리는구나.”

어머니가 나가신 후 다시 밤이 깊어가는 줄 모르고 가문의 혈통에 대한 이야기가 이어졌다.

“벌아!”

"예! 할아버지."

"소씨 가문의 혈통을 이야기 하기 전에 너에게 일러 둘 말이 있다. 씨족이든 국가든 그 뿌리의 정체성을 바르게 인식하여야 한다. 그것을 부정적인 면에서 보면 아무리 좋은 금덩이도 돌로 밖에 보이지 않는 것이다. 다시 말해 주체의식이 있어야 한다는 것이다. 조금 전에도 소복해에 대해 말했지만 적제 축융을 건국한 곳은 인류의 발상지나 다름 없는 풍주배곡(바이칼호)이다.

인간은 본능적으로 따듯하고 물맑으며 공기 좋은 곳에서 살고 싶어하는 것이다. 그러기에 1800여년(기원전 2417년) 후인 적제의 61세 손 태하공 풍(豊 호는 昆吾)이라는 할아버지가 출생했을 때는 란하유역(灤河流域 : 북경동북)으로 이주해 거주했단다. 어느 민족이든 물이 있고 식량이 풍부한 지방으로 이전하려는 것은 모든 생명체의 본능인 것이다."

"할아버지! 그렇다면 우리 소씨의 혈통은 동방민족의 인류발전상과 맥을 같이 했다고 보아도 과언이 아니겠군요."

"옳거니! 네가 이제야 만물이치와 세상 돌아가는 것을 조금씩 터득하는 것 같구나. 학문을 배우는 것도 문리를 터득해야지 그 참 뜻을 아는 법이다. 말이 1800년이지 그 숱한 세월을 생각해 보아라. 상상이나 되겠느냐. 네 녀석이 집 떠나 오년간 수련을 하면서 고생했다고 하지만 여기에 비해 봐라 비교가 되겠느냐. 가만이 있자. 할애비가 어디까지 말했느냐?"

"적제의 61세손 풍의 출생까지 말씀하셨습니다."

"이 녀석아! 할애비 말을 잘 들어, 그러기에 수천년 된 기록과 구전의 역사라고 했잖으냐. 그간 상형문자 등으로 기록되어 왔다고 전하나 모두 분실되고 보니 확실한 서류로 증명 될 수 없으나 (東國歷代史, 檀紀古史) 여러 정황들을 살펴 조상님들의 입을 통해 내려 왔기에 구전 역사라고 칭하는 것이다. 이 할애비가 죽고 네녀석이 기록한 것이 없어지면 네가 할애비 이야기를 전하는 것이 바로 구전 역사가 되는 것이다. 아니 그러냐?"

"예! 할아버지 말씀은 수긍이 가는데 너무나 이해하기 어려운 것이 많은 것 같습니다."

"이 녀석아! 그러기에 내가 처음 말할 때 구전의 역사도 수긍하는 긍정적인 방향으로 들어야 한다는 이야기를 벌써 잊었느냐. 그래서 학문은 배울수록 심오한 것이고 오늘의 역사는 그 시대를 살고 간 하나의 발자취다. 먼 옛날에 문자가 없고 지금도 글을 아는 사람이 희소한데 당연한 일이 아니겠느냐."

"할아버지 다시 말씀 이어주세요."

"벌아! 잘듣고 판단할 때가 되었다. 이 역사의 공간은 네가 조상의 뿌리를 확인하는데 노력해야할 문제다. 보아라 우리 소복해 할아버지가 기원전 4242년(己卯) 축융을 건국했다. 그렇다면 기원전 2417년 (壬寅) 태제(泰帝)때 제왕의 손인 풍이 출생하여 란하유역(北京東北)에 거주했다고 한다. 이 기간이 무려 1825년 간이다. 내가 이 사실을 너한테 반복해서 말하는 뜻을 이해하길 바란다.

이 란하유역은 당시 조선의 숙신(肅愼 : 서숙신)으로 갈석산(碣石山)을 서쪽으로 끼고 흐르다가 발해만(西海)으로 흐르는 강이다. 이 강으로 이동하려면 풍주 배곡에서 수천리를 남으로 이동해야 된다. 풍주 배곡은 말이 호수이지 바다와 같다고 전한다. 호수 끝 쪽에서 내몽골의 적봉(赤峰)을 거쳐 란하로 들어오는 길이 가장 빠르고 이동하기가 쉽다는 것이다. 그때 당시의 지형을 오늘에 비해서 말하는 것도 옳지 못하다. 그래서 61세손 풍공의 씨족들과 여려 다른 씨족들이 더 살기 좋은 이곳으로 이사온 것이다.

여기서 살펴볼 문제가 있다. 이 때에는 돌로 만든 도끼, 칼, 망치 등을 사용하며 동굴 등에서 생활을 했다(新石器時代). 그후 수천년 흐른 후에 철과 동을 사용했다 하여 청동기 시대라 하는데 풍공이 란하유역으로 온 시기가 바로 그 시기라고 볼 수 있다. 지금도 그 근방에서 바위에 그림이 새겨진 것이 발견되어 6천년전 새겨진 사람의 얼굴 형태가 그대로 남아있다."

주 : 현 내몽골 적봉(赤峰)지대 고산자향(孤山子鄕)의 유적들은 구석기시대로 본다. 이는 흥융화문화(興隆洼文化)까지 거슬러 올라가고 바로 홍산문화(紅山文化)시기로 이어진다. 이 시기를 사람들은 신석기시대라고 한다. 현대 학자들의 말을 인용하면 내몽골 적봉에 성자산석성(城子山石城)이 이 인근에서 발견되어 중요한 연구대상이 되고 있다. 이 석성은 기원전 4천년 전후의 동양문명의 기원이라고 할 수 있는 홍산문화권에 속해 있다.

이 문화를 계승한 하가점상층문화(夏家店上層文化)인 유목문화로서 기원전 2천년에서 1천5백년 으로 초기 청동기 시대의 복합유적이다. 우하량(牛河梁) 유적에서도 대형 여신묘(女神墓)와 돌무지 무덤에서 여러 모양의 옥그릇이 출토되었다. 이는 사회의 예제가 확립되었고 계급이 형성된 군장사회(君長社會)가 형성된 것으로 학계에선 추측하고 있다. 이 문화권을 세계4대 문명의 하나인 황하유역의 문화보다 앞서 형성되었다는 학설이 뒷받침 하고 있다.

*성자산 석성(城子山 石城)

 내몽골 적봉지대 산 위에 성이 있다는 뜻으로 성자산 석성으로 불리워 지고 있으며 이는 홍산문화에서 하가점 상층문화에 이르는 복합유적이다.

 *하가점상층문화

 내몽골 적봉 지대에 발달한 홍산문화로서 사천년 전의 유목문화이다. (출토된 기와와 무늬가 없다)

 *하가점 하층문화

 내몽골 적봉지대에서 발달한 홍산문화로서 기원전 5천 5백년 전의 농경 문화이다.(출토된 기외에 빗살무늬가 있다)

 문제는 하가점 하층 문화에서 나온 유골을 토대로한 인류학자들의 연구 결과다. 그에 따르면 이 문화를 일으킨 사람들이 오늘날 우리 민족과 가장 연관성이 높다고한다. 이는 곧바로 민족의 이동으로 고조선과 연결되고 있다는 사실의 전언이다.

 이것을 연결시키는 것은 고조선문화요 바로 우리 소씨(蘇氏) 씨족들이 민족의 이동과정에서 남겨 놓은 유적이 포함 되었을 가능성이 매우 높아서 참고로 기록한 것이다.

 "벌아! 지금부터 할애비의 말을 잘 듣고 기록하여 보존해야 된다. 우리 소씨가 지금 까지 전해 내려 온 역사다. 줄여서 말하면 소사(蘇史)라고도 한다. 이 소사는 바로 우리 민족인 단군조선과 연결되어 있기 때문이다. 중요한 시대상의 문제이기 때문에 다시 한 번 반복해서 말하는 것이니 단단히 듣거라."

 "할아버지! 정말 난해한 문제가 많습니다. 어쩌면 그렇게 먼 인류의 역사가 기록도 별로 없이 전언으로 이어져 내려온다는 것이 신비합니다."

"이 녀석아! 그러기에 앞전에서도 말했잖으냐. 상형문자로 전해온 것도 있고 역사의 기록도 있고, 구전에 의해 내려온 것도 있다. 그래서 전언의 시대적 반응이 인류의 역사를 창조해 나가는 과정이라는 것을 말했잖으냐. 그리고 단군 고기 등 일부 기록이 있었으나 모두 소실되어 전해지지 않고 있다고 한다"

"할아버지! 소사에 대해서 다시 말씀해 주세요."

"그러니까 우리 소사는 기원전 4242년(己卯) 축융(祝融)으로부터 태제(泰帝), 홍제(洪帝), 광제(光帝), 우제(虞帝), 원제(元帝)까지 거쳐서 오늘에 이르렀다. 이를 분류해 보면 축융은 소복해가 풍주 배곡에서 (바이칼호) 제위에 올라 적제 축융(赤帝 祝融)이라 했다. 전국토에 무궁화(扶蘇)를 심었기 때문에 성을 소(무궁화 蘇)라 했다. 전해 내려오는 기록 문서에 동국역대사 회보문헌비고(東國歷代史 檜補文獻備考)에는 소씨는 축융의 후(後)라 하였다.

배곡(바이칼호)을 '밝골'이라 칭했으며 성해(聖海)라고도 했다. 중국인들은 옛날에는 백해(栢海) 또는 북해라고도 했다. 환국의 황태자 환웅은 바이칼호에서 예상되는 환국연방에서 동남하 하여 나라를 세웠다. 반면 서남하 한 겨레는 수밀이국(須密爾國 : 수메르)이라 했다. 수메르의 제왕 소밀유(蘇密由)는 소씨의 후손이다. 우리 소씨는 중국은 물론 다른 나라에도 많이 거주했다는 사실이 여러 문헌에 남아 있다.

소밀유는 적제 축융의 10대 손인 화인(和仁)이다. 조이(鳥夷)의 딸 여서(女瑞)와 결혼하고 그를 황후로 삼아 아들 둘을 낳았다. 장자는 호(昊)이니 적제 부류(扶流)이며, 차자는 밀유이다. 환국사(桓國史)에 적제 부류 31년에 동생 밀유로 하여금 서역으로 옮기도록 명하고 그곳에 봉했으니 이분이 동막(東莫)의 조상이다. 동막은 수미을(須美乙)이니 새로운 나라 라는 뜻이다.(소씨세보 扶蘇譜序) 소밀유는 축융의 12세 손이 된다. 따라서 그가 수메르 왕이 된 연대는 기원전 3870-3850년 경으로 추정 된다.

주 : (대만대학 교수 서량지(徐亮之)는 세석기(細石器) 때에 문화부족이 시베리아 바이칼 호수 근방에 살았는데 그들은 중국의 전설에 있는 염제신농족(炎帝神農族)이다. 바이칼의 고고학적인 증명으로 시베리아 토기와 연결된다. 근래에는 바이칼 남쪽의 수메르 동굴 유적에서 우리나라 토기와 똑 같은 것들이 나오고 있다. 이 시베리아 줄문 토기가 서쪽은 요하, 동쪽은 흑룡강, 송화강 등을 타고 남쪽으로 내려 왔다. 또한 동이문화사(東夷文化史)를 고찰해 볼 때 이(夷) 자는 동방에 사는 큰활을 사용한다는 뜻이다. 이는 오랑캐 이자가 아니라 '어질 이' 자로 표기 되었음을 알 수 있다.

동이 민족은 대단한 민족으로 그 영역도 광대했다. 한고조를 항복시켰고 유럽의 게르만 민족의 대이동의 원인을 만들게한 훈이 흉노(凶奴)이다. 공자는 구이는 숙신이니 본래가 동이라 했다. 소씨(蘇氏)는 구두씨(九頭氏)의 후세인 적제에서 나왔다. 이 적제의 후손들이 숙신(肅愼)으로 이거 했다. 최인은 죽서기년(竹書紀年)에 숙신씨가 4300년 전에 대국을 건설하여 만여리에 떨친 대민족으로 그 역사는 5천년이 되었다고 한다.

중국 사학자 당란(唐蘭)은 동이족의 고대사는 실존하였으며 소호(少

昊) 김천씨(金天氏)가 나라를 산동성 곡부(曲阜)에 도읍했다고 고고학적 뒷받침 을 하고 있다. 동양문자의 창조자는 동이족으로 창조한 것이다. 소씨의 최초 족보는 947년 고려 정종 2년에 간행된 동근보(東槿譜)이다. 동근보는 현문(玄文)으로 기록하였다고 한다. 고려사 상권 성종조에도 새 발자국 모양의 현문이 있었다고 한다.(國家初創之時 羅亡之餘 鳥跡玄文))

적제의 후손이 풍(風), 강(姜), 히(姬), 기(己) 등의 여러 성씨가 되었다. 적제 61세손 태하공의 호는 곤오(昆吾)요 휘는 풍(豊)이니 기씨를 본성인 소(蘇)로 고쳤다. 그분은 배곡에서 란하유역(灤河流城 : 北京東北)으로 이거한 후에 태어나셨다. 그로부터 25년 뒤 기원전 2392년(己巳)에 홍제(洪帝)이신 태하공 풍(太夏公 豊)께서 숙신(肅愼 : 요서지역)으로 이거하였다. 고조선(古朝鮮) 시대의 숙신은 직신(稷愼), 식신(息愼) 등으로 표기하였으며, 중국의 동북쪽에 거주했던 종족 가운데 가장 일찍부터 중국과 교류를 가졌던 것으로 기록되어 나타난다.

연대 추정의 기록을 보면 중국의 제순(帝舜) 25년(기원전 2209)에 숙신의 사신이 중국을 방문했다는 기록이 있다. 숙신은 란하유역으로부터 멀지 않은 곳에 위치해 있었으며 연(燕) 나라와 가까이 있었다. 연 나라는 중국의 가장 동북쪽에 위치하며 지금의 천진과 북경지역을 중심으로 란하 서쪽에 위치해 있었다.

이때 소씨세보(蘇氏世譜)에 의하면 태하공은 우리에게 소씨 성을 갖게한 득성시조이다. 그는 축융(祝融)의 후손으로 고신씨(高辛氏)가 정치를 포악하게 하므로 동숙신으로 망명하였고 그가 침입함에 창의(倡義)하여 유동(綏東) 들에서 태하공께서(太夏公 昆吾 蘇豊)이를 격퇴하였다. 이 공으로 소성(蘇城 : 지금의 송하강 유역) 의 하백(夏伯)으로 봉(封)해 졌다. 그래서 본기는 기(己) 씨였으나 소씨로 성을 바꾸었고 묘도 소성에 있다.(東國歷代史)

이 소성은 고조선의 부여(扶餘) 땅으로 여겨진다. 그들이 있었던 탁수(涿水)의 이름을 따서 고을 이름을 사탁(沙涿), 또는 점탁(漸涿)이라고 하였다. 그리고 양서(梁書)에서도 신라의 근원이 진한에 있음을 밝혔다. 그들은 성(城)을 건모라(健牟羅) 하고 성 안에 있는 읍(邑)을 탁군(涿郡)이라고 하여 중국 군현의 명칭을 따르고 있었다. 따라서 한반도로 동천(東遷)한 탁수의 진한인들은 연지(燕地)에 머물렀던 이족(異族)으로 알려졌다.

곤오공은 한국과 중국 소씨의 시조이다. 중국 사서인 사마천(司馬遷)의 기록을 보면 중국의 최초 국가 형태는 하(夏) 나라이다. 이때 동아시아 대륙에는 동이족과 수많은 부족국가가 형성되어 있었다. 이에 통치자의 필요성을 느껴 존경받는 세분의 임금을 황(皇)이라 하고 다섯분을 제(帝)라하여 삼황오제라 하였다. 이 왕중왕을 훗날 진시황 때부터 황제라고 통칭하였다.

삼황이란 태호복희씨(太昊伏羲氏), 염제신농씨(炎帝神農氏), 황제헌원씨(黃帝軒轅氏), 오제란 소호금천(少昊金天), 전욱고양(顓頊高陽), 제곡고신(帝嚳高辛), 제요(帝堯), 제순(帝舜) 다섯분이다. 이 여덟 명의 임금 중 태호복희씨를 제외한 일곱 분이 한 혈통으로 축융의 후손 막배소전씨(莫坏少典氏)의 직계혈족이었고 중국 고대국가의 거의 모든 시조들이 이 가문에서 배출되었다.

문제는 곤오공이 왜 동숙신으로 망명하였나? 사마천은 말하기를 고신(高辛) 임금은 전욱 고양 임금의 당질로서 요임금의 아버지다. 삼황오제 중 한분인 고신씨 는 지금의 하남성 낙양 근처 허창 지역에 있던 곤오국의 제후였다. 증조부 중여(重黎)는 국정을 총괄하는 대신으로 정치를 잘하여 백성들이 옛날 축융(祝融)같다고 했다.

고신은 어려서부터 신령스러웠고 덕망이 있으며 사익을 도모하지 않았다. 곤오공은 이같은 성군을 왜 포악하다고 했을까? 이때 공공(共工) 씨가 반란을 일으키자 고신 임금이 평정을 명했으나 중여(重黎) 대신은 이를 진압하지 못해 무참히 처형당했다. 이때 곤오공은 증조부를 도와 토벌작전에 공공씨와 격전을 벌렸으나 패전했다.

곤오공은 패전책임을 물어 곤오국의 제후자격을 박탈당했다. 공은 가족과 그를 따르는 무리를 이끌고 고신의 추격을 피해 동숙신으로 이거 했다. 고신씨는 군대를 보내 계속 추격하였으며 동숙신 홍제는 상장군 역통(力通)을 보내어 응전했다. 곤오공은 의병을 모아 수등벌에서 고신씨 군을 격전 끝에 승리하였다. 이 공로로 홍제는 곤오공을 소성(蘇城)의 하백(河伯)으로 봉했다.

이러한 연유로 진한인들은 연지를 등지고 동천한 요인의 하나라고 본다. 위략(魏略)에 의하면 진말(秦末), 한초(漢初)에 조선의 서부에 유입된 집단은 연(燕), 제(齊), 조(趙)의 유민들이다. 이들 중에서 위만조선의 영역에 한의 창해군(滄海郡)이 설치되자 동요를 일으켰던 연 제의 두 집단은 한반도를 향해 동천을 계속한 것으로 추측된다.

기원전 2118년(癸卯) 광제(光帝)인 소나벌(蘇奈伐)은 문무의 장

구지책을 주청하고(奏請) 태재(太宰 : 政丞)가 되었다(동국역대사, 檀紀古史). 그러니까 광제로부터 388년 후인 기원전 1730년(辛未)에 고조선의 대철인(大哲人) 소대아야(蘇大亞野: 號有爲者)가 죽었다. 상(上)이 울며 국예로 장사를 지냈다. 여기서 유심히 볼 것은 고조선이라는 나라가 2300여년 동안 엄연히 세워져 있다는 사실이다. 이웃 중국에도 기원전 1760년에 은왕조(殷王朝가 성립되었다.

주 : (단기고사 : 단군조선과 기자조선에 대해 발해시조 대조영의 동생 대야발(大野勃)이 서기 719년에 지은 역사서)

이와 같은 역사적, 지리적으로 민족의 대이동이 있을 무렵 소씨 세손인 태하공께서 소성의 하백으로 봉해지자 동천으로 대이동한 것이다. 여기가 바로 동숙신이다. 이 땅이 거대 고조선 땅임을 다시 밝혀둔다. 그리고 다시 불함산(弗咸山 : 백두산)으로 들어가 유소국(有蘇國)을 건국하셨다. 여기서 유소국을 고찰해볼 필요가 있다.

그 유소국을 삼소(三蘇)로 분류하면, 그 하나는 북소이며 적제가 도읍한바 있던 배곡(바이칼호)이다. 둘째는 남소이니 소성의 부소 갑(扶蘇岬 : 할빈)이며, 셋째는 서소로 소풍공의 삼자 紇(흘)을 봉했던 중국의 하남 업서성(鄴西城)이다. 그 후 공의 후손들 중에 일부는 중국대륙으로 일부는 한반도로 이동 했다. 그 후 태하공의 69세손인 소백손(蘇伯孫) 공이 남천을 단행하셨다.

주 : (대만에서 발간된 팽계방저(彭桂芳著)의 성씨연구에 기록됨)

그러니까 1500여년의 긴 세월이 흘러간 것이다. 기원전 209년 (壬辰) 원제(元帝) 후단조 수상 소대알(後檀朝 首相 蘇大闕)의 자

(子) 소백손(蘇伯孫)이 중유진기(中有陳岐), 신천(神川), 발산(發山) 등과 함께 진지(辰地: 兄山)에 이르러 진한(辰韓)을 건국하셨다.

　주 : (이 형산은 지금의 경주에서 포항쪽으로 약 18킬로미터 지점에 있는 산으로 경북 월성군 동면 국당리에 있다)

　이분이 바로 소벌(蘇伐)의 5대손 할아버지다. 이때는 고조선이 위만조선에 의해 망하고 그 넓은 옛 고조선 땅에는 숱한 부족국가 건국되어 있었다. 이웃 중국에서도 기원전 206년에 유방(劉邦)이 한(漢) 나라를 건국했다. 참으로 긴 역사를 설명을 했는데 이해가 되느냐?"

　"할아버지! 조금 전에도 말씀하셨지만 그 넓은 고조선 땅에서 우리 소씨가 왕국을 건설하고 활동하다가 어찌하여 이 좁은 반도에 와서 백손 할아버지께서 진한을 건국하셨습니까?"

　"벌아! 이해를 돕기 위해 고조선의 역사를 조금 언급해야 되겠구나. 고조선은 단군왕검이 세운나라다. 여기서 단군 신화에 대해서 말하자면 곰이 여자로 변해서 하늘에서 내려온 환웅(桓雄)과 혼인하여 단군왕검을 낳으셨다. 이는 천상의 광명 세계에서 선신의 강림은 태양숭배와 미신의 우주관을 바탕으로 한 천(天 : 桓因), 지(地 : 桓雄), 인(人 : 檀君)의 삼계일체의 건국신화로 환웅이 신시에 배달국(倍達國)을 세우고 웅녀(熊女)와의 사이에 시조 단군이 탄생하니 곰의 숭배와 천지족설(天地族說)인 것이 단군신화의 내력이다.

　여기서 단군왕조의 약사를 살펴보면 환인은 구이족(九夷族) 중에서 덕망이 높은 분이었다. 나라 이름을 환국(桓國)이라 하고 나라안에 환화(무궁화)를 많이 심었다. 환인은 7대로 이어지면서 기원전 7197-3897년 까지 3300여 년을 통치했다고 한다. 천황은 백성들에게 우주의 이치인 하늘과 땅과 사람의 생성 원리를 담은 천부경(天符經)을 가르쳤다. 이는 환역(桓易)의 모체이며 중국 주(周) 나라에 와서 주역이 되었다. 환국에선 5훈(五訓)으로 성실, 근면, 효성, 청렴, 겸손이 있었다.

이는 제7대 천제인 환인의 아들 환웅이 홍익인간(弘益人間)의 이상을 품고 천부인(天符印)세개와 무리 3천 명을 거느리고 강림하여 태백산 신단수(神檀樹) 아래에 신시 건설을 했다. 나라 이름을 단국(壇國)이라 불렀다. 배달환웅은 18대를 이었으니 기원전 3897-2333년까지 1565년까지 통치하였다. 또한 풍백(風佰), 우사(雨師), 운사(雲師)의 삼신을 거느리고 인세교화 하여 웅녀와 결합하여 단군이 출생 했다.

단군왕검의 아버지는 배달나라 제18대 임금님인 거불단(居弗檀) 환웅이며, 어머니는 곰족의 왕녀이다. 신묘년 기원전 2370년 5월 2일에 태어나셨다. 성장하여 비서갑(菲西岬) 하백의 딸을 아내로 맞아 네 아들을 두시었는데 부루(扶婁), 부소(扶蘇), 부우(扶虞), 부여(扶餘) 이다. 부여 길림 평양에 도읍을 정하고 나라 이름을 부여조선(扶餘朝鮮) 또는 단군조선이라고 했다. 단군 왕조는 환인 7세, 환웅18세, 단군 47세로 도합 72세에 역년 6962년을 이어 온 것이다.

여기서 단군고사(檀君古史)에 나오는 소씨세보(蘇氏世譜)를 살펴보자. 동근구보서(東槿舊譜書)에 우리 소씨는 적제(赤帝)의 후손이며...... 제(帝)가 되어 환국(桓國)의 영토에 소(蘇 : 무궁화)를 심고 이를 목근(木槿)이라 하였고 그 후손이 강(姜) 풍(風) 등 여러 성씨가 되었다. 적제의 61세손인 태하공께서 숙신(肅愼)에 계셨으며 그 후 하백(何伯)이 되었고 남유소국주(南有蘇國主)가 되어 비서갑에 도읍을 정하였고 …… 풍이(風夷)의 후손이며…… 견이(畎夷)의 딸 유정(有婼)과 결혼하였다.(소씨족보 1권 19. 20, 46항)

여기에서 아들 부루(扶婁)를 낳으니 이가 단군2세 단군 부루이며 부여국의 시조가 되었다.(단기고사, 단군조선, 신단실기) 또한 단군왕조 제4대 단군 오사구(烏斯丘) 왕 20년 계묘(기원전 2118)에 소나벌(蘇奈伐) 상장이 있었다. 그는 적제의 10대 손이다. 그는 단군 제5대 구을(丘乙) 왕까지 선정을 베푼 충신이며 중국 하(夏)나라와도 외교역활을 담당했다고 한다.

단군 왕검이 평양에 도읍하고 조선이라 한 것이 중국의 요(堯) 임금(기원전 2333) 시대인데 그 뒤 백악산 아사달(白岳山 阿斯達)로 옮겼다. 고조선이 번창 했을 때는 서쪽으로 갈석산을 중심으로 란하유역, 북쪽으로 어루무치강, 동쪽으로 두만강을 넘었으며 남쪽으로 한반도 전역까지 국토를 확장 했었다. 또한 부족국가로 부여, 예, 옥저, 맥 등 많은 부족국가를 거느리고 있었다.

단군 신화의 깊은 뜻은 고조선의 건국신화일 뿐이 아니다. 민족의 자존심과 자주정신을 상징하고 천계에서 온 배달민족의 우월성인 선민사상과 유구성이 민족의 시련기에 강조되어 그 극복에 원동력이 되었다. 또한 홍익인간(弘益人間)의 이념은 재세리화(在世理化 : 고조선) 등으로 계승되어 인도, 광명, 평화의 정, 교 이념으로 계승 발전 될 것이다.

고조선 세력은 독자적으로 성장하기 시작했다. 동방문화인 요령 중심지에서 청동문화를 기반으로 건국하여 철기문화를 수용했다. 기원전 4세기경 요하에서 연 (燕)나라와 대립할 만큼 초기 국가로서 대연맹국으로 성장하였다. 그러나 기원전 3세기 초부터 연나라의 진개(秦開)의 침입으로 고조선은 요동 2천리를 잃고 반한(潘汗)에서 대치하고 진, 한 교체의 혼란기에 위만(衛滿)처럼 조선인이 동방으로 망명하는 자가 많았다.

고조선은 연에서 망명한 위만에게 북변수비를 맡겼더니 오히려 세력을 모아 기자조선 준왕(準王)을 축출(기원전 194년) 했다. 준왕은 남으로 쫓겨내려와 진국(辰國) 에 가서 한왕(韓王)이 되었다. 위만은 진한과 함께 동방무역의 이익을 독점하고 한의 교통을 막으려 반한정책을 쓰다 고조선에 침입 하기도 했다. 또한 위만은 교만하여 서한(西漢) 무제에 대항하다 멸망하고 말았다. 무제는 이곳에 한사군(漢四郡)을 두었다.

락랑군(樂浪郡)은 패수(浿水 :대동강 유역)의 고조선의 옛 땅이고, 진번군(眞番郡)은 자비령(慈悲領) 이남과 열수(烈水 :한강) 이북의 황해도 지방이며, 임둔(臨屯)은 지금의 함남 남부와 강원도 북부의 원산만이고, 현토군(玄菟郡)은 압록강 중류지방이다. 진국(辰國)은 청동문화가 늦게 철기문화와 거의 함께 전해졌다. 기원전 2세기로부터 북방에서 남하 하여 유입되는 이민(준왕 역계상)에 의해 철기문화를 받아 발전하였으나 70여개 소국으로 분립했다.

그중 목지국(目支國)의 진왕이 맹주의 역할을 했다. 진국은 삼한으로 분류되어 성장했다. 삼한은 마한, 진한, 변한이다. 삼국지(三國志) 진한전에 의하면 진한(辰韓) 사람들은 진(秦) 나라의 진시황제가 만리장성을 쌓기 위하여 변방 민족을 노예로 삼아 축성 사업에 강제 노동에 종사 시키므로 그 고역을 피하여 진국으로 왔는데 후에 마한이 그들의 동쪽 땅을 분활하여 진한에게 떼어주었다고 한다."

"할아버지! 그렇다면 우리는 고조선 후에 삼한시대를 거쳐온 민족이니까 곰의 자손이 틀림없군요."

"그렇다, 우리 소씨도 소(蘇)라는 한자가 무궁화 소라고하고, 일부학자들은 곰족의 표현이라고도 한다. 그러니까 너도 할애비가 물려준 곰의 자손이 틀림 없다."

별채의 할아버지 방에선 무엇이 그리 좋은지 웃음 소리가 안채에까지 들려왔다.

"벌아! 오늘은 가문의 혈통 이야기를 여기까지 마치자."

"할아버지! 우리나라와 주변국들의 역사를 혼합해서 소사에 대해서 말씀해 주셨는데 너무 복잡합니다. 요약해서 말씀해 주십시오."

"그럴 것이다. 소사만 요약해서 말해보자꾸나. 적제(赤帝)는 복해(復解)이며 호는 축융(祝融)이다. 환국(桓國)의 천자이며 삼황오제(三皇五帝)는 동이족의 선조다. 소씨(蘇氏)의 조조(肇祖)는 소풍공(昆五 : 太夏公)이니 적제의 61세 손이며 풍이(風夷)의 후손으로 기원전 2417년 생이다. 본성은 기씨(己氏)였는데 부소갑(扶蘇岬)에 소성을 세우고 소씨라 개성한데서 소씨가 비롯됐다. 소(蘇)는 우리말로 새벽 또는 서울의 뜻으로 생각된다.

소성(蘇城)은 4개소가 있다. 북소(北蘇)는 축융 도읍지인 바이칼 호 부근의 풍주 배곡이다. 남소성은 하백이 다스리던 곳이며, 서소(西蘇)는 태하공의 셋째 아들 흘(紇)을 봉했던 중국 하남의 업서성(鄴西城)이다. 후소(後蘇)는 태하공의 10세 손이며 흘의 9세손 계(繼)를 봉했던 제원(濟原)이다. 이를 모두 소성이며 나라 이름을 유소(有蘇)라 하였다. 후손들이 이천 여년간 전승하다가 일부는 중국 대륙으로 일부는 한반도로 이동했다.

비조(鼻祖)는 소백손공(蘇佰孫公)이니 소풍공의 69세 손이며 기원전 240년 신유생이다. 금성 형산에 내려와 후진한주(後辰韓主)가 되시어 6대족을 통솔하니 진공(辰公)이라 하였다. 당시 군주의 칭호는 도리(都利) 였음을 알 수 있다. 이제 요약하니까 조금 이해가 되느냐? 할애비가 몹시 피곤하구나."

"할아버지 죄송해요, 다음에 이야기 또 들려주어야 돼요."

"오냐! 그리하마."

낮과 밤의 길이가 같다는 동지가 지난지도 20여일이 되었다. 갑자기 하늘에 먹구름이 끼더니 함박 눈이 내리기 시작했다. 이곳 사로국(金城)엔 겨울 눈을 보기가 힘들다. 눈이 온다해도 금새 녹아버린다. 눈 쌓인 골목길에 새파랗게 달빛이 쏟아지고 있다. 아침잠 설치고 지나간 누군가의 발자국이 아가씨 치마폭에 수를 놓듯 점점히 찍혀 있다.

아침에 일어나 보니 한자가 넘게 쌓여 있다. 벌은 집 안밖을 쓸고 아침 식사를 마친 후 마구간으로 갔다. '흙표' 흙말이 주인인 소벌이 왔다고 반기며 코를 벌름거리며 입으로 풀풀 댔다. 아버지

기노공에게 눈이 와서 사냥을 나가 보겠다고 허락을 받았다. 말 안장에 활과 화살, 긴창을 얹었다. 항상 아껴 차고 다니는 검을 휴대하고 준비를 마쳤다.

"아버님! 사냥을 갖다 오겠습니다."

"조심하거라. 매사에 언제나 신중을 기하는 일을 몸에 배도록 익혀야 한다. 산은 경건한 마음으로 항상 존중하고 아껴야 한다. 그리고 목표물을 보면 온 정성을 기울여 맞추어야 한다. 범이 한 마리의 토끼를 잡을 때 집중력을 발휘하는 것을 본받아야 한다. 그것은 어떤 상황 변화가 생길 때 일신상의 문제와도 직결된다. 내 말뜻을 알겠느냐?"

"예! 아버님, 명심하겠습니다. 그리고 하루 이틀 늦더라도 심려치 마십시오."

아들 소벌이 멀리 사라지자 기노공은 회심의 웃음을 웃었다. 저 녀석이 분명 사냥을 핑계 삼아 서수을 아가씨를 찾아갈 것이라고 여겨졌다. 벌은 오랜동안 집안에 갇혀 있어 육신이 근질근질 했는데 애마 흙표를 타고 눈 덮힌 벌판을 신나게 달려가니 가슴이 뻥 뚫린 상쾌한 기분이 들었다. 어디로 갈까를 망설이다 명활산이 떠올랐다.

그 산이라면 사냥감이 많을 것 같았다. 포획된 사냥감을 설촌장님 댁으로 운반하면 숙소가 자연적으로 해결된다. 그리고 마음에 둔 서수을 아가씨를 만나게 될 것을 생각하니 마음이 붕 떠있었다. 길 옆 숲 속으로 까치들이 날아들고 뒤돌아 보는 마을이 연기 속으로 고요하다. 오랜만에 나온 애마 흙표도 신이 나는지 어흠 소리를 길게 내뿜으며 신나게 달려간다.

명활산 동북쪽을 뒤졌으나 해가 넘어가도록 작은 토끼, 꿩 발자국 등만 보였을 뿐 산돼지 등 큰 짐승 발자국은 보지 못했다. 그것은 벌이 경험이 부족한 첫 번째 사냥에서 온 실패였다. 눈이 많이 오면 산 짐승들은 은신처를 정해 숨어 있다가 이삼일 지나 눈도 녹고 배가 고파야 슬슬 밖으로 나오는 습성을 알지 못했다. 해가 저물어 컴컴해 지자 당황하기 시작했다.

그러나 부근에는 인가가 없었다. 일단 하산해서 인가가 있는 곳으로 내려가야 했다. 사방을 둘러보니 마침 골짜기 옆에 산신당 같은 것이 보였다. 벌은 흙표를 옆의 노송에다 끈을 묶고 자루에서 건초를 꺼내 먹였다. 이녀석도 배가 고팠던지 어석어석 먹기 시작했다. 그리고 벌은 꺼림직 하지만 산신당 안으로 들어가 밤을 새우기로 마음을 먹었다.

산신당 안으로 들어가기 전에 기도를 드렸다. 산신령님! 날이 저물어 갈곳이 없으니 잠시 하루만 머물다 갈테니 윤허하여 주십시오. 기도를 마치고 허리를 굽혀 안으로 들어갔다. 눅눅한 땅에 마른 나무 잎을 깔고 말 안장을 내려 놓고서 안장에 기대어 눈을 감았다. 서수을 아가씨의 맑은 눈동자가 다가왔다. 그녀를 으스러지게 포옹을 했다. 그녀의 따뜻한 품에서 혼곤히 잠이 들었다. 이 때 하얀 백발을 한 노인이 호통을 치는 소리가 들렸다.

"예끼! 이 나쁜 놈아, 내집에 오신 귀한 손님을 네가 감히 넘보느냐. 그러고서도 네 놈이 살아날 줄 아느냐. 썩 물러나지 못할꼬."

얼마나 호통이 컸는지 잠에서 화들짝 깨어보니 꿈이었다. 그런데 분명한 것은 불에 붙인 솜방망이 같은 파란 눈과 마주쳤다. 순간 옆에 놓아 두었던 칼을 움켜 잡았다. 밖에 매어두었던 흙표가 크게 울부짖었다. 그 때서야 파란불을 네뿜던 거구의 짐승은 어디론지 사라졌다. 밖에 나가보니 눈 위에 소 발짜국 만한 자욱이 어지럽게 남겨져 있었다.

흙표에 다가가 목과 머리를 쓰다듬어 안심을 시켰다. 말의 눈에서도 시뻘건 광채가 서려 있었다. 아침까지 뜬 눈으로 새고 나서 출정 준비를 했다. 산신당에 엎드려 산신령님께 고맙다는 인사로 큰 절을 올렸다. 정말 산신령님의 보호가 없었더라면 흙표나 자신이 위험했을지 모른다. 햇살을 받으며 눈부신 설원을 뚜벅뚜벅 걷는 마상에서 많은 생각에 엉켜 있었다.

이 세상에 신은 존재하고 있을까? 만약 있다면 신은 어떤 존재로 인류에 다가와 그 역할을 담당하고 있을까? 할아버지께선 믿음은 인류가 존재하는 한 계속 이어질 것이라고 했다. 그것은 인간으로서 이룩할 수 없는 위대한 자연의 힘을 믿음으로 신에게 의지하기 때문이라고 했다. 어제 밤에 보았던 산신령님은 분명 존재하는 신이었다.

이런 망상에 잠겨 가고 있는데 갑자기 기적 같은 현실이 벌어지고 있었다. 그런데 이게 웬일인가? 전방 1마장 거리에서 눈보라를 헤치며 이쪽으로 쏜살같이 달려오는 두 개의 물체가 있었다. 눈이 날려 정체는 알 수 없으나 햇빛에 반사되는 누런 색갈로 보아 어제밤에 나타났던 호랑이라고 직감적으로 생각이 들었다. 소벌은 본능적으로 등에서 화살을 뽑아들고 칼과 창을 점검했다.

삼백보 전방에 나타나자 그 무서운 호랑이 두 마리가 달려드는 것을 알 수 있었다. 소벌은 활을 팽팽이 당겨 약간 앞에 달려오는 놈을 향해 화살을 힘껏 당겼다. 그 놈은 어디가 맞았는지 모르지만 천지가 떠나가는 비명을 지르며 멈칫 서 있었다. 그 순간 말을 힘차게 몰고 앞으로 달렸다. 한 놈이 달려들다 말이 방향을 바꾸자 멈칫 거리며 회전을 했다.

그 순간 두 번째 화살을 그 놈에게 날렸다. 옆으로 회전하는 순간에 가속력을 잃어 허리 부분에 정확히 꽂혔다. 그것도 잠시뿐 다시 무서운 기세로 돌진해 들어왔다. 소벌은 말을 달리며 몸을 돌이켜 세 번째 화살을 날렸다. 그의 명궁은 차가운 공기를 가르며 정확하게 범의 머리에 꽂혔다. 그 놈이 움찔하고 서는 찰나 네 번째 화살을 정확하게 머리를 향해 날리자 앞발을 번쩍 치켜들었다. 그 흉한 이빨을 내민 채 큰 소리로 울부짖었다.

범의 표효란 말이 진정 이럴 때 쓰는 말인가 싶었다. 그 놈은 이때 푹 쓰러지며 어지럽게 발버둥을 쳤다. 등에선 식은 땀이 났다. 위기 일발의 아찔한 순간이다. 정신을 차릴 새 없이 바로 얼마 떨어지지 않은 곳에 있던 또 한 마리가 산이 무너져 나갈 것 같은 큰 소리로 표효하면서 한 쪽 다리를 질질 끌며 달려들고 있었다.

벌은 활을 당길 여유가 없었다. 창을 뽑아 달려드는 놈에게 정면으로 힘차게 던졌다. 창은 정확하게 꼽혀 놈의 창자를 꿰뚫었다. 놈은 네다리를 하늘로 향해 버르둥 대며 당장이라도 목구멍으로 삼킬 듯 한 자세였다. 소벌은 다시 칼을 뽑아들어 놈의 목통에 힘껏 꼽았다. 그때서야 그 큰 덩치가 푹 고꾸라지며 눈 위에 붉은 피를 동이로 쏟고 있었다.

흙표가 압발을 들어 어흥 소리를 내며 흥분해서 날뛰었다. 소벌의 온 몸에서 땀이 이 추운 겨울에도 비오듯 흘렀다. 어제 밤에 산신당에 나타났던 그 놈들이 분명 했다. 낮에 기어이 어제 밤에 성사치 못했던 것을 해치려고 마음 먹었던 모양이다. 소벌은 어제 저녁에 묵었던 남쪽의 산신당을 향해 두 손을 모으고 합장을 했다. 그리고 집을 떠날 때 아버님께서 모든 일을 신중히 하라는 말씀이 떠올라 감사함을 느꼈다.

마상에서 한참이나 있다가 정신을 차리고 이 놈들을 어떻게 처리할까를 생각했다. 그러다 앞에 있는 산을 향해 달려갔다. 갈참나무를 칼로 적당히 자르고 인근에 있던 칙덩굴을 잘라 썰매를 만들었다. 그것을 말 안장에 연결시켜 썰매에 싣고 끓었다. 한 마리가 족히 3백근은 되어 보였다. 말이 힘에 겨워 보여 평지에선 타고 가고 언덕이 있으면 말에서 내려 함께 끓었다.

근 네 시진이 되어서 고야촌 설명국 촌장님 댁에 도착했다. 촌장님 가족들은 밖에 눈이 많이와 방안에서 오손도손 이야기 꽃을 피우고 있었다. 이때 말 울음 소리가 들리고 대문 두드리는 소리가 요란하게 나자 밖으로 뛰쳐나갔다. 행랑 아범이 문을 열고 나갔다가 소벌 도령님을 보고 깜짝 놀랐다. 그는 큰 소리로 안 채에 대고 소리를 질렀다.

"마님! 소벌 도령님이 오셨습니다."

식구들이 깜짝놀랐다. 이렇게 눈이 쌓인 날 어쩐 일일까 하고 모두들 의아해 했다. 제일 먼저 설레인 것은 서수을 아가씨다. 언제나 꿈에서 그리던 낭군이 아무런 고지도 없이 온 것이다. 얼굴이 화끈하게 달고 어찌할 수가 없었다. 대문에 성큼 들어서는 도령님을 보는 순간 놀랍기도 했다. 산양복을 입은 옷에 피가 묻었고 머리는 뿌수수하여 몸 단장이 말이 아니었다. 무슨 변고가 있었던 것이 분명했다. 다시 행랑 아범이 큰 소리로 외쳤다.

"마님! 밖에 나와 보십시오. 호랑이 두 마리를 잡아 왔습니다."

"뭐라고! 호랑이를 두 마리씩이나?"

식구들은 밖에 끌게에 있는 송아지보다 큰 호랑이를 보자 기겁을 했다. 쩍 벌린 입에서 피를 토하고 이빨을 벌리고 눈을 부릅뜨고 있었다. 식구들은 이 모습을 보고 모두 몸을 움츠렸다. 다만 설촌장님만이 보고 있다가 고개를 끄덕였다. 그는 소벌의 어깨를 두들겨 주고 나서 행랑 아범에게 호피를 벗기는 방법을 알려주고 소벌을 데리고 안으로 들어갔다.

"촌장님! 그 동안 두 내외분 강령하셨습니까?"

소벌은 큰 절을 올렸다.

"그래, 집안 어르신도 안녕하시고 벌이도 잘 지냈는가?"

"예! 집에 할아버님도 기력을 회복하시어 귀체 만안 하시고 아버지 어머니께서도 평안 하시며 저도 건강히 잘 있었습니다."

"몇달 안 본 사이에 더 건강해 보이는군, 그런데 그 무서운 큰 호랑이를 어떻게 두 마리씩이나 잡았는가?"

벌은 어깨를 으쓱해 보이면서 지난 밤에 갈 곳이 없어 산신당에서 잔 이야기와 오늘 아침에 명활산 동뿍 쪽에서 호랑이를 만나 격투 끝에 잡은 이야기를 호기롭게 말했다.

"음! 하마터면 내가 아끼던 제자를 잃을 뻔했군. 오늘은 여기서 푹 쉬고 내일 돌아가게나."

"예! 배려해 주셔서 고맙습니다. 이 모두가 촌장님께서 저에게 무술을 가르쳐 준 은덕입니다."

식사를 하고 나서 꿈에도 그렸던 서수을 아가씨와 추억이 서려 있는 개울가로 나갔다. 눈덮힌 개울가엔 물 흐르는 소리만 났다. 벌은 그녀의 손을 꼭 잡아주었다. 얼마나 밤마다 가슴 속에 애타게 그리던 연인이었던가. 벌을 만났을 때 아가씨도 가슴이 터지는 줄만 알고 간신히 진정시켰다. 두 사람이 걸어가는데 소복히 쌓인 눈 밟는 소리만 뽀득뽀득 들릴 뿐 두 줄로 이어진 발자국이 개울가를 수 놓은 듯 했다.

"서수을! 나 얼마나 보고 싶고 사모했는지 몰라."

"오빠! 저는 여린 여자의 몸으로 더 안타깝게 기다렸어요. 정말 저두 사모했어요."

눈덮힌 개울가에 두 사람은 손을 꼭 잡은채 해맑은 눈을 마주 대하며 오래도록 서 있었다. 그 동안 못 만났던 세월의 상흔이 눈덮힌 저 산골짜기를 추억 속으로 밀어내고 있었다. 밤마다 채이고 밟히다가 아픔을 딛고 일어서서 기다림의 그 세월이 얼마나 흘렀는지 모른다. 한동안 입술을 꼭 다문 침묵이 대지의 숨소리와 함께 흘러만 갔다.

새아침이 밝아 왔다. 또 사랑하는 서수을과 헤어질 시간이 다가왔다. 만났다 헤어지는 이별은 너무나 안타까웠다. 그녀의 눈동자 속에도 이별의 슬픔이 아롱지어 매달려 있다. 벌도 서러움이 복바쳐 가슴속 저 밑에서 울컥 넘어 오는 것을 가까스로 참고 있다. 삶을 앗아간 세월 위에 본능과 번민을 다시 되뇌이면서 이별의 아픔을 보는 순간이다.

벌은 명활산 고야촌에서 꿈같은 서수을 아가씨와 헤어지고 집에 돌아와 호랑이를 잡은 무용담을 집안이 떠들썩하게 늘어 놓았다.

할아버지께서는 벌의 무용에 만족하면서 소씨 가문에 훌륭한 혈통을 기특하게 생각했다. 그리고 내년 봄에는 고야촌 설 촌장의 여식하고 빨리 혼인식을 갖게 하라고 아범 내외에게 종용하리라 마음먹고 있었다. 다음날 아침 문안 인사를 온 아범을 불러 안쳤다.

"아범아! 이제 벌의 혼사를 늦추지 말아라. 모든 일이 때가 있는 법이다. 그 때를 놓쳐서는 아니 된다. 봄이 되면 곧바로 혼인식을 갖도록 모든 조치를 취해 놓아라. 내 말 뜻을 알겠느냐?"

"예! 아버님 말씀을 알겠습니다. 어멈과 의논해서 바로 날짜를 잡도록 하겠습니다."

"암! 그래야지"

그로부터 며칠이 지난 어느날 벌이 할아버지 방에 찾아갔다.

"네 녀석이 오늘은 어떻게 할애비 방에 찾아 왔는고?"

"언제는 안 뵈었습니까. 오늘은 초겨울에 말씀해 주시려든 소씨 가문의 혈통을 마저 들으려고 왔습니다. 할아버지 원기를 도우시라고 제가 잡은 호랑이 쓸개를 가져 왔으니 이 곡주와 함께 딱 한 잔만 잡수셔요."

"예끼! 이녀석아, 석잔을 먹어야 할 안주거리를 가저 와여지 한 잔 거리가 뭐냐."

"염려 마세요. 할아버지께서 호령하실 것 같아 곡주 한 병 잡수실 것을 준비했습니다."

"그러믄 그렇지, 만약 준비를 못했으면 내 손주가 아니지."

할아버지께선 첫 술잔을 비우시고 수염을 쓱 쓰다듬으신 다음에 매우 만족하시어 너털 웃음을 웃으셨다.

3. 요동치는 대륙

밖에는 바람 소리가 요란하다. 한 겨울의 냉기가 방안으로 꾸역꾸역 들어오는 기분이다. 지금 이 순간에도 요동의 넓은 뜰과 한반도의 구석구석에서 권력의 소용돌이가 몰아치고 있다. 그것은 남을 지배하고 자신의 지위를 높이려는 인간 욕망일 것이다. 땅을 넓힌다는 것은 지배력을 확산시킨다는 의미다. 왜 인간이나 짐승들까지도 그렇게 피를 흘리며 지역을 위해 싸워야 하는가?

소벌은 순간에 스치는 모든 일들이 너무나 복잡하게 다가옴을 느꼈다. 할아버지께선 벽에 기대신체 눈을 감고 잠시 명상에 잠겨 있었다. 그가 진한의 3대 군주였다고 아무도 믿을 수가 없을 것이다. 젊었을 때 성고(成高 : 文公) 할아버지는 대단했다고 한다. 활 잘 쏘고, 말 잘 타고 특히 검법은 당대에 당할 사람이 없었다고 한다.

그러나 자신의 손자에겐 단 한 개의 기법도 전수하지 않고 있다. 그런 까다로운 할아버지한테 소씨 가문의 혈통과 역사에 대해 이야기를 듣는 소벌은 어느 때는 가슴 한구석이 텅 빈 기분이다. 명활산 설촌장께서는 자신에게 감추어야 할 비산호법을 전수해 주셨다. 그런데 당대에 검법 실력자이신 할아버지께선 친손자에게 단 한 수도 가르쳐 주지 않으셨다.

　"할아버지! 지난번에 말씀해 주셨던 이야기 마저 해주셔야죠."

　"지난번에 어디까지 말했느냐?"

　"축융서부터 태하공 그리고 하백이 되기까지 소사(蘇史)에 대해서 말씀 하셨습니다."

　"그러면 어떻게 우리 소씨가 이곳까지 온 이동경로에 대해 이야기를 대충 나누어 보자. 이번에는 요동의 넓은 대지에서 어떤 일이 있었는가를 살펴봄이 너에게 이해가 빠를 것이다. 그 곳에 고조선이 건국되었다는 말을 전에도 말했다. 고조선은 단군왕검께서 건국하신 곰의 자손이라고 말했다. 단군 신화에 이르면 환인(桓因 : 天帝의 이름)의 서자(庶子) 환웅(桓雄)이 항상 뜻을 인간 세상에 두고 있었다.

　아버지가 아들 환웅의 뜻을 알고 천부인(天符印) 세 개를 주어 세상에 내려보내 사람을 다스리게 하였다. 환웅이 무리 3천을 데리고 태백산(太白山) 꼭대기의 신단수(神壇樹) 밑에 내려와 신시(神市)에 이르니 이분이 환웅천왕이시다. 그는 풍백(風伯)에 이르러 우사(雨師), 운사(雲師)를 거느리고 곡(穀), 형(刑), 선(善), 명(命), 악(惡) 등 무릇 인간 360개 일을 맡아서 세상을 다스리고 교화하였다.

그때에 곰 한 마리와 범 한 마리가 있어 같은 굴속에 살며 항상 환웅에게 빌되 사람이 되어지기를 바랬다. 한 번은 신이 신령스러운 쑥 한 자루와 마늘 20톨을 주고 말하되 너희들이 이것을 먹고 1백일 동안 햇빛을 보지 아니하면 곧 사람이 되리라 하였다. 그리고 반듯이 지켜야 한다고 말했다.

곰과 범이 이것을 먹고 근신하기 1백일 만에 곰은 여자의 몸이 되고 범은 참지 못하여 사람이 못되었다. 웅녀는 그와 혼인해 주는 이가 없으므로 또 신단 아래서 축원하기를 아이를 배기를 소원하였다. 환웅이 이에 잠깐 변하여 혼인해서 아들을 낳으니 단군왕검이시다. 왕검이 당고, 요(唐高, 堯)의 즉위 후 오십년인 경인(庚寅)에 평양성에 도읍하고, 비로소 조선이라 일컫고 이어서 도읍을 백악관 아사달(阿斯達)에 옮기었다.

이곳을 궁(弓) 흘산(忽山) 또는 금미달(今弥達)이라고도 하였다. 단군은 1천5백년 동안 나라를 다스렸다고 한다. 주(周)의 호왕(虎王) 즉위 기묘에 기자(箕子)를 조선에 봉하니, 단군은 도읍을 장당경(藏唐京)으로 옮겼다가 후에 아사달에 돌아와 숨어서 산신이 되니 나이가 1천9백팔세 였다고 한다. 여기서 아사달은 '아침 땅'이라는 뜻이다. 서기 1만년 전 이전에는 떠돌이 생활을 하다가 8천년경에 정착 생활에 들어가 마을을 이루었다. 여기까지가 우리 민족이 고조선을 건국한 단군신화다."

"할아버지! 사실과 너무도 동떨어진 이야기가 너무 많아요."

"저번에도 단군신화에 대해서 간략하게 말했지만 그러니까 이 녀석아 신화(神話)라고 하찮으냐. 어느 나라고 건국 신화가 거의 있다고 한다. 분명한 것은 고조선이 있었고, 우리 소씨 선조는 이들과 함께 역사를 이어오다 지금에 이른 것이라는 것을 분명히 알아야 한다."

"할아버지! 고조선 역사에 대해서 계속 말씀해 주세요."

"고조선은 처음엔 마을 사회를 이루며 살았다. 즉 성읍국가 형태의 기틀이 된 셈이다. 기원전 4천년경에 이르면 여러 마을들이 연맹을 맺어 고을을 이루고 정치적 지배자가 출현하였다. 이 단계를 고을 나라라고 부른다. 기원전 2400-2300년 경에는 여러 고을 나라 가운데 세력이 가장 강했던 아사달 고을 나라가 주변의 고을 나라들을 통합하여 단군왕검은 고조선을 건국하였다.

고조선의 영역은 북경에서 가까운 지금의 란하(灤河)와 그 하류 동부 유역에 있는 갈석산(碣石山), 북쪽은 어루구나하(額樓古納河), 동북쪽은 흑룡강과 연해주 일부, 남쪽은 한반도 남부의 해안에 이르렀으니 대제국을 건설한 것이다. 고조선은 기원전 4백년경에 붕괴되었다. 대내적으론 철기의 보급에 의한 경제 구조와 사회 구조의 변화 때문이다. 대외적으론 위만조선(衛滿朝鮮)의 건국과 영토확장 및 한사군 설치 원인이 되었다.

고조선의 첫 번째 도읍지는 평양으로 원래 아사달로 불렀다. (기원전 2400-2300) 두 번째는 요하 하류 동부 지역에 있는 요령성 본계시(遼寧省 本溪市), 세 번째 도읍을 옮긴 곳이 백악산아사달(白岳山 아사달)로 험독(險瀆)이다. 내 번째 도읍지가 대릉하(大凌河) 동부 유역인 북진(北鎭) 동남으로 장당경(藏唐京)이며 다섯 번째가 지금의 평양으로 국력이 약해지자 원위치 한 것이다. 이는 위만이 기자조선을 멸하고 서한무제(西漢武帝)가 위만을 멸하고 나서 한사군(漢四郡)을 설치하자 불가피한 이동이었다.

고조선이라는 나라는 지방 분권적인 국가였다. 고조선에는 많은 거수국(渠帥國)이 있었는데 부여(扶餘), 고죽(孤竹), 고구려(高句麗), 예(濊), 맥(貊), 숙신(肅愼), 청구, 양이, 양주, 계(癸), 유(俞), 옥저(沃沮), 기자조선(箕子朝鮮), 비류, 행인(荇人), 해두, 개마(盖馬), 순다(旬茶), 조방(藻邦), 주방, 진, 한(韓) 등이 있었다.

고조선의 청동기 문화나 수준 높은 과학 기술도 있었다. 청동기 유물 중에 비파협동검 등이있다. 말기인 중국의 진, 한(秦：漢) 시대에는 타인사상과 단군신화로 그곳까지 전파되었다. 벼 농사를 주로 하는 농경 사회로 접어들었다. 이같이 넓은 국토에 문화도 다양했다.”

“할아버지! 지금까지 소씨의 연원을 밝히기 위해 역사적 사료와 구전을 토대로 말씀 드리기 위해 지구의 생성과정과 인류문명의 발전상인, 역사와 시대적 인물은 물론, 그 시대의 문화와 사회상까지 말씀하셨는데 너무나 광범위하여 무척이나 어렵습니다.”

“이 녀석아! 그러기에 잘 듣고 꼼꼼히 기록하라고 했잖으냐. 단군신화나, 고조선, 소사(蘇史)를 중복하여 말한 것은 바로 그 때문이다. 지금까지 이 할애비가 말한 소씨의 연원을 요약해서 짧게 말해봐라.”

“할아버지 요약해서 이야기하기란 참으로 어렵습니다. 그러니까 기원전 4242년 적제는 소복해이며 호는 축융입니다. 풍주 배곡에서 나라를 세웠습니다. 그후 배곡에서 적제의 61세손 태하공 풍이 란하유역으로 이동 했습니다. 그후 몽골 적봉 부근으로 이동하가점 상층, 하층 문화를 우리 소씨가 이룩한 것으로 추측됩니다만 확실한 자료는 없습니다.

우리 소씨는 여러 민족의 이동과 국가의 흥망을 같이 했습니다. 중국의 란하지역에 머물다가 숙신의 침입으로 또다시 요동지방인 동숙신으로 이동해 소성(蘇城)의 하백으로 봉해졌다가 고조선이 힘이 약해지자, 원제때 진한을 건국한 백손공께서 기원전 209년에 이곳 진지 땅으로 온 것입니다. 할아버지께선 백손 할아버지의 3세손이요 저는 5세손 소벌(蘇伐)입니다."

　"음! 나름대로 대충 정리는 되었으나 부족하구나. 네가 기록한 것을 자주 보고 익혀서 더욱 연구 발전시켜라. 그리고 이제부터는 중요한 소씨 가문의 혈통을 상세히 관찰할 필요가 있다. 소씨 상상계에 말하기를 옛적에 소풍이 있었는데 소씨의 조조(肇祖)다. 공은 동구이중(東九夷中)의 후손으로 초성은 기씨(己氏) 적제 축융 휘 복해(赤帝 祝融 諱 復解)의 61세손이다. 호는 곤오(昆吾)또는 태하공(太夏公)이다. 공은 기원전 2천4백17년 태제(泰帝) 43년(甲辰)에 제(帝) 전옥의 고손자 육종(陸終)이 귀방씨(鬼方氏)의 누이 여귀(女貴)와의 사이의 6형제중 장자로 태어났고 성은 기씨로 하였으므로 란하유역(灤河流域)에 거주하였다.

　고신씨(高辛氏)가 폭정이 심하므로 불함산(弗咸山 : 백두산) 북쪽으로 이거하였다. 기원전 2천3백92년 홍제(洪帝) 8년 고신씨가 동숙신(東肅愼)을 침범하므로 공이 창의(倡義)하여 의병을 이끌고 나가 수동(湝東)의 뜰에서 고신씨를 물리쳤다. 이 공으로 소성(蘇城)의 하백(夏伯) 봉함에 공이 기성(己姓)을 버리고 본성인 소성(蘇姓)으로 환성하여 조조(肇祖)가 되었다.

　소성은 부소갑(扶蘇岬 : 지금의 하얼빈)이니 공의 묘는 소성에 있다. 공의 사적이 환국사, 단군고기에 자세히 실려있다. 그후 태하공의 69세손 백손(伯孫)이 진지에 진한(辰韓)을 세웠다.

(소씨 상상계에 말하기를 석(昔)에 有蘇豊爲蘇氏 肇祖也 號曰 昆吾 又曰 太夏公 生于 甲辰 風夷之後也 昔 高辛 暴政莫甚 故 移居于弗咸山 肅愼 云云)

공이 임진에 신유(申有)와 진기(陳岐)와 신천발산(神川發山)과 후조선(後朝鮮) 으로부터 나와 진한을 세워 도리(都利)가 되었으니 도리는 즉 군주의 뜻인지라 후에 진공이라 하였다. 비(妃)는 여영부인(黎英夫人)이다

백손공에 대해 좀 더 상세히 설명하면 백손공의 나이 25세 되던 해인 기원전 2백15년에 중국의 진시황이 만리장성 축성에 장정을 징발하니 공께서 진공가승(辰公家乘)을 기록하고 동지를 규합하여 후단조(後檀朝) 탈출을 계획하여 기원전 2백9년(壬辰) 공의 나이 31세에 조선(朝鮮)을 떠나 진지(辰地 : 兄山)에 이르러 진한을 건국하고 진한주가 되었다."

"할아버지! 저에게 5대조 할아버지이신 백손공께선 참으로 과단성이 있으시며 진한을 건국한 분이시니 더욱 존경스럽습니다."

"벌아! 잘 들어라. 그러기에 다른 부족들이 우리 소씨를 삼한갑족(三韓甲族)이라고 부르는 것이다. 이제부턴 백손공 이후 너의 혈통에 대해 들어야 한다. 고조부는 백손공이요 증조부는 부을미(扶乙美)로 태공(泰公)이시다. 이 할애비는 성고(成高)로 문공(文公)이라부른다. 그리고 너의 아범은 기노(其老)로 성공(聖公)이다. 그러니까 네 녀석의 조조는 적제의 61세손 태하공 풍이시며 풍공의 69세손 백손의 5세손이 되는 것이다. 그러니까 네 녀석은 대대로 이어온 왕족으로 삼한갑족의 일원임을 명심하거라."

"할아버지! 지금까지 역사 중에 우리 소씨가 이름난 분이 얼마나 됩니까?"

"이 녀석아, 꼭 어려운 문제만 질문을 하는구나. 그러니까 기원전 2119년 단군 제4세 오사구(烏斯丘) 왕조에 상장(上將)을 지낸 소나벌(蘇奈伐 : 단군고사), 기원전 2백93년 단군 제47세 고열왕(古列王) 22년에 건축학을 저술하여 임금께 바친 소정국(蘇定國), 기자조선 제1세 서여(西余) 왕조에 수상(首相) 소내벌(蘇乃伐), 기자조선 제8세 을나(乙奈) 왕조에게 장사하는 법을 저술한 소문한(蘇文翰)이 있었으니 옛 적에도 우리 문중이 대단했다.

중국계로는 단군 제44세 구물왕(丘勿王) 7년에 위(魏) 나라 박사 소문경(蘇文卿), 기원전 3백96년 단군 제45세 여루왕 42년에 학자 소문술(蘇文沭), 기원전 3백33년 중국전국시대 6국 재상을 지낸 소진(蘇秦) 등이 있었다. 그 외에 소밀유 등 많은 위대한 인물이 있었으나 기억이 없구나."

"할아버지! 머리가 복잡합니다."

"이 녀석아! 이 할애비도 기진하구나. 다음에 다시 보충하며 설명하자."

"할아버지! 우매한 손자를 위해 너무 진력하셨습니다. 오늘은 이만 평안히 주무십시요."

"그래라! 오늘은 일찍 자거라."

문풍지 울어대는 매서운 소한 추위가 다가 왔다. 구들에 앉아 있으면 엉덩이가 따뜻했으나 이를 취할 수는 없었다. 망각의 눈(雪)이 대지를 덮고 있어 이 밤이 더욱 캄캄했다. 또한 마른 구근으로 가냘픈 생명만을 유지할 수는 없었다. 벌은 이 추위에도 낮에는 무예를 익히고 밤에는 글을 배웠다. 벌은 오늘도 저녁을 먹기 전에 별채에 계시는 할아버지 방에 군불을 때었다. 행랑아범이 겨울을 나기 위해 서둘러 장작을 패 두었던 것이 퍽 다행스러웠다. 오늘은 할아버지로부터 역사공부를 받기로 했다.

"할아버지 저녁 진지 잡수셨어요?"

"오냐! 잘 먹었다. 오늘 바깥 날씨가 몹시 차겠구나?"

"예! 할아버지, 엄청 추워요. 방은 따듯하십니까?"

"네 녀석이 할애비 얼어 죽을까봐 불을 많이 지펴서 아랫목은 설설 끓는다."

벌은 아랫목이 설설 끓는다는 말씀에 매우 만족스러웠다. 아버지, 어머니께서는 문안 인사를 들일 뿐 가끔씩 군불을 때고 세숫물을 대령하며 잔심부름을 하는 것은 벌이 담당하고 있었다.

"할아버지! 오늘은 기자조선과 위만조선, 그리고 고조선의 관계와 우리 소씨와는 어떤 문제가 있었는지 말씀해 주신다고 하셨어요."

"음! 간단하지 않고 복잡한 문제다. 어디서부터 말해야 좋을꼬."

"지난번에는 고조선이 여러 부족 국가인 숙신 등 거수국을 거느리고 넓은 북녘 땅을 통치하고 있었다고 말씀했어요."

"그래, 저번에는 우리 소씨 상상계로부터 벌이 네 녀석의 조상들을 말했으며 고조선이 망한 이야기를 했다. 이제부턴 고조선이 망한 원인과 기자조선, 개마조선, 그리고 위만조선(衛滿)의 침입이 어떠한지 알아보자. 그리고 우리 소씨와는 어떤 영향이 있었는지 알아보자. 졸지 말고 단단히 들어라."

"예! 할아버지, 열심히 경청하겠습니다."

"그러니까 기원전 206년에 중국의 한(漢) 나라의 고조가 진(秦) 나라를 멸하고 다시 천하를 통일을 했다. 고조는 여러 나라의 공신을 제후로 삼았다. 이때 노관(盧綰)은 연왕(燕王)으로 옛 연나라 땅을 다스렸다. 그후 고조가 제후들을 제거하자 연왕은 흉노 쪽으로 도망갔다. 이때 위만도 망명 당원을 이끌고 기자조선(箕子朝鮮)에 들어갔다.

주 : (그러나 분명한 것은 기자는 은(殷)의 삼인(比干, 微子, 箕子)의 한 사람으로 중국사서가 일괄되게 주장하는 바와 같이 은의 후예이며 또한 곰족인 것이다. 기자가 주(周) 무왕으로부터 조선에 봉지 되었다는 것은 중국 정사인 사기(史記), 한서(漢書), 후한서, 삼국지, 진서 등에 전해오고 특히 국내 사서인 삼국유사, 단군신화에서 기자의 유래를 이야기하고 있다.

기자조선은 단군조선의 성읍국가로서 고죽국(孤竹國)에서 시원하였다고 한다. 고죽국은 은 나라가 멸망하고 난 다음 기원전 1111년에 개국했다. 고죽국은 위략(魏略)에 의하면 조선후(朝鮮侯)로 개명한 후에 연 나라 장수 진개(秦開)에 의해 멸망하였다. 고죽국의 멸망과 소씨와의 깊은 연관이 있다.

위략에 의하면 연나라 장수 진개의 동략 당시에 대릉하중상류유역(大凌河中上流流域)에 있었던 기자조선(孤竹國)이 두 갈래의 부여로 나누어져 있었다. 여기서 살펴볼 것은 대능하 중상유유역을 탈출한 동명집단(東明集團)은 북천하여 부여의 국명을 습취 사직을 고수할 수 있었다. 그러나 남아 있던 기자조선의 잔류민들은 전연(全燕)에게 정복된 것이다. 여기서 우리 태하공의 후손인 소씨(蘇氏)들은 북천을 감행하였던 것이다.")

　"할아버지! 그렇다면 소사(蘇史)에 나오는 기원전 2392년 홍제(洪帝) 때부터 고(古) 아시아족의 일파가 배곡(시베리아 및 바이칼호)에서 파상적으로 토기와 함께 이주하였다는 설이 신빙성이 있군요. 그 때 배곡에서 난하유역으로 이거한 태하공 풍께선 숙신에 머물렀다가 고신씨(高辛氏)가 침입함에 창의하여 수동(綏東)뜰에서 이를 격퇴하였다고 했습니다.

　그 공로로 소성(蘇城: 지금의 할빈) 의 하백으로 봉함(東國歷代史) 되었다는 사실입니다. 이는 한민족의 모체인 예, 맥(濊, 貊)과 우리 소씨는 같은 민족의 혈통이라는 것이 일맥 상통하는 점이 있군요."

　"옳거니! 참으로 잘 기억하고 판단했다. 후에 다시 이야기 하지만 고조선이 건국할 당시에 우리 조상들은 불함산(弗咸山 : 백두산))에 들어갔다가 다시 태백산 줄기를 타고 동쪽으로 내려와 지금의 금성(慶州)으로 이어지는 긴 역사가 이어졌다."

　"할아버지! 다시 역사 이야기를 상세히 말씀해 주세요."

　"이 녀석아 숨이나 좀 돌리자, 그런데 내가 나이도 있고 기억이 흐려져 중복되게 하는 말이 자주 나오니 네가 훗날 잘 정리하거라. 그러면 진국(辰國)과 삼한(三韓)에 대해서 말해보므로서 우리 소씨의 발자취를 더듬어 볼 것이다.

　고대국가의 성립은 씨족 단위의 원시 부족사회가 지배적인 군장사회(君長社會)로 발전된 1세기경부터 국가의 형태가 나타나고 정복전쟁 과정에서 왕권중심의 고대국가로 발전된다. 한강 이남 지역에서 고인돌의 발생과 간돌검(磨製石劍)의 부장을 특징으로 하는 기반식 고인돌이 널리 분포되고 있는 것이 여러 부족국가와 진국(辰國)이 형성되는 원초적 모습일 것이다.

진국이 기록에 처음 나타난 것은 대동강 유역에 위만조선이 있던 기원전 2세기경의 일이다. 이 때 진국은 한 나라에 글을 보내어 직접적인 통교를 하고자 하였다. 이것은 진국이 중국의 금속문화에 대하여 강한 욕구를 가지고 있었음을 나타내는 것이다. 그러나 당시 국제무역의 주도권을 쥐고 있던 위만조선의 방해로 좌절되었다.

하지만 금속문화 혜택을 많이 입은 고조선 지방으로부터 유이민(流移民)은 쉬지 않고 진국 사회로 들어왔다. 위만에게 쫓겨 남쪽으로 망명한 준(準) 왕이라든가, 위만조선 말기에 2천여 호를 거느리고 진국으로 이주한 조선상 역계경(歷谿卿) 같은 사람은 그 두드러진 예라고 하였다. 이들 유이민을 통해 진국 사회는 철기문화의 혜택을 받았고 사회적 변화도 급속히 진전되었다.

이들 유이민은 그들이 가지는 정치적 방법과 금속 문자에 대한 지식으로 진국의 토착세력과 경합하여 점차 그 힘을 키워 가게 되었다. 이 결과 새로 개편된 것이 마한(馬韓), 진한(辰韓), 변한(弁韓)의 삼한이었다. 삼한의 위치에 대하여 논의가 거듭되고 있는데 종래 마한은 황해, 경기, 충청, 전라도지방, 진한은 경상도의 낙동강 동쪽, 변한은 경상도의 낙동강 서쪽으로 생각되어 왔었다. 그러나 진한(辰韓)은 한강 유역에 비정하는 견해도 있다.

(성읍국가(城邑國家)는 중국측 기록에 78개국이었다고 한다. 삼한의 여러 국가들도 성읍국가였을 것이다. 우리나라 기록에는 여러 나라 국이 있다. (沙伐國, 김文國, 押督國, 伊西國, 骨伐國, 伯濟國(廣州), 斯盧國(慶州) 후일 백제(百濟)로 발전하는 백제국은 북방으로부터 유이민에 의하여 건설된 것으로 그 시조는 온조(溫祚)로 전해오고 있다. 뒤에 신라로 발전하는 사로국은 혁거세가 건설했다고 전해오고 있는데 그 내부의 사회 상태를 알 수 있게 하는 약간의 기록이 전해지고 있다.

　경주 평야에 자리잡은 사로국의 육촌들은 현재의 경주시와 안강 및 양남, 양북면 지역을 제외한 월성군 지역을 합친 면적이 된다. 이는 일개 촌의 면적이 2개면을 합친정도가 될 것이다. 진한 6촌중 고허촌(급량)이 중심세력이었다. 고허촌은 탑동서부터 라정부근, 내남면일대, 경남의 두동면, 두서면을 포함한 지역으로 비정되고 있다.

　사로국의 6촌들은 급량(及梁), 사량(沙梁), 본피(本彼), 한지(漢祇), 습비(習比) 등 6개 씨족중 혁거세가 지배하였으며 그는 급량 출신으로 왕비였던 알영(閼英)은 사량 출신으로 사량은 급량 다음가는 유력한 존재였을 것이다. 그후 동해안 지대로부터 진출한 치무적(治巫的) 성격을 지닌 탈해(脫解)가 주도권을 잡게 되었다. 이 시대 지배자의 칭호도 거서간(居西干), 차차웅(次次雄) 등을 거쳐 니사금(尼師今)으로 통용되었다.

　신라의 모체는 진한 12개 성읍의 하나인 사로였다. 내물마립간(奈勿麻立干) 때 (366-402) 낙동강 동쪽의 동북 일대를 지배하는 큰 연맹왕국을 형성하고 있었다. 가야(伽倻)가 위치한 낙동강 하류지방에는 원래 진왕의 변한인 12개국이 있었으며 진왕의 지배를 받지 않고 연맹형태로 독립 세력을 이루고 있었다.)

이때 이웃 중국과 한반도 북쪽의 대륙관계를 살펴보자.

중국은 춘추전국시대의 격동기를 거쳐 중국이 진(秦)에 의하여 통일되고 뒤이어 한이 건국되자(기원전 202) 고조선은 패수(청천강 또는 대동강)를 경계로 한과 접하게 되었다. 이무렵 동북지역에서 정치적 사변이 거듭 일어나는 혼란이 계속되면서 유이민이 고조선으로 이주해 왔다. 이때 위만도 1천 명의 무리를 이끌고 고조선으로 이주했다. 당시 고조선은 준 왕이 지배하고 있었는데 준 왕은 위만을 신임하여 박사라는 관직을 주고 서쪽 1백리 땅을 주고 변방을 수비하는 임무를 맡겼다.

위만은 오히려 유이민을 모아 자신의 세력을 키우고 마침내 고조선과 한의 긴장상태를 이용하여 준 왕을 공격해서 그를 몰아내고 정권을 차지하였다. (기원전 194년) 준 왕은 그를 따르는 무리와 함께 뱃길로 남쪽으로 가서 한왕(韓王)을 칭하였다. 이것이 진국이 한반도의 남쪽을 장악하는 계기가 되었다. 위만이 집권한 후 고조선은 여러 지방세력에 대한 통제를 강화했다.

고조선 시대의 한(韓)은 청천강 이남을 전부 차지하고 있었다. 기자조선 준이 위만에게 정권을 빼았기고 망명한 곳이 기원전 195년경인 한 지역이다. 이 지역은 당연히 고조선의 거수국인 것이다. 그래서 청천강 하류유역과 대동강 상류유역은 고조선의 거수국인 진국과 한의 경계로 보아야 할 것이다. 진국은 한의 직활국으로서 점차 남하한 것이 기록에 남아 있다.

기원전 116년 (乙丑) 벌이 나이 14살 되던 해다. 우리나라는 고조선이 건국 된 후에 나라 안에 예, 맥, 등 수많은 거수국을 거느리며 이어왔다. 특히 한반도에 위치한 진한의 주변국들은 수많은 변천을 겪었다. 이웃 중국도 요(堯), 순(舜), 하(夏), 상(商), 서주(西周), 춘추(春秋), 전국(戰國), 진(秦), 서한(西漢)을 거쳐왔다. 이렇듯 고조선과 중국과의 국경분쟁은 민족의 대이동을 가져오기도 했다.

기자조선을 멸망시킨 위만은 강대한 군사력과 경제력을 가지고 진번, 임둔 등 주변세력을 복속시키면서 다시 세력을 확대했다. 그후 위만의 손자 우거왕(右渠王) 때에 이르러 위만조선은 더욱 강성해졌다. 남쪽의 진국을 비롯해 여러 나라가 한 나라와 직접 통교하는 것을 가로막고 중계무역의 이익을 독점하였다. 양국간의 긴장이 고조되어 가는데 한의 사신 섭하(涉何)가 귀국길에 위만조선의 비왕(裨王) 장(長)을 살해하고, 뒤이어 위만조선이 이에 대한 보복으로 섭하를 살해하므로서 양국의 무력충돌이 시작되었다.

한 무제는 5만 군사로 위만조선을 공격하였다. 첫 전투에서 한 군은 대패했으나 계속되는 공격에 수도 왕검성이 포위되었다. 이때 왕검성 지배층 내부에서 동요가 일어났다. 조선상 역계경은 강화를 건의하였다가 받아드려지지 않자 자신의 무리 2천호를 이끌고 이탈하여 진국으로 갔다. 또 조선상 로인 상(路人 相), 한험 니계상(韓險 尼谿相) 참(參) 장군 왕협(王唊) 등은 왕검성에서 나와 한군에 항복하였다.

이런 내분 속에 우거왕 마저 살해되고 왕자 장(長)까지 투항했으나 왕검성은 함락되지 않았다. 대신 성기(成己)가 끝까지 항전하였다. 그러나 장 등이 성안 사람들을 선동하여 성기를 살해하므로 왕검성은 함락되어 기원전 108년 위만조선은 멸망되었다. 이로서 신라 단군왕검이 세운 고조선은 위만조선이 멸망하므로써 함께 가라 앉았다. 이 어찌 고조선의 국운을 누가 점칠 수 있었겠는가?

주 : (그러나 훗날 부여, 고구려, 읍루(이전의 숙신(肅愼), 동옥저 등은 주변세력과 통합을 거쳐 열국시대의 주역으로등장하였다.)

진국은 한반도 중부 일대에 자리잡은 국가로서 고조선이나 부여에 비해 후진적이었다. 기원전 2세기경에는 고조선의 중계 무역권 독점에 반발하였다. 그러나 진국의 통합력은 고조선이나 부여에 훨씬 미치지 못했다. 다만 고조선이나 중국에 대한 무역권을 매개로 여타의 소규모 정치체제를 완만히 통솔하는데 그쳤을 뿐이다.

고조선이 멸망하고 한의 세력이 밀려오자 한반도와 만주일대에 정치적 사회적 변동이 일어났다. 한은 동방정책의 수행을 위한 정책의 수행을 위한 전진 기지로서 고조선의 세력권 안에 한사군(漢四郡)을 설치하였다. 이는 동방 무역권의 장악 목적과 동방으로부터의 위협을 벗어나려는 의도에서 비롯되었다.

고조선 단계에서 국가경영을 체험한 사회기반은 쉽사리 해체되지 않았다. 오히려 철기문화가 한 단계 진전되고 외부로 확대되면서 과거 고조선의 외곽지역에서 새로운 국가들이 형성되었다. 압록강 중류 지역에서는 예,맥(濊,貊)을 중심으로 고구려가 나타났다. 한반도 내외서도 진국 사회를 비롯하여 고조선 유이민의 이주에 따라 철기문화가 확대되면서 마한, 진한, 변한의 삼한이 등장하였다. 한편 부여(扶餘)는 고조선 멸망후 중국세력과 밀접한 관계를 유지하면서 인구 8만호를 헤아리는 큰 국가로 성장하였다.

삼국지(三國志) 진한전(辰韓傳)에 의하면 진한 사람들은 진(秦)나라의 고역을 피하여 힌국으로 왔는데 마한이 그들의 동쪽 땅을 분활하여 우리에게 주었다고 하였다. 이같이 진국(辰國)은 북방의 여러 사회, 주로 한반도 북부로부터 온 이주민으로 형성되어 차츰 선주민과 혼합 잡거하게 된 것 같다.

(三國志 卷 30 東夷傳 馬韓傳 : 辰韓在馬韓之東, 其耆老傳世, 自言古之亡人 避秦役, 來適韓國, 馬韓割其東界地與之)

삼국지 진한전은 진한이 오기 이전에 마한이 통치하였던 옹진반도를 한국(韓國)이라고 하였다. 또한 진한전의 진한(燕)은 신라의 전신이다. 그러나 한국에서의 진한은 한국 그자체였다. 위(魏) 때 (기원 245), 한인과 이군(대방,락랑)의 충돌을 기록한 삼국지 한전에서 한국에 진한팔국이 있었음을 분명히 하였다.

(三國志 券30 東夷傳, 韓傳 '部從事吳林以樂浪本統韓國, 分割辰韓八國以與樂浪, 吏譯轉有異同, 臣智激韓忿, 攻帶方郡崎離營, 時太守弓遵, 樂浪太守 劉茂興兵伐之, 遵戰死, 二郡遂滅韓')

삼국지는 진한전과 변진한을 따로 편별하였다. 변진한에는 진한에 관한 기록도 있다. 병진은 12개국으로 되어 있다. ...병한과 진한의 나라를 합치면 24개국이나 된다.... 그 중에서 12국은 진왕에게 신속되어 있다. 진왕은 항상 마한 사람으로 왕을 삼아 항상 대대로 세습하였으며, 진왕이 자립하여 왕이 되지 못하였다 라고 하였다. 이때의 병진은 변한이다.

변한의 12국과 진한의 12국을 합한 24국 중에서 절반인 12국이 마한의 진왕에게 내속되어 있는 것이다. 마한 사람으로서 세습되어 진왕이 되는 사람과 진왕이면서도 자립하여 왕이 되지 못하는 진왕이 있다.

(三國志 券30 東夷傳 并辰傳 '并辰亦十二國... 并, 辰韓合二十四國... 其十二國屬辰王 辰王常用馬韓人作之, 世世相繼, 辰王不得自

立爲王’)

진왕이면서도 자립하여 왕이 되지 못하는 진왕을 설명하여 위략 (魏略)은 말하기를 그들은 옮겨온 사람들이 분명하기 때문에 마한의 제재를 받는 것이라고 하였다. 마한왕도 진 왕이며 다음에 이주하여 온 변한 왕과 진한왕도 진 왕인 것이다. 다만 마한의 진 왕은 변한 진한의 진 왕에 군림하는 진 왕인 것이다. 따라서 마한, 변한, 진한이 옹진반도의 한국에 있었을 때에는 모두를 진한이라고 한 것이다.

삼한의 맹주로서 진왕이 행사를 했다. 병, 진한의 진왕도 같은 마한의 왕계의 족속이었으므로 분파의 과정에서도 월지국에 예속 되었던 내력을 향유한 것이다. 삼국사기는 진한(新羅)이 마한의 동쪽에 있었다고 하였다. 이러한 사실은 마한 왕을 서한 왕이라고 표현한 것에도 확인된다. 락랑은 이러한 진한의 북변을 공격하였 다. (三國史記 新羅本紀 儒理尼師今 條 ‘十三年八月 樂浪犯北邊 攻陷朶山城 … 十四年 高句麗王無血 襲樂浪滅之 其國人五千來投 分居六部’)

마한(馬韓)에 대해서 좀 더 알아보자. 마한의 개국시기는 기원전 215년경으로 추정된다. 개국 자는 진시황(秦始皇) 32년에 후공(侯公), 석생(石生) 등과 함께 황명을 받들고 선인과 불사약을 구하기 위해 동남동녀와 각종 직공 등 수천인을 거느린 대선단을 이끌고 바다를 건너 동방으로 온 후 한반도 남부에 정착한 진 나라의 방시(方上) 한종(韓終)이었다. 이때 준의 침략으로 국권을 상실했다.

후한서(後漢書 권85 韓傳)에 의하면 조선왕 준(準)이 위만에게 패하여 그 남은 무리 수천 명을 거느리고 해로를 통해 도주하였다가 마한을 공격하여 쳐부수고 자립하여 한왕(韓王)이 되었다. 마한의 시조인 준은 기자의 41세손으로 남쪽 땅에 나라를 열어 2백여년이나 지속되었다. 그 후 준의 후손이 멸하여 끊어지게 되자, 기존에 있던 마한 사람이 다시 자립하여 진왕(辰王)이 되었다.

　주 : (건도지(建都地)는 목지국(目支國)과 건마국(乾馬國)이 였다고 하며 지금의 직산 부근과 익산부근이라는 설이 있다. 훗날 백제에 의해 망함)

　마한에 54개국, 진한에 12개국, 변한에 12개국을 볼 수 있다. 그 중 목지국(目支國)의 진왕을 최고 맹주로 하였음이 분명한 것 같았다. 위지(魏誌)는 진한을 언급하면서 '서로 불러 모두 도(徒)라 하였다' 는 구절이 있는데 여기서 도란 부락공동체인 '두레'를 지칭하고 있기 때문이다.

　백제와 신라는 삼한 소국의 하나인 백제국과 사로국으로부터 출발하였다. 삼국사기에는 백제가 기원전 18년에 온조 집단에 의해 건국되었고, 신라는 기원전 57년에 혁거세 집단에 의해 건국되었다. 그러나 이것은 이 집단들이 주도권을 잡고 백제나 신라 왕실을 형성한 사실을 반영한 것일 뿐이며 이보다 앞선 사기에 이미 이들 지역에선 소국이 형성되어 있었다.

　중국의 삼국지 및 동이전에 의하면 백제국과 사로국은 마한과 진한의 많은 속국중의 하나였을 뿐이며 당시 한반도 중남부에선 마한의 목지국(目支國)이 주도적인 역할을 하고 있었다. 즉 이 시기까지 백제와 신라는 목지국을 비롯한 주변의 다른 소국들을 아직 완전히 복속 시키지는 못하고 있었다.

처음 진한 소국의 사로국으로 출발한 신라는 경주지역의 선주민 집단과 박, 석, 김 3성씨로 대변한 유이민 집단이 경합하여 성장해 갔다. 한편 낙동강 서쪽에 위치한 가야 소국들은 풍부한 철산을 갖고 해상 무역의 요충지에 자리잡고 있었기 때문에 상당히 일찍부터 성장하였다.

그러나 가야 소국들은 마한을 통합한 백제와 진한을 통합한 신라처럼 어느 한 세력에 의해 통합되는 과정을 밟지 못하고 고립 분산적으로 성장하는데 그쳤다. 초기에는 김해지역의 금관가야(金官加耶), 후기에는 고령지역의 대가야(大加耶) 세력이 중심이 되어 연맹체를 주도하기도 했었다.)

"할아버지! 궁금한 것이 있습니다. 한(韓)의 역사와 진국에 대해 자꾸 혼돈이 오고 있어요."

"그럴 것이다. 진국은 원래 한반도에 위치해 있던 거수국이 아니었다. 진국은 지금의 요하 유역으로부터 한반도 서북부에 위치해 있었던 단군 조선의 직활국이었으며 한(韓)은 그 남쪽에서 진국과 국경을 접하고 있었던 고조선의 거수국이다. 그래서 혼돈을 가져왔을 것이다. 여기서 개마조선을 살펴보면 차츰 이해가 될 것이다.

개마조선(蓋馬朝鮮)은 중국제국에게 복속되어 요병개념인 한(韓)이 미첨(尾添)되므로서 개마한이 되었고 축약하여 마한(馬韓)이라 하였다. 마한의 마는 본래부터의 족명인 개마서 나온 것이라며 변한(弁韓)의 변은 그들이 사용한 관모(冠帽)에서 나온 것이라고 한다. 즉 마한과 변한은 일찍부터 북방에서 남하 이주한 북방의 개마족(蓋馬族, 濊貊族)으로서 각기 지리적 환경에 따라 생활

양식에 서로 다소의 특색을 갖게 되었다.

그 중에서도 변한은 약간 남방적 요소를 가미한 듯하다. 변한은
12개의 작은 부족구가였다. 이때 변한의 실질적 총 지배자는 소구
야(蘇狗耶)란 왕이다. 왕자는 소나갈신지(蘇那曷臣智)로 매우 어
진 사람이었다.(한국의 역사대전집197쪽) 12개국은 미리미동국
(彌離彌凍國: 밀양지방), 접도국(接塗國 : 淡原地方?), 고자미동국
(古資彌凍國 : 固城地方), 고순시국(古淳是國 : 지명미상), 반로국
(伴路國 : 星州地方?), 낙노국(樂奴國 : 岳陽地方), 미오야마국(彌
烏耶馬國 : 지명미상), 감로국(甘路國 : 甘文地方), 구야국(狗耶國
: 金海地方), 주조마국(走漕馬國 : 金泉地方), 안야국(安耶國 : 咸
安地方), 독로국(瀆盧國 : 巨濟島)이 있었다. 지금의 서쪽으로 지
리산, 북쪽은 가야산, 동쪽은 낙동강을 경계로 하였다.

남쪽으로 내려와 마한과 요동에 잔류하여 나타나는 마한은 개마
조선을 원조로 한다. 진한(辰韓) 사람들은 본래 연(燕) 나라 사람
들이라고 하였다.(삼국유사) 그들이 있었던 탁수(涿水)의 이름을
따서 지금의 사는 고을 이름을 사탁(沙涿), 점탁(漸涿)이라고 한
다. 또한 양서(梁書)에서도 신라의 근원이 진한에 있음을 밝히고
있다.

이 녀석아! 여기서 할애비 말을 잘 들어야 한다. 한반도에 동천
한 탁수의 진한인들은 연지(燕地)에 머물렀던 다른 민족이었던 것
이다. 즉 란하유역(灤河流域)에 머물렀던 우리 소씨의 태하공(太
夏公)께서 숙신의 침입으로 잠시 연 나라에 머물렀다가 동숙신인
송하강 부근으로 동천한 요인이 된 것이다. 바로 이 연지를 등지
고 동천한 사람들이 진한인 들로 태하공의 후손이 삼한중 진한을

건국하신 소백손 공(蘇伯孫 公)이시다.

　이러한 연의 집단은 진한을 이룬다고 하였으므로 제(齊)의 집단으로 상정한 근모(根牟), 선모(鮮牟)는 변한(弁韓)을 이룬다고 할 수 있다.(새한한대사전 동아출판사 1995. 661쪽) 진한은 탁수유역에 머문 사실이 확인 되었다. 다만 연의 집단은 란하유역의 남쪽의 탁군에 상당한 기간 거주하였음을 알 수 있다. 모루(牟婁)와 근모의 집단은 곰족을 표상하고 있다. 여기서 우리 소씨 소사와 관계가 있음을 다시 나타난다. 잘 기억해 두기 바란다.

　진(秦) 나라는 천하를 통일하고 이족(異族)들을 진의 호구에 편입시켜 나가는 포용정책을 실시하였다. 이에 반발한 곰족의 두 집단은 동천을 단행한 것으로 추측된다. 후에 연 나라가 패망하고 한(漢) 나라가 건국되자 위만(衛滿)은 연지의 옛 요동에서 기자 조선으로 망명하였다.

　위만은 왕 준(準)에게 고공지(故空地)의 수비를 맡겠다고 했다. 준 왕이 그를 박사로 삼고 서쪽 경계를 지키라고 했다. 다음해인 기원전 194년에 위만은 거짓으로 적군이 침입하니 준 왕을 보호하겠다고 속이고 기자조선의 준 왕을 쳐서 나라를 빼앗고 스스로 왕이 되어 위만조선(衛滿朝鮮)이라 했다.

　조선왕 준(準)의 총애를 마다하고 한(漢) 나라와 내통하여 기자조선을 멸망시켰다. 이 후에도 한의 세력을 업고 조선의 구지역을 강점한 사실은 위만집단과 조선과의 이질성을 확연히 드러낸 것이다. 기원전 190년에 위만은 한 나라가 한사군(낙랑, 현도, 진번, 임둔)을 세운 것을 진번(眞番), 임둔(臨屯)을 예속시켰다.

　이때 준왕은 남쪽으로 달아나 한(韓)에 이르러 한왕이라 불렀다.

그 때의 한의 지역은 패수(대동강)지역으로 보고 있다. 그리고 한은 고조선의 거수국으로 보아야 한다. 벌이 네가 태어난 다음해인 기원전 128년(癸丑)이다. 예왕(濊王), 남려(南閭) 등이 호구 등을 이끌고 한 나라에 복속한 땅에 창해군(滄海郡)을 설치 했으나 2년 후에 이를 폐지했다.

위만조선(衛滿朝鮮)은 하장(下鄣)의 조선을 공략하였다. 진번의 조선만이(朝鮮蠻夷) 및 연, 제(燕. 齊)의 망명자들을 복속시켰다는 것은 이어 상장을 정벌한 사실을 부연 설명하는 것이다. 따라서 위만이 상하장을 복속시키고 거느려서 왕검에 도읍을 정하여 왕이 되었다. 왕검성은 한반도의 대동강 북안이다. 만번오(滿番汗)의 상하장의 위안은 왕검이 있는 한반도 지경으로 이동한 것이다. 따라서 위만은 만번오를 포기하였다. 그 대가로 한(漢)으로부터 한반도 지경의 패권을 보장 받았다.

이에 반해 한(漢) 나라는 위만을 이용하여 만번오를 장악하였고 이어 만번오의 이족들은 한반도 지경으로 이주시키므로서 지금의 요동을 확고히 장악한 것이다. 후에 한은 위만조선을 멸망시켰다. 그러나 대제국인 한에게 1년 가까이 버틴 위만조선은 한반도를 중심으로 하여 결집된 당당한 고대국가였음이 확인되었다.

여기까지가 요동치는 대륙의 변화와 삼한 시대의 전개까지 말했다. 여기서 기자조선의 준 왕과 위만에 대해서 다시 언급한 것은 중국과 고조선의 미묘한 국경분쟁을 환기시키기 위함임을 밝혀 둔 것이다.

이제 알아듣겠느냐? 그만 이 할애비를 더 지치게 하지 말라."

"할아버지! 잘 들었습니다. 그래도 너무 어려워 이해가 되지 않는 부분이 많습니다. 앞으로 더욱 역사공부와 소씨 씨족사에 대해서 열심히 연구하고 노력하겠습니다."

기원전 115년(丙寅) 소벌(蘇伐)의 나이 15세 되던 해다. 새해를 맞아 온 집안이 모여 덕담을 나누며 이야기 꽃을 피웠다. 이때 할아버지께서 말씀하셨다.

"아범, 어멈아! 내 말 잘 들어라 내 나이 올해 66세다. 이제 기력이 쇠진하여 사물의 판단이 어렵구나. 생전에 손자며느리를 보고 싶은데 너희들 생각은 어떠하냐? 그리고 벌이 저 녀석이 은근슬쩍 할애비한테 고야촌에 있는 설 촌장의 따님과 마음을 두고 있는 모양이더라. 매파를 넣어 조속히 추진해 보거라."

"예! 아버님, 그러잖아도 지난해에 벌이 무술대회가 있은 후에 대략 혼인에 대해서 말이 오고 갔습니다. 양가 부모들도 반은 승낙한 거나 다름없습니다. 올 가을 10월쯤 식을 올릴까 합니다. 예로부터 진한에선 10월을 상달이라 하며 고사를 지내고 선조의 무덤에 제사를 지냈습니다. 그리고 진한의 풍속 중에 '진한의 칭칭나네'는 가장 신명 나는 노래가 아니겠습니까. 그래서 아버님, 오래오래 장수하셔서 손자며느리를 얻고 증손자도 보셔야 됩니다."

이때 벌은 기분이 좋은지 부끄러운지 얼굴이 상기되어 고개를 숙이고 있었다. 다만 남몰래 가슴이 뛰는 것은 설 낭자가 그리워 당장 달려가고 싶은 심정뿐이다. 세월은 흘러 춘삼월이 되었다. 만물이 생동하는 좋은 계절인데 연만 하신 '성고' 할아버지께서 요즘 음식을 잘 못잡숫더니 자리에 누워 계셨다.

식구들이 걱정이 되어 어쩔줄을 몰랐다. 더욱 몸둘바를 모르는 것은 벌이었다. 할아버지께서 건강하셔야 올가을에 설 낭자와 혼인하는 것을 보아야 할텐데 그 안에 돌아가시면 혼인에 문제가 생길 것 같기 때문이다. 오늘도 할아버지를 찾아 뵈었으나 누워계셨다.

"할아버지! 뭐든지 잡수실 것 말씀하세요. 제가 모두 갔다 올리겠습니다."

"이 녀석아! 내 걱정 말고 내일이라도 얼른 장가가서 닭이 계란 낳듯 증손자를 낳으면 될 것 아니냐."

"아이구! 할아버지께선 농담도 잘 하십니다."

"벌아! 네가 걱정이 되는 것은 할애비가 갑자기 죽으면 장가 못 갈까봐 그러는 것이 아니냐."

"할아버지! 왜 그런 말씀하세요. 아까는 증손자 불알을 만진다고 하시다가 그게 무슨 말씀이세요."

"사람의 욕심은 한도 끝도 없는 것이다. 그러나 만물의 이치는 그렇지 않다. 그래서 인명은 재천이라고 했다. 모두가 하늘의 뜻이다. 이 할애비 운명도 내일을 기약할 수 없다. 네 녀석은 부지런히 학문도 익히고 무예를 연마하거라. 그래서 백손 할아버지의 업적을 이어받아 어진 백성을 잘 다스릴 수양을 쌓거라. 너의 원대한 포부를 마음껏 발휘해 제왕의 기틀을 탄탄히 닦아가거라. 내 뜻을 알겠느냐?"

"예! 할아버지 말씀 명심 또 명심하겠습니다."

산과 들에는 녹음이 우거져 그 푸르름을 더해가고 앞 개울에는 붉어지 떼가 그 화려한 빛을 뽐내며 여울을 박차며 오르고 있었다. 벌은 오늘도 들에 나가 무술을 연마하고 돌아오다가 이상한 예감이 들어 할아버지 방에 먼저 들렸다. 그런데 할아버지께서 반듯이 천장을 바라보고 계셨다.

"할아버지! 할아버지!"

세차게 불러 봐도 대답이 없으셨다. 손을 만져 봐도 차가운 게 이상했다. 그러다 할아버지 눈동자를 보자 기절할 뻔했다. 동공이 멈춰 있었다. 벌은 너무나 당황스러워 밖으로 뛰쳐 나와 어른들을 찾았다. 이때 벌이 소리치는 소리를 듣고 아버지 어머니가 달려오셨다.

"벌아! 무슨 일이 있느냐?"

"하! 할아버지께서, 돌아가신 것 같아요."

"뭐! 뭣이라고."

아버지, 어머니께선 신발을 신은 채 방으로 들어가시더니 조금 있자 대성 통곡하시는 소리가 들렸다. 이어 가족들이 별채로 몰려 갔으나 이미 운명하셨다. 아침에도 약을 드시고 입맛이 쓰시다며 진지를 조금 드셨다. 누구도 돌아가실 것이라곤 예측을 못 했다. 정말 자는 듯이 운명하셨다. 갑자기 돌아가시자 식구들은 온통 슬픔에 잠겨 별채가 떠나가도록 통곡 소리가 났다.

장례는 절차에 따라 법도 있게 치러졌다. 진한의 6촌장을 비롯해 수많은 조문객이 다녀갔다. 삼우제를 올리고 나서 며칠이 지나서다. 벌은 혼자서 할아버지 묘소를 찾았다. 집에서 그리 멀지 않은 선영에 모셔져 있었다. 맨 위에는 진한왕 백손이신 5대조 할아버지, 그 밑에 4대조 부을미 할아버지, 그 아래 성고 할아버지가 자리하고 계셨다.

늘 할아버지께서 소씨는 삼한갑족의 왕손 후손이라며 자신을 교육시켰다. 할아버지의 참뜻을 위 대 조상님들의 묘소를 보는 순간 알만 했다. 돌아가시기 전에 인명은 재천이라던 말씀이 떠올랐다. 그리고 소씨의 상상계와 오늘에 이르기까지 역사와 아울러서 말씀하시며 기록과 전언을 통해 후세에 알려야 한다고 하신 말씀이 새삼 떠올랐다.

인간은 어디서 왔다가 어디로 가는가?, 살아 있는 동안 무엇을 하다 죽어야 하나?, 무엇 때문에 상대와 싸우며 시기하는 것일까?, 전쟁은 먹고살기 위한 전쟁인가 아니면 상대를 지배하려는 권력의 욕심인가?, 진정한 사랑은 무엇인가?, 모든 동식물은 종의 번식을 위한 수단으로 어떤 행동을 하는가?, 천체 만물은 어떻게 변화되는 것일까? 생각에 꼬리는 끊어지지 않았다. 이때 할아버지 목소리가 어디서 들려 오는 듯 했다.

"이 녀석아! 무엇을 그렇게 골똘히 생각하느냐? 세상 만물의 이치는 하나의 진리 속에 돌고 도는 것이다. 이 할애비가 늘 말 했잖으냐. 사람이 지켜야 할 도리를 지켜 나가면 되는 것이다. 너무 어렵게 생각하고 고민하지 말거라. 올곧은 길을 걸으면 되는 것이다. 그것이 정도요, 정의니라. 그건 그렇고 이 녀석아! 내가 말했던 것 잊었느냐? 증손자 보게 해 달라는 것 말이다."

깜짝 놀라 누웠던 자리에서 일어났다. 잠시 잠이 들었는데 현실처럼 할아버지께서 나타나셨다. 누가 신이 존재하지 않는다고 주장할 것인가? 마치 살아 계실 때 하시던 말씀 같았다. 사방을 휘둘러봐도 아무것도 보이지 않았다. 그렇게도 할아버지께서 손자며느리와 증손 보기를 갈구하셨는데 불효하고 말았다. 다시 묘소를 들여다봐도 붉은 흙에 잔디가 엉킨 채로 있었다.

인생 무상함을 느끼는 순간이다. 인간은 흙에서 나서, 흙에서 나온 음식을 먹고, 다시 흙으로 돌아간다고 늘 할아버지께서 말씀하셨다. 지금 고요한 흙속에 영면하고 계시다. 자상하신 할아버지 생각이 나자 눈물이 핑돌았다. 생각 같아선 엉엉 울고 싶은 심정이다. 벌은 묘소를 한바퀴 빙 돌고 나서 생전에 별채에서 한 것처럼 인사를 했다.

"할아버지! 안녕히 계십시오. 다시 오겠습니다."

어느덧 청청한 소나무 사이에는 붉은 단풍이 물들어 가고 있었다. 앞개울의 개울물 소리도 줄어들었다. 벌은 낮이면 말을 달려 육체를 단련하고 밤이면 글공부를 했다. 그러나 정신적으로 왠지 집중력을 잃고 있었다. 요즘 더욱 그런 것은 계절 탓만도 아니다. 할아버지께서 돌아가시지 않았더라면 지금쯤 혼인 준비에 바빴을 것이다.

갑자기 설 낭자가 그립고 보고 싶었다. 말을 타고 달려가서 그녀를 안아 보고 싶었다. 그리고 사랑했노라고 고백하고 싶었다. 그러나 당시 풍습으로는 상을 치르고 나선 상당기간 있어야 혼인할 수 있었다. 그 시기를 조절하는데는 양가 부모님이 결정해야 한다. 이런저런 이유에서 공연히 짜증스럽기만 했다. 어딘가 먼 곳으로 훌쩍 떠나고만 싶었다.

소벌(蘇伐)은 흙표인 마상에 올라 채찍을 힘있게 치자 대지를 울리는 말발굽 소리가 요란하다. 원근의 수풀은 단풍이 곱게 물들어 가고 있어 가을을 재촉하고 있다. 지금 벌의 안타까운 심정을 누가 알아줄 사람이 있겠는가. 굽이쳐 흐르는 강물은 하늘색을 길게 닮아 가고 있다. 들판에 누렇게 익어 가는 곡식은 황금 물결을 이루며 일렁거리고 있었다.

소벌은 서서히 말을 몰았다. 명활산 고야촌에 서수을 아가씨가 눈앞에 아른 거렸다. 그녀도 나와 같이 마음을 잡지 못하고 방황하고 있을 것이라고 생각이 미치자 가슴이 아려 왔다. 먼 산은 흰 구름 외로이 감돌고, 달리는 말은 벌판에 바람만 일으킨다. 아아! 무정한 세월은 어디로 가는 것일까. 아무리 달려도 되돌아오지 않는 세월이다.

말을 멈추고 풀밭에 털썩 주저앉았다. 서수을의 젖어 있는 듯한 짙은 속눈썹에 까만 눈동자가 다가 왔다. 촉촉이 물기를 머금은 그녀의 눈이 오늘따라 유난히 서글퍼 보였다. 그러다 문득 지금의 자신이 무엇인지 생각해 보았다. 지금 진실한 나는 무엇이며 무엇을 얻고 찾으려 하고 있는 것일까. 본래의 나라는 긴 면목은 어디서 찾아야 되는 것일까. 파랗게 빈 하늘에 두 손을 힘차게 휘저어 보았다. 공간 속에 메아리가 허무하게 들려 올뿐이다.

서수을과 개울가에서 사랑의 언약을 주고받던 추억이 바람 속에 달려간다. 아무리 붙잡으려 해도 잡히지 않는 존재 의식이 자신의 무기력함을 느끼게 한다. 드넓은 우주에 자신의 위치가 고작 이 땅 한 평에 앉아 있는가. 하늘엔 흰 구름이 서서히 흘러가고 있다. 저 구름을 타고 가다 그녀의 지붕 위에 사뿐히 내려 못 다한 긴 이야기를 나누고 싶다.

소벌은 풀밭에 벌렁 누워 버렸다. 스치는 바람 소리에 풀벌레 소리가 애잔하게 들려 온다. 저 녀석은 배가 고파서 울고 있을까. 아니면 바보처럼 님이 그리워 우는 것일까. 얼마 안 남은 자신의 생애가 덧없어 계절을 탓하고 슬피 우는 것인가. 모든 우주만물이 자신의 타고난 주어진 운명 속에 살다 가거늘, 나는 왜 이다지도 연정에 얽매어 고민하고 있을까?

이 순간에도 덧없는 세월은 저 구름처럼 흘러가고 있다. 텅 빈 하늘 아래 팔베개를 하고 홀로 누웠으니 어찌 보면 천사같이 보일지 모른다. 이때 흙표라는 놈이 힐끗 쳐다보면서 빈정대듯이 입으로 풀풀 댄다. 나도 할말이 있지만 참고 말을 안할 뿐이라고 하는 듯 하다. 더욱 얄미운 것은 그 건실한 놈을 뽐내면서 소낙비처럼 방사를 한다. 남의 속도 몰라주는 참으로 괘씸한 놈이다.

가을 햇볕이 산골짜기에 고운 단풍 잎 속으로 파고든다. 산들바람에 수줍은 처녀의 치마폭을 여미듯 갈참나무가 얄궂은 소리를 낸다. 서수을이 흥에 겨워 콧노래를 부르며 달려오는 소리가 분명하다. 벌떡 일어나 사방을 두리번거려도 들리는 것은 바람 소리 뿐이다. 흔적도 없이 사라진 환상에 허탈함이 엄습해 온다. 호젓한 풀밭에 오래 앉아 있자니 마음은 자연에 흡수되어 담담해진다.

흙표가 무엇이 못마땅한지 뒷발굽으로 땅을 헤집고 있다. 아마도 한자리에 긴 시간을 보내기가 답답한 모양이다. 사내자식이 큰 뜻을 품지 못하고 한낱 연정에 사로잡혀 있는 것이 자신도 못나 보였나보다. 소벌은 땅을 박차고 마상에 올랐다. 서서히 말을 몰아 집으로 향하는데 왜 자꾸만 뒤돌아볼까? 금성의 남산엔 저녁 볕이 스며든다. 초가 지붕 위에 매캐한 밥짓는 연기가 피어난다.

왁자지껄하는 골목의 어린애들 소리가 정겹게 들려 왔다. 흙표의 말울음 소리가 마을 어귀에 번진다. 사랑 아범이 언제 보았는지 반갑게 맞아 주었다. 오십이 넘도록 허둥지둥 달려온 거친 꿈속에 한 식구가 되어 살아 왔다. 석양은 행랑채 툇마루에 머물었는데 수 백년 묵은 듯한 팽 나무는 지친 듯 가지를 늘어트리고 있다. 소벌은 용기를 내어 중문을 단숨에 껑충 뛰어 넘어 안채로 사라졌다.

4. 환희의 동산

기원전 112년(己巳)에 진한의 사로국 땅에도 봄기운이 온 천지에 찾아왔다. 산에는 실록이 짙어지고 겨우내 얼어붙었던 눈 녹은 물이 개울물을 벌창하고 있었다. 이런 싱그러운 벌판을 달려가는 한 필의 말 위에는 신체도 위풍당당한 한 청년이 타고 있었다. 그는 무슨 생각을 했는지 잠시 느리게 말을 몰다가 채찍을 휘두르며 비호처럼 달려갔다.

명활산이 그림처럼 아름다운 모습으로다가 왔다. 저 산을 오르내리며 무술을 연마하던 생각이 문득 났다. 그리고 열네살 되던 겨울에 호랑이 두 마리를 힘겹게 잡았던 일은 잊을 수가 없었다. 그 때 설 낭자가 부끄러움을 타고 하얀 이를 드러내고 살며시 웃음으로 마지 하던 생각을 하자 다시 말 궁둥이에 채찍을 가했다. 명활산 밑에 아늑하게 자리잡은 고야촌은 그림처럼 아름답다.

말이 숨가쁘게 멈춰선 곳은 고야촌 촌장인 설명국 촌장 댁이다. 널찍한 대지에 별채를 비롯해 다섯 채의 웅장한 건물이 보는 사람을 압도하고 있었다. 흙표는 마치 제 집인양 거침없이 마당에 머물러 푸웅 하고 소리를 냈다. 녀석을 밖에 말뚝에 매여 두고 안으로 성큼성큼 걸어 들어갔다. 이때 바깥채 행랑아범이 쪼로록 달려나와 반갑게 인사를 했다.

"소벌 도령님! 어서 오십시오, 그간 안녕하셨습니까?"

"그 동안 별고 없으셨습니까? 촌장님 내외분 지금 계십니까?"

"촌장님께선 지금 외출 중이시고 마님과 낭자 님은 안채에 계십니다."

밖에서 개 짖는 소리가 나자 귀를 모으고 있을 때 행랑아범의 목소리가 들렸다.

"마님! 돌산 고허촌의 소벌 도령님이 오셨습니다."

"뭐라고! 소벌 도령님이 왔다고."

안방 마님은 화들짝 놀라 옷매무새를 고치고 방문을 나섰다. 어느새 뜰 앞에서 벌이 정중히 인사를 올렸다.

"그간 안녕하셨습니까? 소벌이 찾아뵈옵니다."

"어서 오게나 접대실로 모시게."

이때 수줍게 얼굴을 숙이고 맞이해 주는 설 낭자와 눈이 마주치자 그만 온 몸이 굳어지는 기분이다. 소벌이 먼저 인사를 했다.

"설 낭자! 그 동안 별고 없으셨습니까?"

"소녀는 무탈했습니다."

전에 같으면 오빠라고 부르며 때로는 응석을 부리던 철부지가 이젠 낭군으로 맞이할 날을 기다리다 보니 그렇게 쑥스러울 수가 없는 모양이다. 그러나 속으론 가슴이 콩당콩당 뛰고 있을 것이다. 이런 생각을 짧은 순간에 상상하고 있을 때 '험험' 하는 기침 소리가 밖에서 들려 왔다. 짐작컨대 설 촌장님이 돌아오시는 모양이다. 뒤돌아보니 중문을 들어서고 계셨다.

"그간 귀체 만강하셨습니까?"

"오! 어서 오게나, 그래 기노공 내외분께서도 평안하시고 집안에 별고 없으신가?"

"예! 염려 지덕에 집안이 무탈하고 부모님께서도 건안 하십니다.

"자! 안으로 들어가세."

"이제 혼인 날짜가 얼마 안 남았는데 무슨 일로 왔는가?"

"어머님께서 지난번 약혼식 때 패물 일부가 누락되었다며 혼인 전에 전달하는 것이 예의라며 제가 직접 전하는 것이 법도에 어긋나지 않는다고 하시어 전달하려 왔습니다."

이 녀석이 그 새를 못 참아 서수을이 보고 싶으니까 핑계 거리를 만들어 가지고 온 것이구나. 설 촌장은 짐작을 하면서도 앞으로 사윗감이니 모르는 척 했다. 하기야 저 녀석 9살 되던 해에 기노공께서 내게 무예와 학문을 가르치게 한 것이 이미 하늘이 정해진 인연을 예고한 것이 분명해 보였다. 조금 있자 안채에서 식사준비가 되었다고 불렀다.

안 채에 차려진 식탁은 생선찜, 꿩다짐, 토끼구이, 버섯보끔 등 산해진미가 가득 차려져 있었다. 그야말로 상다리가 휘어질 정도였다. 사위 사랑은 장모님이 한다더니 역시 그 말이 맞는 모양이다. 벌써 사윗감으로 확정짓고 대접이 극진해 보였다.

"자! 어서 먹세, 소벌군이 내 집에 자주 찾아와야 되겠네. 오늘은 내가 소군 덕분에 만수성찬에 배를 채울 기회가 왔나 보네 하하하... ."

영감님의 허드레 웃음소리에 가족들이 환한 웃음보가 터졌다. 마나님은 소벌에게 많이 먹으라면서 이것저것 맛있는 음식을 수저에 얹어 주었다. 10여년 전에 코를 훌쩍거리며 내 집을 찾을 적을 생각하니 감회가 깊었다. 이제는 고명딸 서수을을 맡길 믿음직한 사윗감이 아닌가. 밥을 먹지 않아도 배가 저절로 불러오는 기분이다.

싱그러운 봄이 이 땅에 찾아왔다. 앞개울에 물 흐르는 소리가 정겹게 들려 왔다. 소벌은 저녁을 일찍 먹고 나자 서수을 낭자와 함께 추억 많은 개울 언덕길을 걸었다. 어릴 적에 친구처럼 뛰어 놀던 이 길이 오늘은 새삼스럽게 다가온다. 벌은 낭자의 손을 살며시 잡았다. 그녀의 따스한 체온이 온 몸으로 번져 와 뜨거운 열기가 솟구침을 느꼈다.

피고 지는 꽃들이 지천인데 정겹게 걷는 걸음마다 사랑이 피어났다. 개울가 흰돌 사이에 여리게 피어난 난쟁이 꽃이 소롯이 웃음을 머금고 맞이해 준다. 벌은 서수을을 보고 또 보아도 꽃보다 아름답다. 그녀의 나이 17세가 되었으니 꽃으로 말하면 만개를 기다리는 중일 것이다. 산 그림자 어둑 하려는데 우는새 소리가 너무나 아름답게 들려 왔다.

성고 할아버지께서 일찍 돌아가시지 않았더라면 두 사람은 지금쯤 부부의 연을 맺고 아들딸을 낳았을지 모른다. 이로 인해 혼인 날짜가 미루어진 것은 너무도 아쉽고 가슴 조이는 나날들이었다.

해 저문 들판에 어미를 찾는 송아지 울음소리가 들려 오고, 낮게 깔린 매캐한 소나무 때는 냄새가 코끝을 스친다. 멀리 산너머에는 붉은 노을이 할아버지 이마에 주름살처럼 남아 있다.

새털구름 속에 저녁 하늘을 나는 새들의 울음소리가 바빠졌다. 이 아름다운 산천에 평화로움은 오히려 적막하기만 하다. 서수을 낭자와 벌은 서로의 마음을 갈무리하면서 개울 길을 걷고 있다. 이들 한 쌍의 남녀를 멀리서 누가 바라보았다면 천상에서 내려온 선남선녀 같이 보였을 것이다. 벌은 발끝에 채는 풀잎을 툭툭 치면서 걷다가 말문을 열었다.

"설 낭자! 오늘이 있기까지 얼마나 기다려졌는지 몰라요, 그리고 죽도록 보고 싶었어요."

"저두요, 이제 꿈만 같아요."

"정말 그렇게 기다려졌어요?"

"그럼 언제 제가 거짓말하는걸 보았어요, 왜 진작 찾아오지 않았어요. 여자 마음 몰라주는 무정한 남정네요."

"그러면 몰래 소식을 전해지 그랬소."

"어떻게 아녀자가 먼저 소식을 쉽게 전할 수 있어요."

"비둘기 발에다 소식을 적어 보내면 되지 않아요."

"아이고! 정말 엉터리예요."

설 낭자는 입을 뾰로통하게 내밀다 눈을 곱게 흘리는가 싶더니 잽싸게 소벌의 손 등을 매섭게 꼬집어 주었다.

"아이! 따가워요, 무슨 낭자의 손이 그리 매서워요."

"남자의 손에선 적을 무찌르는 검도의 바람이 무섭게 일어나고 있으나 여자의 손에선 때로는 날카로운 사랑의 촉수가 남자의 가

습을 파고든다고 그래요."

"아유! 무서워라, 벌써 오금이 굳는 기분이 드는군요."

"이제 조금 쉬어요, 걷기에 다리가 아파요."

굽이쳐 흐르는 개울물 소리를 들으며 물끄러미 건너편 백사장을 바라보고 있던 설 낭자가 입을 열었다.

"벌 공께선 저와 혼인하면 어떻게 행복하게 해주실 거예요."

"음! 어떡하면 우리 설 낭자가 행복할 수 있을까? 가만히 있자, 이런 방법도 괜찮을 것 같은데."

소벌은 비호처럼 설 낭자의 허리를 힘껏 껴안고서 몸을 빙글 돌렸다. 그리고 밑에서 숨을 할딱이는 그녀의 입술에 강렬한 입김을 넣어 주었다. 얼마의 오랜 시간이 흘렀는지 모른다. 다행히 그들이 포개진 몸에서 떨어진 시간엔 어둠이 뒤덮여 있어 아무도 볼 수 없었다. 대지의 검은 장막만이 침묵을 머금은 채 그들을 감싸고 있었다.

"아휘! 아주 엉터리예요, 누가 보면 어쩔려고 그래요. 어서 일어나요"

"보긴 누가 본단 말이요. 공연히 나를 유혹하고서."

아쉬운 시간의 흐름 속에 발길을 재촉하며 집을 향해 걸었다. 어느새 동녘 하늘에 환한 달이 솟고 있었다. 해맑은 달이 그들 남녀의 비밀을 알았다는 듯이 수줍음을 머금고 빠끔히 내려다보며 웃음으로 반겨 왔다. 둘은 걷던 발걸음을 잠시 멈추었다. 설 낭자의 상기된 얼굴에선 무엇인가 하고픈 사연이 있어 보였다.

"소벌 공자! 혹시 마음 쓰여지는 곳이 없으십니까?"

"무슨 마음 쓸 곳이 있겠소. 여여쁜 신부를 맞이해 집안을 잘 꾸리고 아들딸 많이 낳고 행복할 미래만 설계하면 되는 거 아니겠어요."

"아유! 그런 거 말고요."

"다른 게 뭐가 있단 말이요. 답답하네요."

"여자들은 시집가면 제일 걱정이 고부간에 갈등이에요. 어머님께서 공자님만 배려하고 나를 시집살이 시키면 어떡 하나가 제일 걱정이에요."

"아유! 난 또 무슨 큰 걱정이 있는 줄 알고 깜짝 놀랐지요. 우리 어머니 그런 분 아니어요. 얼마나 설 낭자를 귀엽게 마지 할 까를 생각하고 있는지 알기나 알아요. 시집와서 빨리 손자 보기만을 기다리는 분 이여요. 걱정하기 이전에 내가 먼저 연습을 시켜 볼께요."

소벌은 설 낭자를 번쩍 안고 빙글빙글 돌았다. 설 낭자도 남편으로 맞이할 이 분에게 이런 사랑을 고대하려고 은근슬쩍 시어머니를 핑계삼아 마음을 떠본 것이다. 정염에 쌓인 두 눈이 마주쳤다. 아무런 거리낌 없이 서로를 힘있게 포옹하고 뜨거운 입술을 포겠다.

봄바람이 달빛을 타고 이들 머리를 감싸주고 있다. 부푼 앞가슴이 터질 것만 같은데 소벌 공자의 억센 손이 점점 욱조여 온다. 숨이 끊어질 것만 같이 가빠 왔다. 달님도 민망한 듯 구름 속으로 숨어 버렸다. 이때 마을 입구에서 개 짖는 소리가 요란하고 환한 불빛이 언덕을 향해 비쳐 오고 있다.

소벌의 나이 열여덟살 되던 해의 음력 4월 5일 혼인식 날이 돌아왔다. 돌산 고허촌장 기노공의 아들과 명활산 고야촌장 설명국 공의 외남독녀 서수을과 혼인식을 올렸다. 사로국의 6촌장을 비롯해 많은 친척과 이웃 하객들이 모여 성대한 축하 잔치를 벌렸다. 마당엔 차일을 치고 음식상이 여러개 차려져 오는 손님들을 술과 안주 등으로 푸짐하게 대접했다.

이날 잔치를 치르기 위해 큰 돼지 두 마리를 잡았다. 나이 많으신 어른을 대접하기 위해 자리 안배에도 신경을 많이 썼다. 가마솥에 설설 끓는 고기 끓이는 냄새는 한층 식욕을 자극하고 있었다. 아희들은 신나서 뛰어놀고 장년 층은 벌써 거나하게 취기가 도나 보다.

동녘에 햇빛이 찬란하고 푸른 동산은 마냥 싱그러웠다. 우는 새소리도 즐거운데 신혼의 단꿈은 꿀맛 같았다. 벌은 이제야 인생의 참된 삶을 느껴 보고 있었다. 석경 앞에 있는 아내의 고운 자태에 새로운 삶이 솟구쳤다. 그러면서도 가정을 이끌 막중한 책임감을 느끼게 하고 있었다. 위로는 부모님을 모셔야 되고 밖으론 자신이 처신할 위치가 어디인지 판단해야 되었다.

기원전 101년(庚申) 년이 밝았다. 소벌공이 결혼한지도 11년이 되어 29세가 되었다. 꿀맛 같던 신혼의 단꿈도 해를 거듭할수록 근심으로 변해 갔다. 소씨 가문의 혈통을 이을 자손이 나오지 않았기 때문이다. 부모님 보기가 민망했고 불효하는 것 같아 안타까웠다. 남산에 있는 신령 바위에 기도를 하면 영험이 있다고 하여 내외가 찾아가서 목욕 재배하고 기도를 드렸다.

해마다 정월 초순이면 남산에 찾아와 정성껏 기도를 했다. 그러나 지성이면 감천이라는데 정성이 부족한지 헛수고였다. 그래도 내외는 단념하지 않고 올해도 또 찾아와 열심히 기원을 했다. 날씨가 아직도 쌀쌀 했으나 기도 드리는 정성은 뜨거웠다. 세상은 고르지 못하다. 관가에 나가지 못하거나, 부를 누리지 못하거나, 후손을 점지 못하는 세 가지 중 어느 하나가 충족되지 않고 있다.

"천지신명이시여! 굽어살피소서. 비나이다, 비나이다. 그저 한 점 혈육을 점지하시어 소씨 가문의 혈통을 이어주게 하시옵서소."

서수을 부인은 점심나절에 와서 해가 설핏해서야 자리에서 일어났다. 오금이 붙어 일어설 수가 없었다.

"여보! 이제 빨리 갑시다. 집에 도착하면 어둡겠소."

"영감님! 죄송해요, 제가 당신한테 시집와서 가문에 이렇게 힘들게 만들어서 정말 부모님들을 뵈올 면목이 없어요."

"무슨 소릴 그렇게 하오. 당신 잘못이 없어요, 내 잘못도 커요. 이 모두가 가운인 것을 어찌하겠소. 저 신령 바위가 영험이 있다니 계속해서 정성껏 기도 들여 봅시다. 예로부터 지성이면 감천이라고 했소."

"영감님! 말씀만 들어도 고마워요. 그러나 여자가 남의 집에 시집와서 자손을 못 보면 '칠거지악'이 되는 것을 왜 제가 모르겠소."

"자! 부인, 너무 상심 마시오. 앞으로 좋은 일이 있을 것이요. 부모님께서 걱정하실 것 같아요. 걸음을 재촉합시다."

말을 타고 왔으면 금새 갈 수 있었으나 치성 드리는 날은 말도 못타고 다녔다. 입춘을 지난 절기이지만 해가 저물자 날씨가 쌀쌀했다. 소벌공은 아내의 시린 손을 꼭 감싸주며 금성의 어두운 뜰을 말없이 걷고 있었다. 하늘에선 무수한 잔별들이 서로 포개져 금새라도 쏟아질 듯한 모습이다. 은하수의 긴 흐름이 동서로 뻗쳐 있는데 북쪽의 큰 별에서 희한한 광채가 이들 내외를 향해 감싸고 있었으나 그들은 감지하지 못하고 있었다.

서수을 부인이 어느날 꿈을 꾸었는데 남산에 있는 신령 바위에 산신령이 나타나서 조용히 웃음을 머금고 말씀하셨다. 내 이곳에 수 백년 살았지만 너같이 10여년 동안 변함없이 지극정성을 드리는 사람은 한 번도 보지 못했다. 너의 정성을 가상히 여겨 내가 이 보검을 주니 잘 받아 보관하거라. 서수을 부인은 공손히 받아 앞 치마에 싸서 고맙다는 인사를 하자 산신령을 껄껄 웃으시며 사라졌다.

깜짝 놀라 잠에서 깨어 보니 꿈이었다. 그러나 꿈같지 않고 너무나 뚜렷한 현실 같았다. 봉창에 밝은 달이 방안을 비치고 있는 것으로 보아 음력 9월 하순경 한 밤중이 된 것 같았다. 그로부터 석달이 지난 섣달 그믐께다. 정월 명절 준비를 하느라 한참 바쁠 적에 부침개를 부치다가 헛구역질을 몹시 했다. 이를 지켜보던 시어머니께선 환한 웃음을 웃으시며 어찌할 바를 몰라 했다.

온 집안이 떠들썩했다. 며느리가 회임을 한 것이 분명했다. 얼마만에 기다려 온 환희의 순간인가. 그로부터 점점 배가 불러 회임 된 것이 확인되자 온 가족은 기쁨에 온통 들떠 있었다. 무더운 여름철도 지나고 서늘한 바람이 불기 시작했다. 음력으로 7월 하순경이다. 산모는 드디어 산고를 치르기 시작했다. 집 안팎에서는 한바탕 소동이 벌어졌다.

출산준비를 서두르는 시어머니(羅和夫人)의 치맛바람에선 신바람이 났다. 초저녁부터 진통이 시작되었으나 반응이 없자 온 가족이 초조해 졌다. 출산에 필요한 모든 준비물을 마련해 놓았다. 사랑채에 있던 기노공도 조급하긴 똑 같았다. 정말 이렇게 손자 보기가 힘든가를 생각해 보았다. 한 밤중에 드디어 애 우는소리가 우렁차게 들렸다.

애 울음소리가 어찌나 큰지 이웃이 알 정도였다. 이때 부인이 뛰어 나와 덩실한 사내녀석이 나왔다며 좋아서 어찌할 줄 몰랐다. 할아버지가 된 기노공께선 연신 입을 다물지 못하고 뜰 앞을 서성거렸다. 그러다 이 녀석 이름을 무어라고 지을까 생각을 했다. 무릇 인간으로 태어나서 남에게 큰 혜택을 주고 살아가는 보람이 가장 클 것이라고 생각했다.

그래서 사해만방에 모든 것을 해결하고 인류에게 크게 이로움을 끼치리라는 이름으로 해리(解利) 라고 했다. 그가 바로 진한을 건국한 소씨 가문의 6세손 소벌공의 장남이다. 이제야 소벌도 가문에 봉사를 한 것이다. 그토록 애타게 정성을 드렸던 효험이 있어서인지 드디어 득남을 했다. 한 자손이 태어나서 이렇게 집안에 영광이 있는 줄 미처 몰랐다.

인간 사회란 희로애락의 윤회가 하늘이 주시는 모양이다. 들에는 누런 벼이삭이 가을을 충만하게 살찌우고 있었다. 마구간에 있는 '흙표'는 털이 윤기가 나고 있었다. 그런데 아버지 기노공(其老公)께서 요즘 자주 몸이 불편 하시다며 자리에 누웠다. 공의 나이 76세이고 보면 그 수명을 많이 하신 것으로 여겨질 연세다. 그렇게 손자를 보고 좋아하시던 모습은 간데 없고 얼굴이 아주 초췌해져 있었다.

가을 추수가 끝나고 동짓달이 되었다. 기노공께선 자리에 눕더니 기동을 하시지 못했다. 하루는 온 가족을 자기 곁에 모이라고 하셨다. 아마도 어떤 중대 결심을 하려는 모양이다. 그때 벌공은 짐작을 했다. 아버지께서 수명을 거의 다하시어 유언을 하실 것 같아서다. 너무도 가슴 아프고 안타까웠다. 이제 첫 손자를 보아 집안에 화색이 돌았는데 억장이 무너지는 기분이었다.

그의 예견이 들어맞았다. 온 가족이 모이자 아버지께선 떠듬떠듬 말씀을 이어나갔다.

"아범! 그리고 모든 가족들은 내 말을 잘 들어라. 우리 소씨 집안은 적제(赤帝) 소복해가 풍주 배곡(바이칼호)에서 나라를 창건하셨다. 적제의 61세손 태하공 풍공이 조조(肇組)이시다. 비조(鼻祖)는 소백손(蘇伯孫) 공이니 소풍공의 69세손이며 기원전 240년 신유 생이다. 진지인 형산에 내려와 진한의 주가 되어 6대 족을 통솔하니 진공이라 하였다. 아들아! 네가 바로 진공의 5세손이다. 이제 내가 죽어도 손자를 보아 여한이 없다.

부디 가문에 명예를 살리고 가족을 잘 보살피며 이 땅에 주인 역할을 해야 한다. 내가 집안 내력을 말 한 것도 이런 이유에서다. 그리고 손자 해리를 잘 키우거라. 내 참 뜻을 알겠느냐? 이제 나의 수명이 다한 듯 하다. 인간은 태어나서 어떻게 살다 가는 것이 중요하다. 이 애비는 아무 미련 없이 떠나간다."

"아버님 말씀 명심하겠습니다. 하오나 왜 기력 없는 말씀을 하십니까. 원기를 회복하십시오."

"돌아가신 할아버지께서도 늘 인명은 재천이라고 말씀 하셨잖으냐. 나도 아버님 말씀을 따른다. 거듭 말해지만 해리를 잘 키우고 민심을 잘 파악해 세상 이치를 거역하지 말거라. 세상에 나왔다 머물다 가는 것이 인생이다. 어떻게 살았느냐 가 문제가 아니라, 어떤 삶을 살고 갔느냐 가 중요하다.

사람은 태어나서 땅의 이치를 따라야 하고, 땅은 하늘의 이치를 따라야 한다. 하늘은 인간이 지향하는 법의 이치를 따라야 하고, 법은 자연의 이치를 따라야 한다. 세상은 나만이 존재하는 세상이 아니다. 모든 사람들에게 덕을 베풀고 넓은 아량으로 포용해야 한다. 내 말뜻을 알겠느냐?"

"예! 아버님 말씀 명심 또 명심하겠습니다."

그로부터 3일 후에 기노공은 76세를 일기로 가족들이 지켜보는 가운데 조용히 숨을 거두셨다. 가족의 슬픔은 말할 것도 없었으며, 사로국 백성들의 애도 속에 장례를 엄숙하게 치렀다.

기원전 97년 (甲辛) 봄이다. 소벌공의 나이 33세 되는 해다. 세월 앞에 고목은 쓰러지고 새로운 움이 터서 또 고목이 되는 순환 현상이 자연뿐만 아니다. 인간 세상에도 만물의 이치를 따라 변화되어 갔다. 돌아가신 기노공께서 그토록 손자 보기를 갈망하셨다가 손자 해리를 본지 4개월여 만에 세상을 하직하셨다. 그후 4년 만에 또 새싹이 돋았으니 둘째 아들이 태어났다.

온 집안에 새로운 생기가 돌았다. 이런 경사가 또 어디에 있겠는가. 벌공은 돌아가신 아버님 생각이 났다. 그토록 기다렸던 손자 해리를 보시고 기뻐하시던 모습이 지워지지 않는다. 지금 살아 계셔 둘째 손자를 보았다면 얼마나 좋아 하셨을까? 첫째 해리는 할아버지가 이름을 지으셨지만 이 녀석은 자신이 지어야 했다. 좋은 이름이 갑자기 떠오르지 않았다.

마침 밖에는 보름달이 환하게 비치고 있었다. 소벌공은 밖에 달을 바라보다가 생각이 번개처럼 떠올랐다. 밝은 달 속에 계수나무가 박혀 있었다. 그 계수나무에서 광채를 뿜어내어 온 누리에 퍼지고 있었다. 이 애의 이름을 계양(桂陽)이라고 지었다. 수많은 인류에게 밝은 빛을 발산하여 어둠 속에서 헤매는 무리를 바른 길로 인도한다는 뜻이다.

　이때 나라 안팎은 어지러웠다. 고조선과 위만조선이 사라지자 한나라 무제는 이 땅에 한사군을 설치한지 오래다. 기원전 82년(己亥)에 한 나라는 한4군중 진번군을 폐하고 그 일부를 낙랑군에 합쳤다. 그로부터 7년 후엔 임둔군을 폐하고 그 일부를 현토군에 합쳤다. 그리고 현토성을 쌓고 도치(都治)를 이에 옮겼다. 소벌공은 48세의 장년의 나이로 사로국 6개촌을 사실상 지배하고 있었다.

　소벌공은 진한의 장래를 곰곰히 생각해 보았다. 앞으로 부국강병 책을 쓰지 않으면 변화하는 인접국가들 사이에서 살아남기 힘들게 되었다. 대륙 북쪽엔 고조선과 위만이 망하여 그 땅에 중국의 한(漢) 나라는 한사군을 두었다. 그중 낙랑군은 그 힘이 만만치 않아 삼한(三韓)의 경계를 넘보고 있다. 삼한중 가장 세력이 큰 마한은 54개의 작은 성읍 국가들이고 진한 12개국, 변한 12개국이 있으나 그 힘이 미약하다.

　소벌공은 생각을 했다. 우선 자신이 어렸을 때 무술대회를 통해 신체를 연마해 무술을 익히고 글공부를 통해 학문을 배웠다. 이는 후에 인재양성을 위한 지름길임을 누구보다 잘 알고 있었다. 그는 진한 12개국의 촌장들을 불러 의논을 했다. 이때 진한은 사실상 왕권을 갖지 못하고 마한 왕의 지배를 받고 있을 때다. 그래서 진한은 왕이 없고 마한으로부터 수장을 추인 받는 시기였다. 이를 누구보다 절실하게 힘의 우위를 느낀 것이 소벌공이다.

그는 매년 정월 보름과 8월 보름에 진한 전국에 무술 경연대회를 열기로 뜻을 모았다. 그 주된 역할을 하는 것이 금성 주변의 6촌장이다. 매년 한기에 2백명의 무사들을 책정하고 그중 10 명의 최종 선발자를 순위별로 책정해서 이들로 하여금 그해 선발된 인원을 관리토록 했다. 그러니까 한 해에 4백명의 무사가 탄생하는 것이다. 이들은 나라 안에 급박한 재해가 발생해도 출동하고 이웃 나라의 침입에도 대비했다.

소벌공이 길러 놓은 진한 12부의 무사들은 해를 거듭할수록 그 실력이 강대해졌다. 뿐만 아니라 이웃 여러 나라도 이젠 함부로 진한에 대해 얕보지 못하게 되었다. 이는 가까운 장래에 거대 국가 형성의 기틀을 착실히 준비하고 있었다. 이때 대륙 북쪽 부여와 한강유역(열수)에서도 새로운 국가형태의 꿈이 꿈틀거리고 있었다. 거기다 한사군 중 낙랑은 수시로 삼한의 변경을 엿보고 있었다.

기원전 69년(壬子) 봄이다. 들판에 아지랑이 아른거리고 종달새 하늘 높이 떠 지저귀는 좋은 계절이었다. 이날도 소벌공은 뜰 앞을 거닐며 여러 생각에 잠겨 있었다. 벌써 자기 나이 61세(3월 3일)로 환갑을 엊그제 넘겨 가족 잔치를 벌였었다. 이런저런 생각을 하며 뜰을 거닐고 있었다. 이 때 6부 촌장들이 모여 덕(德)이 있는 사람을 찾아 왕으로 삼고 수도를 정해 나라를 열 것을 결의

하던 차였다.

소벌공(蘇伐公)은 이 때 양산 중턱에 있는 나정(羅井) 옆에 있는 숲 속에서 긴 말울음 소리를 듣고 이상히 여겨 찾아가니 말은 온데 간데 없고 큰 알만 있었다. 조금 있자니 그 알속에서 한 아이가 나왔다.(신라 건국신화) 이 아이의 성을 박으로 하고 이름을 혁거세(赫居世)라 했다. 여기에서 조금씩 다른 두 설이 전해 오고 있었다.

일설에 의하면 진한의 고허촌장 소벌공(蘇伐公)이 하루는 양산(陽山) 및 나정(蘿井) 곁에 있는 숲 사이를 바라본즉, 말이 무릎을 꿇고 울고 있으므로 가보니 말은 간데 없고 다만 있는 것은 큰 알 뿐이었다. 알을 깨어 본즉 한 어린아이가 나왔다. 곧 소벌공이 데려다가 길렀더니, 나이 10여세가 되니 유달리 (솟아나게) 숙성하였다. 6부 사람들은 그 아이의 출생이 이상하였던 까닭에 높이 받들더니, 이 때에 이르러 그를 세워 임금을 삼았다.

(三國史記 新羅本紀 : 是爲辰韓六部, 高墟村長蘇伐公, 望楊山麓, 蘿井榜林間, 有馬跪而嘶 則往觀之, 忽不見馬, 只有大卵, 剖之, 有嬰兒出焉, 則, 收而養之, 及年十餘歲, 岐嶷然夙成, 六部人, 以其生神異, 推尊之, 至是, 立爲君焉, 辰人謂抓 爲朴, 以初大卵如抓 故, 以朴爲姓, 居西干, 辰言王(或云圷貴人之稱)

다른 설에 의하면 소벌공은 양산촌장 알평, 대수촌장 구례미, 진지촌장 지백호, 가리촌장, 기타 고야촌장 호진 등 다섯촌장과 더불어 알천 양산에서 회의를 열도록 소벌공이 제안하였다.

이에 그들이 높은 곳에 올라 남쪽을 바라보니 양산(楊山) 및 나정(蘿井)이라는 우물가에 번갯빛 처럼 이상한 기운이 땅에 닿도록 비치고 있다. 그리고 흰 말 한 마리가 땅에 꿇어앉아 절하는 형상을 하고 있었으므로 그곳을 찾아가 조사해 보았더니 거기에는 자줏빛 알 한 개(혹은 푸른 알이라고도 함)가 있다. 그러나 말은 사람을 보더니 길게 울고는 하늘로 올라가 버렸다.

알을 깨고서 어린 사내아이를 얻으니 그는 모양이 단정하고 아름다웠다. 모두 놀라고 이상하게 여겨 그 아이를 동천(東泉 : 東泉寺는 詞腦野 북쪽에 있다)에 목욕 시켰더니 몸에서 광채가 나고 새와 짐승들이 따라서 춤을 췄다. 이내 천지가 진동하고 해와 달이 청명해 졌다. 이에 그 아이를 혁거세 왕(赫居世 王)이라 이름했다.

(三國遺事(일연) : 於是乘高南望, 楊山下蘿井傍, 異氣如電光垂地, 有一白馬跪拜之狀, 尋檢地, 有一紫卵(一云靑大卵), 馬見人長사上天, 剖基卵得童男, 形儀端美, 驚異之, 俗(浴)於東泉, (東泉寺在詞腦野北), 身生光彩, 鳥獸率舞, 天地振動, 日月淸明, 因名赫居世王)

그로부터 10년 후(기원전 59년 壬戌)엔 천제 해모수(解慕漱)가 옛 고조선 땅에 북부여를 세웠다. (삼국유사) 다음해엔 동부에서 주몽(朱夢)이 탄생했다.(삼국사기) 아버지는 동부여왕 김와(金蛙), 어머니는 하백(河伯)의 딸 유화(柳花)로서 동부여왕 해부루(解夫婁)가 죽고 김와가 즉위하여 유화를 부인으로 삼았으나 천제

(天帝)의 아버지라고 하는 해모수(解慕漱)가 가까이 했다는 이야기를 듣고 유화를 궁실에 유폐했다. 유화는 햇빛을 받고 임신하여 알 하나를 낳았는데 그 알에서 남아가 나왔는데 그게 주몽이라고 했다.

이때 진한에서도 새로운 풍조가 일기 시작했다. 원래 진한인 들은 중국 대륙에서 흘러 들어온 민족이다. 삼국지, 위지, 동이전의 한(韓) 편에는 진한 사람에 대해 옛 적에 진(秦) 나라의 노역을 피해 '한국' 으로 망명하여 온 사람들이라고 기록되어 있다. 다시 말해 그들은 진에게 나라를 뺏긴 변방 민족이었다. 진의 시황제는 기원전 221년에 중국 대륙을 통일하였는데 이때 진과 함께 '전국 칠웅' 이라 불리던 제(薺), 한(韓), 조(趙), 위(魏), 초(楚), 연(燕) 등의 땅을 모두 병합했다.

진 나라가 통일되자 북방에서 밀려드는 흉노족(凶奴族)을 막기 위해 만리장성을 축조하였는데 이때 많은 연방 민족이 부역에 동원되었다. 이런 노역을 이기지 못하고 망명객들이 있었으니 첫째는 연 나라 망명객들이고 둘째는 기원전 194년에 위만에게 쫓겨난 고조선의 준왕이 이끌고 온 유민 세력이다. 이들은 남쪽으로 내려와 마한의 배려로 한반도 동남부 지역에 터전을 잡았다.

이것이 신라와 가야의 모태인 진한과 변한의 24개국이다. 여기에 대해 앞에서 우리 소씨(蘇史)의 변천사를 이야기한바 있었다. 당시 한국 땅으로 들어온 사람들은 대부분은 진의 동북방에 자리 잡은 연 나라 사람들이다. 여기서 주목할 것은 진한의 6부가 고조선의 유민들로 구성되었다는 점이다. 연 나라의 망명객이 진한 땅에 도착한 것은 기원전 220년경이었다.

고조선의 준왕이 한국에 망명한 것은 30년 후인 기원전 190년 경이었다. 이후 이들 망명 족들은 마한 왕의 지배를 받으며 지내다가 마한의 국력이 약해지자 독립을 모색했다. 그래서 기원전 57년에 사로국 6촌에서 서라벌(신라)이 개국하면서 독자적인 국가를 형성 하였다.

고허촌 소벌공의 집은 항상 시끌벅적 했다. 6촌장의 의견에 따라 소벌공이 혁거세를 키우고 있었다. 혁거세는 자랄수록 기골이 있어 보였고 영특했다. 기원전 66년(乙卯) 소벌공 64세 되던 해에 장남 해리(解利)가 늦게 35살에 득남을 하였다. 그러니까 소벌공은 첫 손자를 보았으니 집안에 이런 경사가 어디 있겠는가. 이름을 세월의 흐름을 막고 장수하라는 의미에서 부류(扶流)라 했다.

혁거세와 부류는 세 살 차이밖에 나지 않으니 집안에선 애 울음소리가 끊이지 않았다. 3년 후엔 둘째 손자가 태어나니 이름을 정동(井同)이라 지었다. 이는 혁거세나, 부류나, 정동이 한 우물을 먹고 함께 자라는 형제라는 뜻이다. 정동이 네 살이 되자 노는 행동이 지혜가 있어 보였다. 형제들끼리 싸움을 해도 맞고서도 울지 않으며 사나히 다운 용맹스러움을 가졌다. 그래서 소벌공이 기특히 여겨 용감하고 지혜로운 범과 같이 되라고 호(號)를 지백호(智伯虎)라 지었다.

소벌공의 집은 애들 셋이 다투고 뛰놀아 언제나 시끌벅적 했다. 그 중에도 혁거세는 자랄수록 슬기롭고 포용력이 있으며 머리 회전이 빨랐다. 그래서 친손자 보다 더욱 아끼고 배려해 주었다. 해리공께서 혁거세가 9살이 되던 해부터 무예와 학문을 직접 가르쳤다. 얼마나 영특한지 하나를 가르치면 둘을 알았다. 어린 나이에도 불구하고 청장년이 드는 무거운 검을 휘두르며 어찌나 칼을 잘 쓰는지 신검에 가까운 경지에 도달했다.

그가 검을 비스듬히 쥐고 찔러 올적엔 웬만한 무사들도 피하기 힘들었다고 한다. 그래서 알에서 태어난 혁거세를 더욱 존경스럽게 여겼다. 혁거세는 자라면서 양부모님께 말썽을 부리지 않고 극진히 효도를 하면서 자랐다. 혁거세를 보고 누구든 범상히 여기지 않는 사람이 없었다. 커 갈수록 기골이 장대하고 인물이 수려했다. 또한 주변 마을의 주민들도 알에서 태어난 그를 동경의 눈으로 항상 바라보고 있었다.

그후 5년 후인 기원전 59년(壬戌)에 소벌공이 73세 되던 해 가을이 돌아왔다. 소벌공은 6촌장 회의를 개최했다. 이날 참석한 6촌장은 다음과 같았다. 알천 양산촌장 알평(閼川楊山村長 李謁平), 자산 진지촌장 정지백호(紫山 珍支村長 鄭知伯虎) 무산 대수촌장 손구례마(茂山 大樹村長 孫惧禮馬), 금산가리촌장 배지타(金山加里村長 裵祗沱), 명활산 고야촌장 설호진(明活山 高倻村長 薛虎珍), 그리고 돌산 고허촌장 소벌도리(突山 高墟村長 蘇伐都利)였다.

무르익은 가을 벌판과 아름다운 라정(羅井) 숲속에서 6촌장이 모인 것은 아주 오랜만이다. 이날 제일 연장자인 소벌공이 일어나서 오늘 모임은 새로운 지도자를 뽑기 위함인데 여러 촌장님의 의견을 듣기로 한 것이라고 말했다. 그래서 그 대상자와 취지를 설명했다.

"소벌 도리입니다. 바쁘신 가운데 6촌장님께서 전원 참석해 주

서서 감사합니다. 다름이 아니옵고 지금 주변의 여러 나라 정세가 묘하게 돌아가고 있습니다. 북쪽에는 위만조선이 망한 이후 한 나라에선 한사군을 두어 대륙을 지배하려 하고 고조선 옛 땅에서 부여라는 나라가 여러 부족을 합쳐 그 세력을 확장하고 있습니다. 한강 이남에도 마한, 진한, 변한, 등이 미묘하게 국경 분쟁을 야기시키고 있습니다.

이곳 진한 땅 사로국에도 그 영향이 미치고 있습니다. 그래서 우리에겐 강력한 지도자가 필요한 때가 되었습니다. 우리에게도 외침에 대비하여 내부를 단합시킬 힘이 있어야 합니다. 그래서 그 단합된 구심점을 찾기 위해 영특하고 강력한 지도자가 필요합니다. 여러분들의 기탄 없는 말씀을 해주시기 바랍니다."

"양산촌장 이알평입니다. 그렇다면 소벌공께선 그런 지도자가 될 만한 사람을 알고 있습니까?"

"예! 이것은 제 생각입니다. 여러 촌장님께서도 잊지않고 계실 겁니다. 13년 전에 라정(蘿井)의 하늘에서 백마가 나타나 큰 알을 내려놓고 긴 울음소리를 남기고 홀연히 떠났잖습니까. 그때 몇몇 촌장님들께서 직접 오셔서 알에서 깨어 나온 그 아이를 목욕을 시킬 적에 몸에서 광채가 일었으며 주위에서 새들이 아름다운 소리를 내며 지저귀던 일을 기억하실 것입니다.

그때 그 아이를 제가 맡아서 키우기로 했잖습니까. 자라면서 인품이 있고 장대하며 무예와 학문이 그를 따를 사람이 없습니다. 특히 검을 쓰는 법은 신법에 가깝습니다. 이 소벌도리가 생각하기로는 이 사로국엔 그만한 사람이 없을 것으로 사료됩니다. 왕으로 받들어 모셔 이 나라 진한의 사로국에 새로운 왕국을 건설함이 어떨는지요?"

여러 촌장님들의 의견을 모으는 시간을 주기 위하여 자유토론 시간을 주었다. 거의 반시진이 흘러서 의견을 모았다. 그렇다면 혁거세 당사자를 이 자리에 불러 여러 모로 살핀 다음 결정하기로 의논을 모아 혁거세를 불러 오게 했다. 소벌공은 이런 일을 예상해 혁거세를 대령해 놓았다. 조금 있자 혁거세가 나타났다. 그는 여러 촌장님께 공손히 인사를 했다.

혁거세의 떡 벌어진 어깨하며 헌칠한 키에 어글어글한 눈동자와 수려한 미모에 모두들 탄복을 했다. 역시 알에서 깨어 나온 비범하고 신비한 사나이가 틀림없었다. 이는 이 나라 백성에게 영광을 주고 새로운 하늘을 열어 줄 인물임이 분명했다. 촌장님들은 의견을 모은 끝에 만장 일치로 군왕으로 모실 것을 동의했다. 사로국에 새로운 시대가 열리는 순간이다.

"여기 계신 사로국 6촌장님 여러분! 미숙한 저를 이의없이 모두 찬성해 주셔 감사합니다. 여러분의 의견을 존중해서 새로운 나라를 건설하겠습니다. 여러 분들과 서로 의논하며 모든 일을 풀어 나가겠습니다."

"그렇다면 확실하게 지금 이 분을 우리의 군왕으로 모실 것을 만세로 동의합시다. 우리 군왕 혁거세 만세, 만세, 만세!"

기원전 57년 (甲子) 신라 원년 이날은 새로운 군왕 혁거세의 성을 박(朴)으로 하고 호를 거서간(居西干)이라 불렀다. 이로서 국호를 서라벌(徐羅伐)인 사로국(신라 :新羅)이 창건되었다. 이후 6촌장들은 국사 업무에 바빠졌다. 사로국을 금성(金城)이라 개칭하고 왕이 머물 궁전을 지었다. 또한 모든 제도를 개편하고 원시 부족국가의 틀을 벗고 새로운 제도하에 군왕의 기틀을 닦아 나갔다. 동쪽 바다를 끼고 있는 이 땅에 서광이 차츰 비치고 있었다.

소벌공은 집에 와서 몹시 괴로워 했다. 서라벌 창건의 일등 건국 공신이 되었지만 조상님을 뵈올 면목이 없었다. 적제 축융으로부터 조조이신 태하공에 이르기까지 면면히 이어온 왕족의 혈통을 자신대에 와서 스스로 왕권을 포기한 것 같아서다. 더욱이 진한을 건국하신 5대조 고조 할아버지 소백손(蘇伯孫) 공께 커다란 죄를 지었다.

그 뿐만 아니다. 4대조 증조 부을미 태공(扶乙美 泰公), 3대조 조고 성고(成高 文公), 아버지 기노 성공(其老 聖公)께 어떻게 지금의 상황을 설명할 길이 없었다. 아마도 조상님들께선 절대로 자신을 용서하지 않을 것이다. 특히나 아버님께서 살아게셨다면 아마도 불호령이 내렸을 것이다. 이를 눈치 챈 혁거세 왕이 집에 돌아와 소벌공에게 큰 절을 올렸다.

"할아버님! 저를 길러주시고 공부시켜 주셔 오늘 왕위에 올려주신 그 은혜를 어찌 갚을 수 있겠습니까?. 더욱이 진한왕국을 건국하신 백손공의 이 나라 사로국을 저에게 모두 인양하신 것을 어찌 감당 할 수 있겠습니까. 해리(解利), 계양(桂陽) 아버님과, 그리고 부류(扶流), 정동(井同) 두분 아우님께도 정말 죄만스럽고 송구스러움을 무어라고 표현할 수 없습니다."

"저 소벌은 그렇게 생각하지 않습니다. 이제 혁거세는 개인이 아닌 이 나라 군왕이십니다. 언젠가 말씀드렸듯이 하늘에서 점지하신 군왕을 잠시 내 집에 머물게 한 것뿐입니다. 오히려 소흘이 대한 저의 가족들의 불찰이 많습니다. 원컨대 넓은 아량으로 우리 소씨 가문의 후손들에게 배려를 부탁합니다. 그리고 대의 적으로 나라를 튼튼한 반석 위에 올려놓고 만 백성을 평안히 해주셔야 됩니다."

서라벌은 혁거세가 왕위에 오르자 서서히 기틀을 잡아가 여러 제도가 생기고 있었다. 그 중에도 기원전 53년(戊辰) 왕의 나이 16세가 되자 왕비를 맞이해야 했다. 그 동안에 간간히 왕비 채택 문제가 있었지만 이번엔 본격적인 의논이 대두되었다. 이 때 6촌장 중에 알천 양산 촌장 이알평의 따님이신 알영(閼英)이 거론되었다. 알영 낭자는 방년 15세로 혁거세 왕 보다 한 살 아래였다.

가정적으로 알평공이 따님을 반듯하게 가정교육을 시켰다. 특히 그녀의 수려한 미모와 단정한 용모는 서라벌에서도 단연 으뜸이라고 해도 과언이 아니었다. 그래서 육촌장과 왕실의 중론을 모아 알영 낭자를 왕비로 맞이할 것을 결론지었다. 양산촌 알평공의 영광이 아니라 서라벌 온 나라의 광영이 퍼지는 계기가 되었다. 이같은 결정을 내린 것은 6촌장 중 가장 나이가 많고 덕망이 높은 소벌공의 적극적인 지지 선언에 있었다.

이 해 가을이다. 날씨가 좋아서 대풍작을 이루었다. 백성들은 용왕님이 심술을 부리지 않고 서라벌 창건을 경축해 주기 위해 조용히 계셔 풍년이 들게 했다고 했다. 들판엔 황금 물결이 파도치고 오곡이 탱탱히 여물어 가고 있었다. 양산촌 알천 낭자는 혼인 소식에 들떠서 잠을 이룰 수가 없었다. 더욱이 알에서 태어났다는 신비의 왕과 그 늠름한 기상을 전해 듣고 잠을 청할 수가 없었다.

알평공도 바빴다. 정사를 돌보랴, 딸 시집 보낼 생각에 걱정 반 기쁨 반이었다. 어린 알영이가 시집을 가서 왕가의 법도를 지키며 왕비 노릇을 할까? 잠이 오지 않았다. 그리고 혼인을 하게 되면 자기는 왕의 장인이 되는 것이다. 거기다 왕손을 보게 되면 자신의 위치는 어디쯤 있는 것일까? 여기까지를 생각하다 입을 다물지 못했다. 그러나 마냥 기뻐할 수만 없었다. 그 막중한 부마 자리에 끊임없는 정치적인 도전과 모략이 뒤따를 것을 예상하고 있었다.

왕실에서도 바빴다. 새로운 왕비를 맞을 절차를 밟느라고 진땀을 뺐다. 이런 일을 한번도 치른 적이 없기 때문이다. 소벌공도 며느리를 맞은 적은 있지만 새로운 왕실의 법도는 익혀 둔 바가 없었다. 그러나 다른 사람과는 달랐다. 과거 오대조 할아버지 소백손 진한왕이 왕실을 이어온 전통을 성고 할아버지이신 문공으로부터 전해들은 이야기를 상기시켰다,

진한왕 소백손께서는 왕비 여영(黎英)을 맞이할 때 성읍 국가로서 마을 부족들이 부족장이 모인 가운데서 머리에 왕관을 쓰고 도포를 입고 가죽신을 신었다고 했다. 왕비도 머리에 작은 은빛 환간(둥근 모양)을 쓰고 하얀 긴 옷을 입었다. 손에는 꿩(장끼) 털로 만든 화려한 장식을 쥐고 만조 백관의 하례를 받았다고 자랑스럽게 말씀하셨다.

이제 6촌장 소벌공은 그때 성고 할아버지께서 말씀하신 기억을 더듬었다. 그래서 그것을 기준으로 신랑 박혁거세와 신부 이알영의 혼인 예복을 갖추도록 하였다. 단상을 만들어 그 위에 서서 화촉을 주위에 환하게 밝히게 했다. 양옆에는 6촌장과 만조백관을 도열시켜 예법에 따라 엄숙하게 혼인식을 가졌다. 이렇게 해서 기원전 53년에 거국적 국가행사인 왕의 혼인식을 마쳤다.

흐르는 세월 속에 이제 소벌공의 나이 81세였다. 공께서는 중

대한 여러 국사를 돌보다가 연만 하신 연세로 피로에 지쳐 자리에 누웠다. 누구 보다 가장 곁에서 걱정하고 있는 것은 두 아드님 해리공과 계양공이다. 며느님들도 번갈아 가며 극진히 간호를 했다. 장손 부류(扶流)와 둘째 정동(井同)은 어른들 눈치만 보고 근심어린 표정을 짖고 있었다.

신록이 짙어가는 늦은 봄이라 산천에는 온갖 생명들이 활기를 띄고 있었다. 자연은 어김 없이 순리를 따라 이어지건만 사람은 그렇치 못했다. 소벌공은 노쇠 현상으로 차츰 몸이 무거워졌다. 자신의 운명은 짐작이 가는 모양이다. 점점 다가오는 죽음 앞에 이제 모든 것을 정리할 때가 되었다고 생각되었다. 그는 설렁줄을 잡아당겨 안채에 있는 해리와 계양 두 아들을 불렀다.

"아버님! 소자들을 찾으셨습니까"

"오냐! 너희들에게 알려줄 일이 있어 불렀다. 내 나이 여든 하나고 보니 이제 생명도 머지 않은 것 같구나."

"아버님! 어인 일로 그리 나약하신 말씀을 하십니까."

"사람은 때가 되면 가는 법이다. 그래서 사람은 땅의 이치를 따르고, 땅은 하늘의 이치를 따르며, 하늘은 법의 이치를 따르고, 법은 자연의 이치를 따르는 것이다. 이것이 삼람한성이 가지는 윤희의 법칙이다."

잠시 방안의 공기는 납덩이처럼 무거운 침묵이 흘렀다. 소벌공은 입안에 침을 혀로 굴리고 나서 떠듬떠듬 말을 이어갔다.

"내 말을 잘 들어라. 우리 집안은 적제 축융에 이어 조조이신 태하공서부터 시조이신 진한왕 소백손공까지 면면히 왕가로 이어왔다. 백손공의 5세손인 나 때에 와서 왕가의 전통을 잊지 못했다.

참으로 왕업을 잊지 못해 조상님께 죄송해 면목이 없다. 그러나 사로국 6촌이 난립해 구심점이 없던 것을 박혁거세를 내손으로 키우고 교육시켜 서라벌을 창건하였으니 그나마 다행이라고 위안을 가져본다. 어리석은 대리 만족인지 모른다.

너희 형제는 물론 후손들까지도 나라에 충성하고 백성을 잘 다스리도록 적극적으로 후원해야 한다. 그리고 효 사상을 이어나가 가문에 흠이 없이 융성케 하거라. 그런 의미에서 몇가지 생각나는 게 있어 너희 들을 불렀으니 잘 지켜주길 바란다.

첫째 의리를 위해 죽음으로 보답하라.

둘째 부정과는 절대 타협하지 말라.

셋째 권력에 욕심을 버리고 마음을 비우고 살아라.

넷째 홍익인간 정신을 받들어 인성교육을 시켜라.

다섯째 열심히 노력하여 얻는 대가는 소중히 여겨라.

이 외에도 많은 이야기를 하고 싶지만 그것도 부질없는 마음의 욕심이다. 자손들을 키우는데 도움이 되게하여라.”

“예! 아버님의 높은 뜻을 받들겠습니다. 하오나 기력을 회복하시고 쾌차하시어 손주들의 장래를 오래도록 지켜봐 주셔야 합니다.”

“내가 조금 피곤하니 어서나가 볼 일을 보거라.”

아버님은 눈을 감고 잠을 청하시고 계셨다. 오랜 세풍에 시달리고 고달픈 삶의 흔적이 깊은 주름살에 묻혀있는 너무도 노쇠한 아버님의 모습을 보았다. 그토록 당당하시고 의기가 충만하시던 분이 세월 앞에 그저 순응하고 있었다. 해리공과 계양공은 아버님 방에서 물러나면서 솟구치는 눈물을 참을 수가 없었다. 방금 들려

주신 말씀은 유언임이 분명해서다.

기원전 49년(壬申) 5월 말이다. 초여름이 시작되는 서곡을 알리는 더위와 함께 장마비가 억수로 쏟아졌다. 개울이 벌창을 하고 농경지가 매몰되고 가옥이 파손되었다. 인명피해가 곳곳에서 났으나 집계를 할 수 없었다. 서라벌에서도 수해 복구에 온 백성이 동원되었다. 장마가 지나간 6월 중순경이다. 해리 공은 더위를 피해 바깥마당에 자리를 피고 앉아 하늘을 쳐다보았다. 은하수가 선명하게 남북으로 이어졌고 북두칠성이 또렷이 그 빛을 영롱하게 발하고 있었다.

이때 남쪽에 있던 큰 별 하나가 금성 남쪽 바다로 큰 굉음을 내며 떨어졌다. 몹시 불안한 예감이 들었다. 이는 나라에 군왕이나 큰 장수가 사라질 때 일어난다는 현상을 아버님 소벌공 으로부터 전해 들었다. 소위 점성학으로 예견이 정확하게 맞는다고 먼 나라에서까지도 믿어 왔다. 그러자 해리공은 무엇을 생각했는지 소스라치게 놀랐다.

요즘 건강이 좋지 않으신 데다 무더위와 폭우에 시달려 아버님 건강이 악화되어 식음을 잘 못하시지 않았는가? 해리 공은 기겁을 하고서 별채 아버님 방으로 뛰어들어갔다. 방문을 열고 급히 아버님 곁에다가 용안을 살피다 또 한 번 놀랐다. 아버님은 반듯이 누워 이미 눈동자가 흐려지고 있지 않은가. 청천병력을 맞이하는 순간이다.

"아버님! 정신차리세요, 소자 왔습니다."

그때서야 소벌공은 정신이 드는지 아들의 손을 잡고 뛰엄뛰엄 말을 이었다.

"아범아! 병든 조개는 죽어 가도 품었던 깃든 진주는 영롱한 새로운 생명체를 구성한다. 인생이 한번 태어났다 간다해도 참된 삶의 진리는 어겨서는 안 된다. 내 말뜻을 알겠느냐. 대의를 위해 살고 가문의 혈통을 잘 지키고 손주 부류와 정동을 바르게 키워라. 이제 내 명은 하늘의 순리를 따라 다한 것 같다. 부탁한다."

소벌공(蘇伐公)께선 불과 얼마 안 있자 아들의 손을 힘없이 놓고 고개를 떨구셨다. 아! 청천병력 같은 이 순간이다. 정말 하늘이 무너지고 땅이 꺼지는 것 같아 어찌할 줄 모르며 몸부림을 쳤다.

"아버님! ...."

외마디 통곡 소리에 온 식구가 별채로 달려갔다. 갑자기 돌산 고허촌에선 통곡소리가 밤하늘에 길게 퍼져 나갔다. 서라벌에 큰 별이 떨어진 것이다. 이곳에서 진한을 창건한 소백손 공의 손자 성고공부터 서라벌을 창건한 일등공신 소벌공에 이르기까지 이 집을 지켜 왔다. 그리고 서라벌의 군왕 박혁거세가 이곳에서 성장했으며 소벌공의 3대가 생활하고 있으니 6대째 이 집을 이어온 것이다.

이제 서라벌을 창건한지 얼마 안되어 아직도 할 일이 많았다. 궁전을 세우고 왕비를 맞이하여 겨우 기틀을 갖추려는 시기에 나라에 대들보가 무너진 것이다. 앞으로 국방을 튼튼히 하여 외침을 막고 백성들을 평안하게 하려 할 무렵 이 무슨 나라의 변고인가. 기원전 49년(壬申) 6월 17일 축시에 하늘에 별빛도 이미 흐려져 있었다.

서라벌(新羅)이 창건된지 10년도 안 되어 이 슬픈 비보가 전국에 퍼져 나아갔다. 이제 겨우 나라를 세우고 모든 제도를 개선하여 안정을 찾을 무렵 이 무슨 비보인가?

소벌공은 그의 전 생애를 통해 진한의 왕족으로서 오직 백성의
안위를 생각하며 살아왔다. 왕권의 욕심도 버리고 서라벌의 장래
를 위해 헌신하다 생을 마쳤다. 그러나 왕권을 단절시켜 조상님들
께 항상 죄송한 마음을 가지고 괴로워했다.

그는 진한왕 소백손공의 5세손이다. 사로국 6촌장의 우두머리
로 실력이나 모든 면에서 서라벌 창건의 왕권을 장악 할 수 있었
다. 그러나 자신이 양육한 박혁거세에게 왕권을 넘겨주었다. 뿐만
아니라 왕비 알영을 간택하는가 하면 왕궁을 정비하고 모든 제도
를 개혁했다. 누구도 혁거세 왕에게 왕권에 도전 할 수 없도록 탄
탄한 기반을 닦아 놓았다.

지난해인 신미(辛未)년에 왜구가 신라 변경을 침범하자 이를 소
탕시켜 버렸다. 이는 소벌공이 수십년 동안 양병해 놓은 사로국의
청장년들에게, 매년 무술 경연대회를 통해 400여명씩 배출한 출
중한 무인들이 있었기 때문이다. 그의 업적은 항상 대비하는 부국
강병 책이 있었다. 그가 어려서 무술대회에서 우승을 한 것도 이
런 기백이 있었기에 가능했을 것이다.

소벌공이 말년까지 그의 건강을 유지한 것도 문무를 겸한 학식
의 발로였다. 무술은 당대에 그의 검법을 능가하는 사람이 없었
다. 그러나 그의 학문과 무술은 헛되지 않아 고스란히 박혁거세
왕에게 전수시켰다. 오히려 아드님이신 해리공과 계양공은 완전히
전수 받지 못했다. 대의를 따르는 소벌공께선 지극히 당연한 처사
였을 것이다.

그러나 어쩌랴, 인명은 재천인 것을, 그분이 남긴 큰 족적은 서

라벌(新羅) 창건의 버팀묵이 되었고 훗날 신라 천년의 찬란한 역
사를 이어나갈 것을 누구도 짐작할 수 없었다. 이것이 하늘의 이
치를 따르는 천기(天氣)임을...... .

5. 큰 별은 떨어지고

  기원전 49년 (壬申) 8월 17일이다. 갑자기 맑던 하늘이 금성 남쪽에서 먹구름이 몰려오더니 서라벌 전역을 뒤덮었다. 천둥번개가 치며 당장이라도 대지를 한 입에 삼킬 듯이 으르렁대었다. 그러다 세찬 바람이 불어와 먹구름을 밀어내자 언제 그랬느냐는 듯이 파란 하늘을 드러내고 햇빛이 쨍쨍 눈부시게 쏟아졌다. 참으로 기이한 현상이다.

  아! 그런데 이게 어쩐 일일까? 하늘도 서라벌의 큰 별이 떨어짐을 예고한 것일까? 천지를 뒤흔들어 놓고 난리를 피우더니 고요함을 맞이하게 한 것이 이상한 징조이었다. 이때 소벌공의 죽음은 온 나라의 슬픔과 통곡이 이 산천에 울려 퍼지고 있었다. 인생이 자연의 섭리로 오고 간다고 하지만 너무나 허망했다. 아침부터 나뭇잎 울리는 가을 바람이 쓸쓸히 불어온다.

삶과 죽음이 무엇이란 말인가? 인생은 구만리장천에 떠 있는 한 조각 구름과 같은 허무인 것을 알지 못하고 아등바등 살고 간다. 그러나 소벌공의 죽음은 이 나라에 큰 별이 떨어진 것이다. 땅을 치며 통곡한들 무슨 소용이 있겠는가. 우는 새 소리마저 끊겨졌던 그 아픔을 서라벌 사람들은 알고 있었다. 하물며 가족들의 슬픔은 어떠했겠는가?

고허촌 소벌공의 집에선 잠시 넋을 잃고 있다가 정신을 차리고 장례절차를 의논하기 시작했다. 우선 왕궁에 이 소식을 알리고 외출을 하고 있는 계양(桂陽) 아우님께도 아버님의 돌아가셨음을 알렸다. 그리고 서라벌 6촌장 님한테도 부음을 전했다. 또한 장례절차에 따른 상복과, 음식 등을 하나하나 점검해 나갔다. 이 모든 일은 이집 큰며느리가 휘여잡고 일을 진행했다.

소벌공의 집안은 아드님 두 분이 있었으니 장남 해리공(解利公)이 52세요, 차남 계양공(桂陽公)이 47세이다. 그리고 소벌공께선 박혁거세를 양육하다가 그가 서라벌 왕으로 추대되어 왕궁으로 나갔다. 소벌공은 장남 해리공이 두분 아드님이 있었으니 부류(扶流)가 19세이고, 정동(井同)이 16세였다. 소벌공은 두분 며느님과 손자들과 살다 81세의 일기로 그 생을 마쳤다.

소벌공의 부음은 서라벌 전역에 빠르게 퍼져 나갔다. 혁거세 왕도 이 소식을 듣고 눈물을 흘렸다. 그 분은 알에서 나온 자신을 데려다 자기 집에서 자제 분들과 함께 친손자처럼 키웠다. 학문은 물론 무예에 이르기까지 세심한 배려를 했다. 또한 앞을 내다보고 인간이 살아가는 바탕과 지도자의 길을 가르쳐 주었다. 그리고 6촌장 회의를 개최하여 자신을 왕으로 추대시켜 서라벌 왕국을 창건 시키게 한 위대한 분이다.

　그뿐인가, 왕비인 알영을 간택해 주셔 왕실의 기틀을 탄탄히 하시고 모든 제도를 확립시켰다. 다가올 국란을 대비해 매년 봄가을에 무술대회를 개최하여 400여 명의 인재를 배출시켰다. 그리고 필요할 때 군사를 수시로 모집하여 조련시켰다. 이것이 서라벌의 국력을 반석위에 놓게 된 원동력이 되었다. 또한 부국강병책의 기초를 튼튼히 마련해 놓은 것이다. 왕궁을 축성해 외침에 대비하고 안으론 권력 구조를 튼튼히 다져 놓았다.

　혁거세 왕은 부모님 같은 그런 분이 돌아가셨다는 소식을 듣고 땅을 치며 통곡을 했다. 이제 자신의 나이 21세다. 정사에 대해 조금씩 익혀 가는 나이인데 기둥 같이 받쳐 주던 후원자를 잃은 것이다. 어렸을 때 자기보다 세 살 아래인 부류가 공연히 시비를 거는 것을 보고 형한테 못된 짓을 한다고 회초리로 부류 아우를 피가 나도록 때리던 일들이 기억이 난다. 얼마나 엄한 교육을 손자들에게 가르쳤는지 모른다.

　그런 부모님 같은 분이 돌아가시다니 너무나 슬펐다. 혁거세 왕은 즉시 백관을 소집해 소벌공(蘇伐公)의 장례를 국장으로 치를 것을 명했다. 그리고 전국에 가무음주를 삼가고 국경에 삼엄한 경비태세를 갖추도록 조치를 해 놓았다. 서라벌 창건 이후 처음 있는 일이다. 혁거세 왕과 왕비 알영께선 부모님이 돌아가신 것 같은 예를 갖추어 공의 명복을 빌었다.

　장자 해리는 종신을 했으나 둘째 계양((桂陽)은 집을 떠나 있다 아버님의 종신을 하지 못했다. 아버님이 돌아가셨다는 소식을 듣고 죄인의 몸으로 어찌 신발을 신을 수 있겠느냐고 30여 마장을 피를 흘리며 달려와 애통해 했다. 특히 명활산 고야촌에서도 슬픔이 가득했다. 소벌공의 처가 집이다. 돌아가신 설명국 촌장님의 외동딸로 서수을 부인께서 아직 생존해 계셨다. 소벌공 장례에 설씨 종친들도 적극적으로 도와주었다.

그 뿐만 아니라 알천 양산촌에서도 소벌공께서 혁거세 왕에게 알영 낭자를 왕비로 삼게 만든 중추적 역할을 하게 하셨다. 그래서 다른 촌장보다 앞장서 소벌공의 장례와 왕국을 돕고 호위 업무를 맡으며 힘껏 일했다. 이렇듯 소벌공께선 신라 창건을 하신 일등 공신으로 어느 백성이고 숭앙하지 않는 사람이 없었다. 그러기에 그분의 죽음을 더욱 애도하고 있었다. 나라에선 국장을 선포하고 9일장으로 임하고 있었다.

박혁거세 왕께서 친히 빈소를 찾으신다는 전갈이 왔다. 고허촌은 또 한 번 야단법석을 떨었다. 부락 입구부터 길을 고치고 쓸었으며, 빈소를 다시 점검하는 등 법도에 어긋남이 없는지 확인을 했다. 입관 절차를 마치고 출상 3일 전에 왕이 제관을 거느리고 행차하셨다. 왕은 궁성에서 고허촌까지 오는 동안 수많은 감회가 떠올랐다.

빈소에 들려 예를 올리고 상주를 위로했다. 왕은 제관에게 조금이라도 국장에 소흘함을 보여주어서는 안 된다고 거듭 당부했다. 온 서라벌 백성들의 애도 속에 국장을 치렀다. 장지는 선영이 모셔진 집의 왼쪽 뒷산이다. 그곳엔 5대조이신 진한왕 소백손공과 4대조 부을미공, 3대조 성고공, 2대조 기노공이 나란히 아래로 정좌하시고 계셨다.

해리공은 동생 계양공과 의논을 했다. 3년상을 치르고 나서 모든 제사 절차는 장자인 자신이 할 것이니 동생은 하고자 하는 일을 하라고 권했다. 이후에 모든 가정사를 맡아 보았으며 특히 어머니(徐首乙 夫人)를 극진하게 모시는 효행이 지극했다. 또한 장남 부류와 차남 정동에 대해서도 학문과 무예를 게을리 하지 않게 항상 돌보았다.

다음해 가을 추석 한가위를 잘 보내고 나서 얼마 안 있다가 서수을(徐首乙) 부인이 노환으로 자리에 누우셨다. 소벌공이 돌아가신 지 일년 조금 지나서다. 두 분께선 살아 계셨을 때 너무도 자별하시어 한쌍의 원앙 같았다. 소벌공의 유년시절에 얼마나 열애를 하며 혼인을 성사케 했던가. 10여년간 자손을 보지 못하여 남산을 다니며 치성을 드려 두 분 아드님을 두셨다.

소벌공의 출세를 내조 한 것도 부인의 힘이 컸다. 뿐만 아니라 가정의 법도를 지켜 나가고 두 분 아드님들의 교육을 엄하게 훈계시켰다. 이는 가문의 혈통을 빛나게 하는 초석이 되었다. 그리고 알에서 태어난 박혁거세를 손자보다 더욱 세심하게 정성을 드려 양육하셨다. 그래서 서라벌 왕으로 추대케 하고 알영 왕비를 간택 하는데 일등 공신이 되었다. 이런 서수을 부인께서 며칠 시름시름 앓으시다가 돌아가셨으니 가족은 물론 왕궁에도 커다란 슬픔이었다.

박혁거세 왕은 소벌공 내외분이 별세한 후에 한동안 커다란 슬픔에 쌓여 있었다. 그러다 생각한 것이 해리와 계양 두분을 왕궁으로 모셨다. 사실상 자신을 키워주신 부모님과 같으신 분이다. 이날은 두 분을 위로키 위해 푸짐한 음식상을 마련했다. 그러니까 3년상을 치룬 후였다. 조금 때늦은 감이 있었지만 탈상을 하지 않아서 망설였던 것이다. 모든 까다로운 왕실의 법도를 접고서 어렸을 적에 함께 모셨던 그런 태도로 두 분을 맞이했다.

"아버님 두분께서 와 주셔서 정말 감사합니다. 이제 3년상도 마치고 났으니 조정에 출정하시어 왕실을 도와주시기 바랍니다."

"성은이 망극합니다. 아뢰옵기 황송하오나 우리 두 형제는 50을 넘은 늙은이들이라 건강을 뒷받침 할 수 없습니다. 이제 정사를 돌볼 열정과 학문도 미미합니다. 다만 바란다면 훗날 소신의 우둔한 자식놈인 부류와 정동을 잊지 않아 주신다면 감읍할 따름입니다. 그리고 계양(桂陽) 아우님의 가족도 함께 배려해 주신다면 성은이 망극할 따름입니다."

혁거세 왕께선 오랜만에 부모님 같은 두 분과 마주앉아 서라벌 주변 국가의 동태, 백성들의 민심과 생활상, 왕실의 앞날, 부국강병책 등 많은 정사를 격의 없이 논의했다. 해리와 계양 두 분이 물러가자 혁거세 왕은 허전한 마음을 달랠 수가 없었다. 부모님 같이 자신을 길러 준 다정한 분들이었다. 그 분들이 조정에 들어오기를 사양한다면 어찌할까를 고심했다.

끝까지 사양한다면 그분들의 뜻대로 동생같이 자라 온 부류(扶流)와 정동(井同 : 智伯虎)을 훗날 등용 시키리라 마음 먹었다. 자신이 자랄 때 두 동생은 정말 짓궂게 놀던 귀여운 동생들이다. 때로는 떼를 쓰며 달려들 때는 어찌할 바를 몰랐었다. 그 중에도 부류 아우님은 서라벌 장래를 위해 크게 기여할 인물임을 혁거세 왕께선 누구보다 잘 알고 있었다.

기원전 46년(乙亥)이다. 소벌공의 3년 상을 치르고 나자 손자 부류가 21세가 되었다. 하루는 왕궁에서 갑자기 부름이 있어 나아갔다. 왕께선 부류에게 나라를 위해 일해 줄 것을 부탁했다. 부류는 처음엔 사양을 했다가 혁거세 왕의 간곡한 청을 거절할 수 없었다. 부류는 이를 받아들여 관직을 얻고 공무를 엄정하게 집행하니 주위의 칭송이 자자 했다.

다음 해 따스한 봄날에 부류는 무산 대수촌장 손구례마(孫구례마)의 손녀 정기(貞己) 랑자와 혼인을 했다. 랑자는 인품이 뛰어날 뿐만 아니라 현모양처상을 골고루 갖추고 있었다. 오랜만에 소벌공이 돌아가신 후 집안에 경사를 맞이했다. 이로서 부류공은 새로운 인생의 행복감에 마냥 젖어 있었다.

기원전 41년(庚辰) 늦은 봄이다. 신라 혁거세가 왕위에 오른지도 16년이란 긴 세월이 흘렀다. 이젠 백성들의 삶의 희망과 보람을 살피고 민심을 평안히 할 때가 되었다. 왕은 알영 왕비를 직접 대동하고 서라벌 6부를 순무하며 농상(農桑)을 살피고 권장시키며 독려를 했다. 백성들은 격양가를 부르며 왕을 찬양했다. 서라벌 창건 이후 특별한 외침이 없어 평화를 마음껏 누리고 있었다.

이때 농촌에선 벼를 재배하는 논농사가 왕성하게 이루어지고 있었다. 또한 수리 시설을 이용할 줄 알게 되었다. 흐르는 계곡물을 막아 논 농사에 이용했던 것이다. 백성들은 새로운 농사법을 터득하기 시작 했으며 밭 농사에도 여러 작물을 재배하였다. 특히 산과 들에서 나는 식용식물을 알아내고 약초를 구별할 수 있어 건강에 많은 도움을 주고 있었다.

기원전 40년(辛巳) 소벌공의 집안에선 큰 경사가 있었다. 해리공의 장손이 태어났다. 이름을 을지(乙智)라고 지어주었다. 이런 기쁨을 오랜만에 느껴 보는 것이다. 가을에 백일 잔치가 크게 벌어져 온 가족이 웃음꽃을 피었다. 이 때 국내적으론 평화를 구상하고 있었으나 주변국들과는 복잡했다. 주변국들은 시시각각 변하여 서로의 국가를 침탈하고 분쟁을 일으켰다.

기원전 39년(壬午) 한반도에 있던 마한, 진한, 변한 중에 진한에선 서라벌이 창건되어 19년째 왕실을 굳건히 이어오고 있었다. 그러자 신라 남부에 위치해 있던 변한(弁韓)이 신라의 발전하는 참모습을 보고 몹시 부러워하다 마침내 투항해 왔다. 신라로선 참으로 다행한 일이었다.

칼자루 한 번 휘두르지 않고 변한 12개국 성읍 국가와 낙동강 서쪽 수백리의 땅과 백성을 고스란히 흡수한 것이다. 혁거세 왕은 변한지역을 직접 순방하면서 백성들을 독려하고 보살펴주어 크게 인심을 얻었다. 남은 것은 마한인데 한수 이남서부터 서쪽 전역의 해안을 아우르고 있어 국력이 만만치가 않았다. 지난날 마한은 한때 진한과 변한을 통치권에 두고 있었다.

이해 봄에 왕실에서 해리공과 둘째 아드님이신 정동을 함께 불렀다. 해리공은 몹시 의아해 했다. 해리공 나이 62세요, 정동은 23세였다. 더욱이 부자(父子)를 함께 부른 것에 대해 관직에 있는 장남 부류에게 물어봐도 전혀 하는바 없다고 했다. 아침에 일어나 의관을 정제하고 궁안으로 들어갔다. 왕궁 내수부에서 안내를 받아 혁거세 왕께 인도 되었다. 조금있자 왕께서 환한 웃음을 지으시고 부자를 영접했다.

"이렇게 와 주셔서 반갑습니다. 갑자기 모시게 되어 의아해 하셨을 줄 알고 있습니다. 우선 차 한 잔 드시죠."

임금께서 내려 주는 차라 몹시 황공했다. 전에 한 집에서 자식처럼 길러 주던 때와는 전혀 달랐다. 차를 한 잔 마시고 나자 왕께선 말을 꺼내셨다.

"다름이 아니옵고 지난날 제가 소벌공 할아버지로부터 해리공 아버님까지 받은 큰 은혜를 어찌 잊었겠습니까? 수년 전에 큰 아우님 부류는 저의 부름에 관직에 나와 열심히 일하고 있습니다. 허나 둘째 정동 아우는 관직에 뜻이 없다고 해서 지금껏 가사에 종사하고 있는 줄 알고 있습니다. 이참에 정동 아우님께서 관직이 싫다면 제가 득성(得姓)을 하사 형식으로 내릴 테니 받아 주셨으면 합니다.

왕이 하사하는 득성이니 자연적으로 품위가 올라가고 초야에 있어서도 후배를 양성할 수 있는 좋은 기틀이 될 것이라 사료되어 나름대로 생각해 본 것입니다. 가사는 부류 아우님이 계시니 염려하지 않아도 되지 않습니까. 그래서 말씀드리는 것인데 의향이 어떠신 지요?"

"황공할 뿐입니다. 폐하께서 저의 소씨 집안을 이렇게 생각해 주시는 줄은 미처 몰랐습니다. 그 깊은 뜻을 어찌 마다하겠습니까. 폐하! 그저 망극하옵니다."

"당사자인 정동공은 어떠하오?"

"황은이 망극합니다. 아버님이 승낙하시고 폐하께서 배려해 주신 은공 기꺼이 감수하겠습니다."

"반갑습니다. 아버님 그리 흔쾌히 저의 뜻을 받아 주셔 감사합니다."

"폐하! 말씀을 낮추십시오."

"제가 아버님을 모시고 자랐거늘 임금이 되었다고 하루아침에 그 혈연을 버릴 수 있겠습니까. 이곳은 왕실 내 깊숙한 곳이오니 절차 행위는 생략하심이 좋겠습니다."

"그렇다면 어떤 성씨로 득성 함이 좋겠습니까?"

"황공하옵니다. 저의 소씨도 옛적에는 기씨(己氏) 였는데 조조이신 태하공(昆吾)께서 소성으로 득성한 사실이 있습니다. 그러하오니 폐하께서 하사하심이 좋겠다고 사료됩니다."

"생각해 본 건데 정씨(鄭氏)가 어떨런지요?"

"폐하! 황은이 망극합니다."

이렇게 해서 정동공(井同公)은 기원전 39년(壬午)에 정씨로 득성 하였으며 금성으로 분가하여 이거 하였다. 그러나 어찌 가문의 혈통을 단절 할 수 있겠는가? 부모님은 물론 가족의 대소사에 항상 다니시고 임금님의 뜻대로 초야에서 후배양성에 힘쓰니 그 이름이 효행과 덕망으로 전 서라벌에 널리 퍼졌다. 이로서 정동공은 정씨의 시조가 되었다.

기원전 37년 (甲辛) 신라 혁거세왕 21년에 왕권을 수호하고 외침으로부터 방어하기 위해 도치(都治)인 금성을 튼튼히 쌓고 일부를 보수했다. 북방 대륙에서도 주몽(朱夢 : 東明王)이 고구려를 건국했다. 이곳은 과거 고조선 땅이었던 졸본 부여에서다. 동명왕은 영특하고 용맹했다. 대륙에는 새로운 바람이 거세게 불기 시작했다. 그 거센 바람이 남으로 내려와 신라를 위협할 것이라는 예견이 들어 불안감을 조성시키기고 있었다.

다음해 울유(乙酉)년 고구려 동명왕 재위 2년째는 고구려 옆에 있는 비류국(沸流國) 왕인 송양(松讓)이 위압에 눌려 고구려에 항복해 왔다. 신흥 고구려는 그 위세가 날로 번창하여 주변국들이 위협을 느끼고 있었다. 그해 고허촌 에서는 소벌공의 3세손이며 부류공의 둘째 아드님이신 빈(彬)이 출생하여 또 한 번 집안에 경사가 일어났다.

기원전 32년(己丑)에 신라 왕실에 새로운 존엄을 상징하는 멋진 궁실이 세워졌다. 궁은 성곽과 외궁, 내궁으로 일부 기존 건물도 있었으며 새롭게 단장되고 신축되었다. 성벽은 10척이 넘었으며 외침에 대비해 튼튼하게 축성되었다. 외궁은 호위무사, 기마병, 순무사 등이 기거하며 궁실을 방어 내지 호위를 담당케 하고 있었다.

내궁은 왕이 집무를 수행하는 왕실과 국사를 논의하는 의전실로 구분해 놓았다. 특히 왕비와 궁녀들이 거주하는 내실은 별도로 화려하게 꾸며져 그 위엄을 과시하고 있었다. 이로서 왕권을 확립해 나가며 국정질서가 잡혀나가기 시작했다. 혁거세 왕은 백성들의 삶을 향상시켜 나가는데 주안점을 두었다. 이 모두가 어렸을 적에 소벌공께서 가르쳐주신 교육의 힘이었다.

이같이 나라의 기틀이 안정되어 감에 백성들이 왕을 존경하고 나라의 모든 행사에 단결된 힘을 과시했다. 그러나 국경분쟁과 상호 이해 관계로 나라 사이에는 점점 복잡한 양상이 벌어지고 있었다. 서라벌은 서쪽으로 마한 북쪽으로 고구려와 낙랑에 접하고 있었다. 이런 해에 부류공의 셋째 아드님이신 돌금(突金)이 출생하여 궁실의 건축과 함께 경사가 났다.

기원전 28년 (癸巳 : 서라벌 혁거세 30) 해리공 73세 되던 해는 한반도 정세가 어수선했다. 고구려에선 동명왕(10)이 국력을 날로 증강시켜 북옥저(北沃沮)를 멸망시키고 국토를 확장했다. (지금의 함경도) 이 해 한사군의 낙랑인들이 5만 대군을 거느리고 서라벌의 북방인 임진강 상류 부근을 침입해 왔다. 왕이 대책을 논할 때 모두 침묵을 지키고 있었는데, 부류(扶流)가 일어나 자신이 선봉장이 되어 토벌할 것을 주장했다.

"장하도다! 경은 소부류가 아닌가?"

"예! 소장은 소벌공의 3세손이며 부친 해리의 장남인 소부류라고 합니다. 나라의 위급함을 보고 어찌 방관 할 수 있겠습니까? 제가 선봉장이 되어 적을 섬멸하고 오겠습니다."

"정말로 장하고 기쁘도다. 짐이 일찍이 소벌공의 집에서 자라났다. 소벌공은 짐을 손자처럼 키워주셨으며 왕위에 오르게 한 서라벌 창건의 개국공신이시다. 선친 해리공은 부친과 같으신 분이다. 그리고 경은 짐과 함께 한 집안에서 자랐다. 지금 나라의 위급함을 알고 선봉장으로 나서겠다는 경의 투지를 보니 역시 소벌공 집안의 혈통이 정말로 장하도다."

"짐이 경에게 군사 1만을 주어 선봉장에 명하노니 적을 물리치고 큰 전과를 올리고 오거라."

"예! 폐하, 소장이 적을 물리쳐 국위를 떨치고 이 나라 왕실을 반석 위에 올려놓겠습니다."

이때 만조백관과 제장들은 부류공에게 경의를 표했다. 부류가 궁에서 물러나와 조련장에서 군마를 점검하고 있을 때 아버지 해리공이 찾아 오셨다.

"아버님! 어인 일로 찾아오셨습니까."

"조금 전 어전회의서 네가 선봉장이 되었다는 소식을 전해 들었다. 참으로 장하고 명예스러운 일이다. 그리고 가문의 영광이다. 그러나 군은 기개만으로 승리하는 것이 아니다. 장수는 적을 면밀히 분석하고 지략을 써서 승리해야 한다. 그러기 위해선 적에 대한 방어와 공격의 시기를 알아야 한다. 그리고 지형지물을 잘 이용해 싸워야 하며 작전에 임해선 교만은 절대 금물이다. 치밀하게 대처하며 병사를 아껴야 참된 장수다. 이 늙은 아비의 말을 명심하거라."

"예! 아버님의 말씀을 깊히 명심하고 가문의 욕됨이 없이 전투에 임하여 꼭 승리해서 돌아오겠습니다."

때는 늦은 여름철이라 더위가 기승을 부렸다. 무엇보다 병사들의 건강과 사기가 진작되어야 했다. 모든 준비를 마치고 출정을 했다. 왕은 친히 궁 밖까지 나와 출정군인의 사기를 높여 주었다. 신라 건국이후 작은 국경 충돌은 있었지만 이렇게 대규모 전쟁은 이번이 처음이다. 일찍이 소벌공께서 부국강병책을 주장하시며 군사훈련을 하지 않았다면 엄두도 못냈을 것이다.

소벌공께서 매년 무술대회를 열어 무사를 양성시켰다. 이같은 선견지명이 없었더라면 국가의 운명을 판가름할 중요한 전투에 엄두도 내지 못했을 것이다. 소부류 장군은 모든 군장 점검을 마치고 보급물품을 확인한 다음 출정을 했다. 주야 3일을 강행군해서 임진강 상류(지금의 파주 적성부근)에 진을 쳤다. 이런 사실을 낙랑군인 첩보원들에 의해 본진에 전달되었다.

이같은 정보는 낙랑군 장수 호배인(胡裵人)에게 신속히 전달되었다. 이번 서라벌에선 장수 부류가 1만 병력을 거느리고 이곳으로 오고 있다고 했다. 그는 방약 무도하고 힘센 자신만 믿고 호언 장담을 했다. 신라군 놈들은 밤낮 없이 강행군을 하여 이곳까지 오느라 피곤해 지쳐있을 것이다. 오늘 밤에 습격을 감행해서 일거에 처부실 것이라고 했다.

"그까짓 신라군 일만 쯤은 아침 해장 거리다. 금성에서 여기까지 오는 동안 날씨도 덥고 병사들이 지쳤으니 당장 오늘 저녁에 적군의 본진을 쳐 부시도록 하라."

한편 신라군 선봉장 소부류(蘇扶流)는 오늘 저녁에 아군이 피로한 틈을 타서 야습할 것을 대비해 전투태세에 만전을 기했다. 본진에서 1마장 떨어진 협곡에 매복조를 숨겨 놓았다. 중간 넓은 공지엔 적군이 육안으로 잘보이게 건초와 나무 등을 쌓아 놓아 마치 군량미 같이 보이게 했다. 또한 본진에선 제1진에 궁노수 1천여 명을 저녁을 일찍 먹게한 후에 공지에 매복시켰다.

제2진에선 기마 부대를 대기시켜 적의 움직임에 신속한 대응책을 강구해 놓았다. 본진은 소부류 자신이 맡고 있어 지휘체계를 확립해 놓고 있었다. 축시(丑時)가 되자 신라군은 자는 척하고 불을 환히 밝혀두고 있었다. 경비병은 허수아비로 만들어 가장을 시켜 놓았다. 이때 적의 척후병이 정탐을 하고 나서 신라군이 강행군에 녹아 떨어져 정신없이 자고 있다고 보고를 했다.

낙랑군 장수 호배인은 자기의 예견에 적중함을 과시하고 기고만장해 즉각 적을 도륙할 것을 명했다. 각 장수들은 서로 공을 세우려고 앞다투어 질풍처럼 달려들었다. 진지에 불화살을 퍼부으며 쳐들어 왔으나 허수아비들만 있을 뿐 적의 그림자는 보이지 않았다. 아차! 속았구나 하는 순간, 신라군 1천 궁노수들이 폭우처럼 화살을 날렸다.

불빛이 환한 진지 안에서 목표물이 또렷해 있는 상태라 쓰러져 가는 적의 수효가 늘어만 같다. 이때 적장들은 매복한 궁노수들의 공격임을 알고 기마 부대를 앞세워 일제히 반격에 나섰다. 신라의 궁노수들은 기마부대의 저지를 막기 위해 나무와 나무사이에 매어둔 밧줄을 팽팽이 당겼다. 마상에 적들은 밧줄에 걸려 낙마해 버리고 말은 정강이가 부러지는 등 대소동이 벌어졌다. 또한 깊게 파 놓은 구덩이에 빠져 죽고 상처를 입은자가 부지부수였다.

이때 제2진의 신라군 궁노수들이 일제히 화살을 날려 적들은 피할 시간도 없이 거꾸러졌다. 적장 호배인은 싸워보지도 못한 채 당하기만 하자 화가 머리 끝까지 치밀었다. 그는 전열을 가다듬고 도망가는 신라군을 발견하고 다시 추격할 것을 명했다. 얼마를 추격했는지 모른다. 신라군의 본 진영이 보였으나 달아나던 신라 병들이 보이지 않았다. 적장 호배인은 이제야 적을 섬멸할 기회가 생겼다며 전군에게 적진을 향해 돌진 할 것을 명했다.

진지에 도착하자 적군이 보이지 않았다. 또 한 번 속은 것에 놀랐다. 이때 사방에서 신라군의 화살이 빗발치듯 날아왔다. 어디에 적이 있는지 알 수가 없었다. 시간이 지날수록 보이지 않는 적에게 수없이 많은 낙랑군 병사들이 쓰러졌다. 호배인도 어깨에 화살을 맞았다. 그는 상황이 불리함을 깨닫고 급히 말머리를 돌려 후퇴명령을 내렸다. 신라군은 때를 놓치지 않고 기마병으로 하여금 적의 후미부대를 주살 시켰다.

낙랑군이 서라벌 군사를 추격했을 때는 급한 마음에 상황을 판단치 못했는데 후퇴하다 보니 협곡이 나타났다. 매복해 있던 신라군이 나무토막과 돌을 굴려 길을 막았다. 그리고 화살을 비오듯 퍼붓고 있었다. 적들은 자신들의 말발굽에 깔려 죽고 화살에 맞아 죽는 등 사방에서 아우성 소리가 천지를 진동했다. 적과 제대로 싸움다운 싸움도 못한 채 5만 병사가 죽어 가고 있었다.

적장 호배인은 간신히 협곡을 탈출하여 제일 첫 번째 맞이했던 신라군 진지에 도착했다. 그는 숨을 몰아쉬고 말을 멈추고 나서 패전장군 답지 않게 껄껄 웃었다. 이곳에 적이 매복해 있었다면 우리 낙랑군은 전멸 했을 것이라며 좌우를 살펴보았다. 잔여 1만 여 병사들은 칼에 베이고 창에 찢겨 있었다. 어떤 병사들은 화살이 몸에 꼽힌 채 달려온 모습이 너무나도 처참했다.

바로 그 순간이다. 사방에서 기마 부대가 질풍처럼 나타나 호배인을 포위하고 있었다. 신라군은 칼과 창으로 낙랑군을 도륙하기 시작했다. 피가 튀고 아우성 소리를 뒤로 한 채 적장 호배인은 죽어라 하고 몇몇 장수들의 호위를 받으며 도망쳤다. 임진강 상류의 수로에 막혀 빠져 죽는 자도 무지기수였다. 호배인은 아비규환의 전쟁터에서 간신히 포위망을 뚫고 탈출 했다.

호배인이 뒤를 돌아보니 겨우 3천군사나 됨직한 군 졸들이 부상을 입고 절룩거리며 따라 왔다. 그는 너무도 참혹한 참패에 자책감이 들어 스스로 목숨을 끊으려 했다. 그러자 주위에 부하들이 이를 간신히 말렸다. 낙랑군 군왕은 신라와 싸워 대패해서 돌아왔다는 소식을 듣고 대로했다. 왕은 전쟁에 참패한 책임을 어전 회의에서 물었다.

"어찌해서 싸움다운 싸움을 해보지도 못하고 5만군사를 다 잃었는가?"

"소장, 죽을죄를 졌습니다. 죽여주십시오."

"그렇게 호언장담하더니 서라벌 1만 군사에게 대패했단 말인가."

"소장은 피로한 적을 친다는 것이 적에게 이용당했습니다."

"그런 병법에 역이용당해 5만병사를 모두 잃고 무슨 염치로 살아돌아왔는가. 저자를 당장 끌어내어 저자거리에 효시하라."

호배인은 군주에게 질책을 받고 5만 병사를 잃은 책임으로 처형되었다. 한편 신라군은 5백여 명의 사상자를 냈을 뿐으로 대승리를 거두었다. 이 임진강 전투에서 신라 창건이래 처음 전쟁을 치른 후에 첫 승리가 되었다. 각종 병참 물건 등 산더미 같은 노획물과 1천여 명의 포로들을 끌고, 소부류(蘇扶流) 장군은 보무도 당당히 입성을 했다.

혁거세 왕은 개선장군으로 돌아오는 신라군을 맞기 위해 성문밖까지 나아가 환영을 했다. 1만 군사로 적의 5만 군사를 섬멸시킨 공로로 모든 장수와 사병들에게 공과에 따라 적당한 시상과 1계급 특진을 시켰다. 소부류 장군도 일계급 특진 '대보' 가 되는 영예를 가졌다. 아버지 해리 공도 왕께서 직접 격려하는 자리에 배석하여 아들의 장한 모습을 보고 무척 기뻐했다.

집안의 경사는 겹치는 모양이다. 그해 10월에 부류는 넷째 아들을 보게되니 이름을 우위(于位)라 불렀다. 고허촌 소벌공(蘇伐公)의 후손들이 계속 번창해 갔다. 그로부터 4년 후인 기원전 24년(丁酉)에 부류공은 5남째 득남을 하여 이름을 대이(大吏)라고 했다. 해리 공은 연이어 출생하는 손자들과 집안에서 하루종일 소일하는 것이 너무나 행복했다. 이제 그의 나이 80이 되었다. 자신이 생각해 보아도 엄청난 장수를 하고 있다.

기원전 20년(辛丑)에 여섯째 손주 이정(利貞)을 보게 되니 정말 가문의 영광이 아닐 수 없었다. 다음 해엔 고구려 시조 동명왕이 죽고 제2대 유리왕이 즉위했다. 이 해에 해리 공은 81세의 나이로 장손자 을지(乙智)가 21살에 득남을 하니 증손자를 보았다. 참으로 또 한 번의 경사가 아닐 수 없었다. 해리 공께서 이름을 구수금(仇須今)이라 지어주셨다. 이때 을지는 관직에 들어가 있었다. 할아버지 부류는 관직이 대보(大輔)이시니 집안이 왕에 다음가는 공명을 누렸다.

기원전 18년(癸卯)엔 유리왕이 아버지 동명왕의 업적을 찬양하기 위해 동명왕묘를 세웠다. 이해에 위례성(尉禮城)에서 온조(溫祚)가 백제왕국을 건국하니 이가 바로 백제 시조다. 이로서 한반도는 패수(대동강)를 중심으로 북쪽으로 옛 고조선 땅을 고구려가 차지하고 있었으며 한사군을 비롯해 여러 부족국가들이 난립해 있었다. 한강을 중심으로 남으로 서남지역을 백제와 마한이 국경을 맞대고 있었다. 신라가 동으로 옛 진한, 변한 일부와 6가야국과 대립하고 있었다.

이해 겨울은 유난히도 추웠다. 연만 하신 해리공(解利公)이 가을부터 기침을 몹시 하시고 병약해 지셨다. 초겨울에 접어들자 자리에 눕고 말았다. 세월 앞에 장사는 없었다. 자리에 누운지 20여일 만에 82세로 별세하셨다. 왕실은 물론 전국의 저명 인사들이 모두 조문을 왔다. 이때 발표된 상주 명단은 증손자까지 올렸다. 차자 정동공은 득성을 하여서 후손들 명단에 올리지 않았으며 부인들 명단은 당시 예법에 따라 올리지 않았다.

장자 소부류(蘇扶流)

차자 소정동(蘇井同)

장손 을지(乙智)   기원전 40년(辛巳 : 21세)

차손 빈(彬)　　　::　36년(乙酉 : 17세)

삼손 돌금(突金)　::　32년(己丑 : 13세)

사손 우위(于位)　::　28년(癸巳) : 9세)

오손 대이(大吏)　::　24년(丁酉) : 5세)

육손 이정(利貞)　::　20년(辛丑) : 1세)

증손 구수금(仇須今)　기원전 19년(壬寅 : 0세)

　장례는 5일장으로 치르고 장지는 진한왕 백손공이 모셔진 선영에 안장되었다. 부류공 나이 48세로 관직은 대보(大輔)에 이르렀다. 정동 아우가 득성을 해서 정씨(鄭氏)로 분가하여 나가서 아버님 빈 자리가 더욱 쓸쓸해졌다. 기원전 17년(甲辰)에 백제는 을음(乙音)을 우보(右輔)로 삼고 나라의 기틀을 착실히 다져 나가기 시작했다. 고구려에서 유리왕이 황조가(黃鳥歌)를 지으며 조상의 얼과 고구려 발전을 찬양하니 차츰 그 위력이 높아 가고 있었다. 신라에서도 낙랑군 침범 이후 국경을 탄탄히 하고 군사 조련에 힘쓰고 있었다.

　기원전 10년(辛亥)에 부류공이 사망했다. 아버지 해리 공이 돌아 가신지 8년만에 가정에 커다란 슬픔을 맞이했다. 공은 일찍이 혁거세 왕의 부름을 받고 관직에 들어갔다. 임진강 상류 부근으로 침범하는 낙랑군 5만명을 전멸시켜 신라 국토를 굳건히 지킨 공로가 지대하다. 관직은 최고 직인 대보에 이르렀다. 아드님을 6형제를 두셨으니 가문을 번성시킬 또 하나의 기틀을 마련하셨다. 묘지는 선영에 안장했다.

기원전 5년(丙辰)인 백제 온조왕(14)은 도읍을 한산으로 옮기고 한강 서북쪽에 성을 쌓아 북방 민족인 낙랑과 고구려의 침입에 대비했다. 기원 3년(癸亥)에는 고구려 유리왕(22)이 도읍을 국내성으로 옮기고 위나암성(尉那巖城)을 쌓았다. 기원 4년 (甲子)에는 신라의 시조 박혁거세가 죽었다. 왕의 죽음에 대해서 여러 의문점을 남겼으나 장막 속에 가려졌었다. 서라벌의 온 백성은 보름간 상복을 입고 애도를 표했다.

　사람들은 박혁거세가 나라를 다스린지 61년 되던 어느날 왕은 하늘로 올라갔는데 7일 뒤에 죽은 몸뚱이가 땅에 흩어져 떨어졌다. 그러더니 왕후(王后)도 역시 왕을 따라 세상을 떠났다. 나라 사람들은 이들을 합해서 장사지내려 했으나 큰 뱀이 나타나더니 쫓아다니면서 이를 방해하므로 오체(五體)를 각각 장사지내어 오릉(五陵)을 만들고 또한 능의 이름을 사릉(蛇陵) 이라고 했다. 담엄사(曇嚴寺) 북릉이 바로 이것이다. 태자 남해왕(南解王)이 왕위를 계승했다.

　(훗날 삼국유사에 위와 같이 기록되었으며 일부 학자들은 시해된 것이 아닌가 추측하고 있음)

　박혁거세 왕의 죽음은 고허촌의 소벌공의 후손들에게도 큰 충격이었다. 소벌공께서 알에서 태어난 혁거세를 집에 데려와서 학문과 무예를 가르쳤다. 그리고 6촌장의 수장으로서 그 분을 왕위에 적극 추대하였다. 또한 왕비 알영을 맞이하게 하여 왕권을 확립케 했다. 또한 궁실을 튼튼히 지어 외침을 막고 나라의 기틀을 세운 것도 소벌공이 일등 공신이다.

혁거세 왕께서도 소벌공이 서거하자 국장으로 모시게 했다. 그리고 해리공과 계양공을 친부모처럼 모셨다. 함께 자랐던 소벌공의 손자 부류를 관직에 천거 대보까지 이르게 하였다. 관직에 뜻이 없는 동생 정동(井同)을 정씨(鄭氏)로 득성시켜 학자로 만든 것도 혁거세 왕이었다. 이 어찌 소벌공과 혁거세 왕의 단순한 인연이겠는가, 이는 하늘의 계시가 있음이 분명했다.

기원 4년 신라의 시조 박혁거세 왕이 서거하자 제2대로 남해차차웅(南海次次雄)이 즉위를 했다. 이때 소벌공의 8세손 을지공은 나이도 많고 후배에게 관용문을 열게해 준다는 명분으로 관직을 사양했다. 이때 왕께선 사의를 몇 번 번복케 했으나 후배에게 등용의 길을 열어주기 위해 끝내 사양했다. 대신 을지공의 아우님 빈공(彬公) 등 다섯 분과 아드님이 등용되어 나라에 중책을 맡고 있었다.

이 해에 낙랑이 신라에 침입해 왔다. 이는 기원전 28년(癸巳)에 신라의 혁거세왕(30) 때 호배인이 5만 군사를 거느리고 신라 국경인 임진강 상류 부근인 파주 적성 지방을 침범해 왔었다. 이때 소벌공의 3세손인 부류 장군이 적을 섬멸시켰었다. 그런데 낙랑은 다시 복수의 칼을 갈고서 적장 호경부가 4만 대군으로 쳐들어 왔다. 낙랑군은 같은 장소인 임진강 상류부근으로 쳐들어오자 신라군과 정면 충돌했다.

이때 신라군의 장군은 부류장군의 넷째 아들 우위(于位)요 낙랑의 4만 대병을 이끌고 온 장수는 호배인의 아들 경부(京夫)였다. 어찌하여 하늘은 이런 묘한 악연을 맺게 하고 있단 말인가? 이 싸움에서도 호경부는 대패해서 돌아갔다. 이때 살아서 돌아간 자는 불과 1만5천 여명 밖에 없었다고 하니 얼마나 치열한 전쟁이었는가를 짐작할 만 했다.

기원4년(甲子)엔 한반도에 전쟁의 소용돌이 속에 있었다. 백제가 석두(石頭)와 마목성(馬木城)을 쌓고 있었다. 이때 말갈의 3만 군사가 쳐들어옴으로 부근현(父斤峴 : 평강부근)에서 적들을 막아 싸워 말갈을 격파시켰다. 이로서 한반도의 고구려, 백제, 신라의 3국 관계가 국경문제로 예민해 졌다. 더욱이 주변국들과의 도전도 계속 이어져 갔다.

기원6년(丙寅) 신라 남해왕(3)은 시조 박혁거세의 묘를 세우느라 공사를 벌렸다. 한편 백제 온조왕(24)은 삼한중 마지막 남은 마한의 땅을 침범해 국토를 차츰 넓혀 갔다. 이에 신라에서는 국경 분쟁이 예상되어 경계를 게을리 하지 않고 있었다. 기원 10년(庚午)에 신라에선 남해왕(7)이 석탈해(昔脫解)를 대보로 삼아 정치적 발판을 굳혀 나갔다.

기원16년(丙子) 초겨울이다. 나무는 무성했던 잎을 모두 떨어 트리고 사람들이 남긴 추억을 차곡차곡 나이테 안에 쌓아 두었다. 이는 사람들이 가늠할 수 없는 나뭇결 안에 새겨진 세월의 깊이다. 서라벌 남쪽에 위치한 소벌공(蘇伐公)의 집터엔 그 후손들이 면면히 살아오고 있다. 정원수의 나무들이 저마다의 사연을 안고 이 집의 내력을 말해주고 있었다.

농촌은 모든 농사를 마무리 해서 한가로웠다. 들녘엔 벼를 빈 논에 살얼음이 얼고 산에는 앙상한 나뭇가지에 차가운 바람 소리만 일어날 뿐이다. 밤이면 부엉새 슬피 울어 더욱 처량하고 쓸쓸함을 느꼈다. 남자들은 겨울 사냥 준비로 칼과 창을 숫돌에 갈았으며, 아낙네들은 길삼을 하여 가족의 의복을 짓고 다듬었다. 소백손공의 10세손이며 소벌공의 5세손인 구수금(仇須今 : 관직 大鳥)이 뜰 앞을 서성거리며 깊은 사색에 잠겨 있었다.

3대가 같이 살고 있는 대가족인 남산골에 위치한 이 집은 별채가 있고 안채가 3개 행랑채가 2개 창고, 마구간 등을 합쳐 언뜻 보아선 작은 궁전 같이 보였다. 외곽의 담장과 대문은 그 웅장함을 엿볼 수 있었다. 이 집은 진한을 건국한. 소백손인 진공(辰公)의 5세손 소벌공(蘇伐公)이 살았던 집이다. 일명 소벌도리(蘇伐都利)라고도 한다. 도리는 벼슬의 일종으로 소벌공은 신라 창건의 6촌장의 우두머리로 그 공적이 너무나 컸다.

이 웅장한 집에 어두컴컴한 뜰에 있던 소년이 별채에 있는 할아버지 방으로 뛰어들어갔다. 널찍한 이마에 초롱초롱한 눈빛은 어쩌면 지아비 구수금(仇須今)을 그렇게 빼어 닮았는지 모른다. 씨도둑은 못한다더니 저 녀석을 두고 한 말 같았다. 그런데 이 녀석이 열세살로 훌쩍 커서 할애비 키만큼 큰 것 같았다. 이 녀석의 이름을 조선(朝善)이라고 지어준 것도 을지공(乙智公)이 지어 준 이름이다.

"할아버지! 지난번에 저의 5대손 할아버지 소벌공에 대해서 말씀하셨으니 이번엔 6대손 할아버지부터 가문의 내력을 말씀해 주세요."

"지금부터 이 할애비 말을 잘 들어야 한다. 진한왕의 5대손이며 너에게 5대 할아버지이신 소벌공께선 두 아드님을 두셨다. 장남은 해리(解利)이고 차남은 계양(桂陽)이시다. 해리공께선 기원전 101

년 경진(庚辰)에 출생하셨으니까 소벌공께서 늦게 29세에 득남하셨다. 그후 둘째 계양공께선 4년 후에 태어나셨다. 두분 께서 는 관직에 뜻을 두지 않고 주유천하 하며 여유롭게 사셨다. 둘째 계양 할아버지는 장남해서 득성(得姓)을 하셔 개성최씨(開城崔氏)가 되셨다

"할아버지! 득성은 어떤 뜻입니까?"

"옛날이나 지금이나 비슷한데 성(姓)을 다른 이름으로 바꾸면 득성을 한다고 한다. 우리 소씨도 먼 옛날에는 한 때 기씨(己氏)였는데 조조(肇祖)이신 태하공(太夏公)께서 소씨로 변경하였다고 한다. 이것을 두고 득성 했다고 한다."

"할아버지! 그렇다면 득성은 어떤 경우에 합니까?"

"득성은 군주나 왕이 신하에게 주는 하사성품(下賜性品)인 경우가 많다. 그래서 계양 할아버지처럼 소씨를 개성 최씨로 변경되는 것을 말한다. 또한 득성을 하면 그때부터 성씨의 시조가 된다. 그러므로 시조가 되신분은 영광이나 먼 훗날에는 조상의 뿌리가 하나였던 것이 갈라져 반목하고 갈등을 빚을 일이 생길 우려가 있을 것이다. 다시 말해 썩 좋은 제도는 아니라고 본다."

"할아버지 7세 할아버지부터 말씀해 주십시오."

"오냐! 6세 해리 할아버지께선 두 아드님을 두셨는데 장남인 부류는 관직이 대보(大輔)에까지 이르러셨다. 대보는 관직에서 제일 높은 직으로 왕 다음 가는 직책을 가진 분을 말한다. 낙랑군이 5만 대병으로 국경을 침범해 온 것을 이를 격퇴시켰다. 그리고 둘째 정동 할아버지는 관직에 뜻을 두지 않고 계시다가 그분의 학문과 인품이 출중함을 알고 혁거세 왕이 불러 정씨(鄭氏)로 하사성품을

내리셨다. 그분의 호가 지백호(智伯虎)로 정씨의 시조가 되었다.

"할아버지! 왜, 우리 소씨만 자주 득성을 하여 그 뿌리 찾기가 힘들게 하고 있습니까?"

"너도 크면 알겠지만 우리 소씨는 삼한갑족(三韓甲族)이다. 일찍이 진한을 건국한 비조(鼻祖 : 始祖)는 소백손공(蘇伯孫公)이시다. 신라 창건을 주도한 5대 소벌공(蘇伐公) 께서 대를 이어가며 훌륭한 혈통을 가진 것을 왕이나 지방 호족들이 다 알고 있는 사실이다. 그래서 신라 왕께서도 훌륭한 인재를 발굴하여 득성을 하사하신 것이다."

"지금 할아버지께선 8세손이 되시는 것이 잖습니까?"

"옳치! 잘 보았다. 내가 바로 진한 왕국을 창건하신 소백손 공의 8세손 을지(乙智)다."

"할아버지! 할아버지 형제분에 대해 말씀해 주세요."

"음! 어디서부터 시작해야 좋을지 모르겠다. 그러니까 너의 증조부이신 7대 할아버지께선 관문에 들어가 관직이 대보가 되었다가 퇴직을 하셨다. 그리고 장남인 이 할애비도 관에 있다가 기원전 15년에 대보로 퇴직을 하고 집에서 너와 함께 있느니라. 둘째 빈(彬)도 관직이 대사(大舍)이시며, 셋째 돌금(突金)은 관직이 사창(沙滄)이시다. 넷째 우위(于位)는 관직이 길창(吉愴)이셨으며, 다섯째 대이(大吏)는 관직에 뜻이 없어 천하를 주유하며 학문을 닦으신 학자였다.

여섯째 이정(利貞)은 관직이 파진창(波珍滄)이셨다. 워낙 똑똑하고 인품이 있어 막내인 이정을 너희 증조할아버지께서 가장 귀여워하시고 아끼셨다. 그래서 이 소문이 왕께서 알으시고 6형제나 되니 득성 할 것을 권유받아 이에 응하셨다. 증조할아버지는 물론 우리 형제들도 윤허를 했다. 그래서 이정 막내가 최씨(崔氏)로 득성하였다. 이가 바로 경주최씨(지금의 慶州)의 시조가 되었다."

"할아버지! 그렇다면 우리 소씨 집안에서 신라 창건 이후 세분이 득성한 셈이군요."

"그렇탄다, 비조(鼻祖)인 백손(伯孫)의 6세손 계양(桂陽)이 개성최씨(開城 崔氏)가 되었다. 그리고 7세손 정동(井同 : 智伯虎)이 진주정씨(鄭氏: 晉州)로, 8세손인 이 할애비 막내동생인 이정(利貞: 慶州)이 경주최씨로 득성했으니 6세, 7세, 8세에서 각각 1명씩 득성을 해서 각 씨족 시조로 족보상 출가를 하신 것이다. 그러니 우리 소씨(蘇氏)가 원조이면서 부족사회를 이루었으며, 왕이 신임한 삼한갑족의 원맥이 여기서부터 분가를 하게 된 것이다."

"할아버지! 그렇다면 윗대 조상 님들의 제사는 어떻게 모셨습니까?"

"비조이신 진한왕 소백손에 5세손 소벌공까지는 경주소씨, 개성최씨, 진주정씨, 경주최씨가 합동으로 모셨다. 분명한 것은 앞으로도 네 분들의 성씨가 계속해서 합동으로 제사를 지내야 된다. 그후 6세손부터는 득성한 자손들이 각각 자기 조상의 제사를 모셨다. 그래서 9세손인 구수금(仇隋今)인 네 애비는 관직이 대오이다. 승진을 거듭하면 더 높은 관직으로 이동할 것이다. 앞으로는 더욱 착실하게 자신의 조상을 받들고 제사를 모셔야 된다.

그리고 먼 훗날 자손들의 번창함에 따라 5세손 소벌공 까지는 어떠한 경우에도 합동으로 득성 성씨를 따지지 않고 제사를 모시게 합의를 했었다. 그것이 조상을 모시는 올바른 자세임을 다시금 밝힌 것이다. 그러나 아까도 지적했지만 먼 훗날 자손들의 반목으로 어려운 문제가 생기지 않는다는 보장이 없다. 우리 후손들은 이점을 슬기롭게 극복해서 조상에게 누가 되지 안토록 해야 된다."

"할아버지 우리 소씨 집안의 혈연 관계는 상상계로부터 지금까지 너무도 복잡하고 이해하기 어렵습니다. 이것이 바로 이 땅의 형성과정과 우리 나라의 역사와 이웃 나라 역사와의 깊은 관계를 맺고 있다는 사실을 알 수 있겠군요?"

"그렇단다, 아주 바로 보았느니라. 참으로 내가 아끼는 장한 손자로구나. 수천년, 수백년 흘러간 역사가 희미해지고 족보관계가 산만해지면 이런 현상이 아니 나온다고 볼 수 없다. 다시 말해 득성한 개성최씨, 진주정씨, 경주최씨(지금의 지역으로 표시함) 들이 먼 훗날 이런저런 조상에 대한 이야기가 분분할 것으로 이 할애비는 짐작이 된다. 그러나 원동맥은 우리 경주 소씨가 그 뿌리임을 너의 후손들은 잘 지켜 나가 주길 바란다.

"할아버지! 우둔한 10세손 조선(朝善)은 깨달은바 컸습니다. 앞으로 학문과 무예를 더욱 열심히 닦아 가문에 그릇됨이 없도록 모든 노력을 경주하겠습니다."

"오! 기특한 내 손자 조선아, 네가 커서 우리 소씨 가문의 빛나는 혈통을 더욱 계승 발전시키길 바란다."

"할아버지! 염려 마세요, 부끄럼 없이 가문의 혈통을 잘 이어 받들겠습니다."

"오냐! 오늘은 밤이 깊었구나. 이만 잠을 자자꾸나."

"할아버님! 강령 하시고 안녕히 주무십시오."

조선이 밖에 나오니 싸늘한 밤하늘의 공기가 이마에 닿자 정신이 번쩍 들었다. 무수한 하늘의 별이 서로 부딪쳐 뚝뚝 떨어져 부서질 것만 같다. 저 무수한 별들 속에 내 별은 어디에 숨어 있을까? 앞으로 나는 어디로 흘러갈 것인가? 달빛을 밟으며 안채로 향하는 조선의 그림자는 앙상한 나뭇가지 사이를 뚫고 우뚝 서 있었다. 참된 삶이 무엇인가를 생각하면서…… .

을지공은 손자 조선이 제 방으로 가자 적막감이 엄습해 왔다. 과거 관직에 있을 때 그 직이 대보까지 이르러 임금 다음가는 직책이었다. 조상 대대로 이어오는 가문의 영광이었다. 그러나 지금은 한낱 초야에 묻힌 늙은이에 불과하다. 나무도 그 잎이 푸르고 무성하게 자랄 때 그 존재가치가 높다. 쓸쓸한 겨울에 삭풍에 떨고 있으면 너무나 초라하게 보인다.

사람이 만물의 영장이라고 하지만 자연 속에 자라는 저 고목만도 못한 것 같다. 나무는 제자리에서 고목이 되어 쓰러지더라도 새로운 움이 돋아 자신을 지키고 몇 백년씩 그 생명을 유지하고 있다. 사람은 고작 70여 평생에 떠도는 구름처럼 흘러가고 만다. 물론 종족을 퍼트려 후손을 남기지만 자연의 섭리에 비하면 너무나 미미하다.

허둥지둥 달려온 지난세월이 덧없기만 하다. 겨울의 싸늘한 바람은 문풍지를 사납게 울리고, 고독한 심정은 남산의 달빛 아래를 맴돌고 있을 뿐이다. 조물주의 깊은 뜻을 누가 알겠는가. 라목은 얼음꽃 피어 기막힌 한을 담고서도 차가운 달빛을 왜 그리워할까? 을지공은 벌떡 일어나 방안을 서성거렸다. 말년에 한가로이 세월을 낚으며, 자손들이 잘되기를 소망하고 있었다. 이 또한 옹졸하고 허황된 욕심만이 가득차 있음을 어찌 잊을 수 있겠는가?

6. 대륙의 변천

세월의 흐름은 참으로 빨랐다. 을지공께서 관직(大輔)에서 물러나 초야에서 한 해를 넘기고 만물이 약동하는 새로운 봄이 되었다. 이제 그의 나이 57세(辛巳年)를 맞이하니 지난날의 무상함을 느꼈다. 관직에 있을 때는 하루해가 어떻게 넘어갔는지 몰랐다. 요즘은 너무도 지루한 감을 느끼고 있다. 오늘도 무료함을 달래기 위해 별당 마당을 서성이는데 밖이 시끄러웠다. 이상히 여겨 대문을 나서자 웬 거지와 행랑아범이 말다툼을 하고 있었다.

"어허! 밖이 왜 이리 시끄러운고."

"대보 어르신! 이 사람이 때도 지난는데 배가 고프다며 밥을 달라고 합니다. 안 채에 마님도 안 계시고 해서 다른 집으로 가보라고 했더니 소란을 피우며 막무가내입니다. 이때야 텁수룩한 늙은 영감이 허리를 굽히며 인사를 한다.

"지나가는 과객이온데 하루를 굶고 나니 도저히 배가 고파 못견

려서 구걸을 청했사오나 거절을 당해 사정을 하던 중입니다.”

“허! 사정이 딱하군, 어서 저 분을 별당으로 모시게 하고 안채에 연락해서 상을 봐 오도록 이르게.”

“예! 대감마님, 분부 받들겠습니다.”

“과객께선 나를 따라오시오.”

을지공께선 앞장을 서서 별장으로 들어가셨다. 그렇다면 왜 행랑채에서 식사를 대접하면 될 것이지 기어이 별당으로 갔을까? 을지공께선 그 과객의 진면목을 이미 한 번 보고 알아차렸던 것이다.

“자! 어서 자리에 앉으시지요.”

을지공께선 모자를 벗은 과객을 다시 보고서 자신의 직감이 틀림없다고 생각했다. 과객도 역시 이분이야말로 당대를 누볐던 서라벌의 대보(재상)을 지낸 분이 틀림없다고 여겼다. 조금 있자 한 상이 잘 차려져 나왔다. 상에는 곡주까지 함께 있었다.

“자! 소찬이나마 많이 드시오. 갑자기 차린 상이라 대접이 소홀한 점 이해하시구려.”

“무슨 말씀을 하십니까. 너무도 과분한 상을 받았습니다. 잘 먹겠습니다.”

객은 꽤나 시장했던지 반찬까지 모두 먹은 다음 곡주 반 주전자를 단숨에 비웠다.

“어르신! 집을 떠나 온 후에 처음 잘 먹었습니다. 여쭐 말씀이 있사온데 이 근처에 진한 왕이었던 소백손의 후손이며 서라벌 창건의 일등 공신이었던 소벌공께서 사시던 후손 댁이 있다는데 알고 계십니까?”

을지공께선 속으로 이 객이야말로 대단한 인물임을 새삼 느끼며 혀를 찾다. 어쩌면 사람의 마음을 떠보는 지혜와 그 혜안을 가지고 있을까. 뻔히 이 집이 자신이 말했던 집임을 알고서도 시치미를 뚝 떼고 천연덕스럽게 묻고 있을까? 두 사람이 사실상 보이지 않는 기(氣) 싸움을 하고 있는 것이다.

"과객께선 이곳 마을 입구에서 소씨 가문의 내력을 읽고 계셨을 텐데 새삼 찾으시려 하니 술기운이 덜 차신 모양 같군요."

을지공께선 설렁줄을 잡아당겼다. 그러자 심부름하는 아주머니가 쪼르르 달려왔다.

"마님! 부르셨습니까?"

"이 상을 물리고 다시 주안상을 차려 오도록 하오. 나도 갑자기 술 생각이 나는군."

"예! 분부대로 하겠습니다."

조금 있자 질그릇 술병에 주안상이 큰상에 차려져 나왔다.

"자! 과객께선 천하를 주요하시면서 좋은 술을 많이 잡수셨을 텐데 이곳 촌에서 농주를 대접해들여 죄송합니다. 한잔 제가 권하겠습니다."

"먼저 죄송한 말씀 사과 드립니다. 조금 전에 마을 입구에서 알았던 일이며 대감님을 익히 알고 있으면서 마음을 들여다 본 불의를 용서하십시오. 거듭 용서를 청하오니 관용을 베풀어주십시오."

"무슨 말씀을 하십니까. 이미 우리는 서로의 마음을 들여다보지 않았습니까. 그게 이심전심이 아니겠소. 나도 이미 알고서 말을 안했으니 내 허물도 큽니다. 역시 통하는 점이 많군요. 이제 서로를 알았으니 새롭게 교분을 맺어 봅시다. 이 집주인 소을지라고 합니다."

그제야 과객이 벌떡 일어나 큰절을 올렸다.

"소인이 어찌 대보 영감이신 소을지 어른의 존함을 몰라보았겠습니까. 직접 대면하오니 저의 옹졸한 무례를 용서하십시오. 저는 보현산에 살고 있는 한고웅이라고 합니다."

을지공께서도 자리에서 일어나 맞절을 했다.

"한고웅 선사님을 누추한 내 집에서 뵙게 되니 영광입니다."

현자는 서로를 대뜸 알아보는 모양이다. 마치 오랫동안 사귀었던 지인처럼 반갑게 대하여 술자리가 어울렸다. 해질 무렵에 무술을 익히던 손자 조선(朝善)이 할아버지를 찾아뵈었다. 을지공께선 조선에게 한고웅 선사님께 인사를 하라고 했다. 조선은 거지같은 행색을 보고 어리둥절하다 인사를 올렸다.

"인사 올리옵니다. 을지공 할아버님의 장손 소조선(蘇朝善)이라고 합니다."

"음! 반갑군요. 아주 기품이 좋군요."

조선이 물러난 후에 을지공은 한 선사한테 녀석의 관상을 넌지시 물어 봤다. 한 선사는 한참을 망설이다 말문을 열었다.

"대보 어르신! 말씀드리기 외람되오나 저 손자 분은 관직에 나가지 않는 것이 좋겠습니다."

"무슨 뜻인지 알겠습니다. 그러면 어쩌면 좋겠습니까?"

"대보어르신! 천하를 주유하면서 높은 기계와 덕망을 쌓고 유유자적 세상을 살펴 나가게 하는 것이 어떠실런지요. 그래야 어려운 운을 이겨 나가고 후손이 번영될 것입니다. 그러기 위해선 덕망이 높으신 분께 사사를 시킴이 좋을 듯 합니다."

을지공께선 한참을 생각하다 술잔을 단숨에 비우고 한고웅 선사에게 술잔을 권했다.

"한 선사님 오늘 저의 집에 잘못 오셨습니다."

"대보 어르신! 그게 무슨 말씀입니까?'

"선사께선 천기를 아시고 그 비밀을 누설하셨으니 어찌 저의 집을 그냥 나가시려 하십니까?"

한 선사는 속으로 깜짝 놀랐다. 술기운이 싹 가신다. 대보 어르신은 참으로 무서운 분이시다. 이렇게 사람을 꼼짝 못하게 얽을 수가 있을까?

"부덕한 소치로 큰 실수를 하였습니다. 어찌하면 노여움을 푸실 수 있겠습니까?"

을지공은 한참이나 말이 없이 눈을 딱 감고 있다 번쩍 뜨면서 정색을 했다.

"이제 천기 누설을 했으니 달리 방법이 없잖습니까. 저는 모든 것을 선사님께 맡기겠습니다. 할말이 없습니다."

오랫동안 무거운 침묵이 흘렀다. 납덩이처럼 가라앉은 분위기를 깨고 선사가 먼저 입을 열었다.

"오늘 밤을 새면서 깊히 생각해 보겠습니다."

한 선사는 다음날 아침에 을지공의 집을 나오면서 의미심상한 말을 남겼다.

"대보 어르신! 저의 경솔한 언행 다시 사죄 드립니다. 이런 말씀 드리기가 송구스러운데 손자 조선에게 고초를 겪게 함이 어떨는지요."

"그게 무슨 말씀입니까?"

"제가 경솔한 발설의 과오이오니 저에게 3년 정도 맡겨 보심이 어떨는지요? 미력하나마 조선에게 미리 세상사는 고초를 겪게 하여 그 화를 면케 함도 하나의 방법일 것 같아서 제안해 봅니다."

"선사님! 그 무슨 말씀을요, 오히려 저의 가벼운 처사로 선사님께 마음의 부담을 주어 죄송스럽습니다. 우리 두 사람만이 아는 비밀이오니 영원히 가슴에 담겠습니다. 그리고 이곳에서 준비를 마치는 대로 선사님이 계시는 보현산으로 보내겠습니다. 많은 가르침을 부탁드립니다."

한고웅 선사님을 배웅하고 돌아서는 을지공께선 참으로 마음이 무거웠다. 자신의 장손인 조선에게 큰 기대를 했는데 한 순간 모든 꿈이 무너지는 것 같았다. 을지공께서도 일찍이 조선의 관상을 보고서 석연치 않게 생각하고 있었다. 만약 관가에 진출하면 큰 인물이 될 것이나, 크게 꺾이게 될 운명이라 짐작했는데 역시 한고웅 선사께서 꼭 짚어 주신 것이다. 이런 천기를 무시했다가 잘못되면 가문이 크게 흔들릴지 모른다.

그렇다면 가문의 혈통을 이어나가기 위해 차선을 선택하는 방법밖에 없었다. 그것이 소씨 가문의 가운인 것을 어찌겠는가. 다른 후손들이 있으니 후세를 기약하고 결심을 단행한 것이다. 그 날밤 아들 구수금(仇須金)을 불러 조선의 운명을 말해주어 한고웅 선사에게 보내기로 했다. 이 기밀은 무덤에 갈 때까지 지키기로 약속을 했다. 을지공은 다음날 조선을 조용히 불러 한고웅 선사님께 학문과 무예를 배울 것을 말해주기로 했다.

"할아버지께서 부르셨습니까?"

"거기 앉아보아라."

"지금 너의 학문과 무예는 가도로선 더 이상 가르칠 것이 없다. 그래서 위명이 높으신 분에게 너를 가르치도록 했다. 그 분이 지난번에 이곳을 찾아온 한고웅 선사님이시다. 너의 애비한테는 승낙을 받았느니라. 이제 네 결심만 남았느니라."

"할아버지의 뜻에 따르겠습니다."

"그러면 오늘부터 마음의 준비를 하거라. 가까운 시일 내에 보현산에 계신 한고웅 선사님께 가게 될 것이다."

조선(朝善)은 10여일이 지나서 모든 준비를 마치고 말 한 필에다 필요한 물건을 싣고 한고웅 선사가 계신 보현산을 향해 길을 떠났다. 임천(臨川 : 永川)을 지나 진보(眞寶 : 靑松) 가는 중간 지점의 근 40척에 가까운 높은 산인 보현산(普賢山)을 향하는 길은 순탄치가 않았다. 난생 처음으로 가족을 떠나 낯선 먼 여행길이 왠지 쓸쓸하고 서글펐다. 할아버지와 부모님으로부터 많은 충고를 들었지만 지금 이 순간엔 마음에 닿지 않았다.

이제 자신의 나이 열네살이다. 정든 고향 금성을 떠나 임천 부근까지 가서 해가 저물었다. 인가에 들려 사정을 해서 민박을 했다. 따듯한 부모님 곁을 떠나 처음 겪는 고충이다. 아침 일찍 일어나 갈 길을 재촉했다. 봄날이라 따듯해 걷기는 좋았으나 엉뚱한 생각이 들었다. 말 위에 짐을 풀고 달리고 싶었다. 조선은 임천을 지나 입석 어느 작은 마을에 유숙했다. 보현산은 워낙 산이 높고 험준해서 하루를 올라야 간다는 그곳 백성들의 충고를 들었다.

집을 떠난 지 3일째 되는 날이다. 서둘러서 보현산을 올랐다. 산세도 험하고 말을 몰기엔 여간 힘이 들지 않았다. 첩첩 산중이란 말이 아마도 이럴 때 쓰는 말 같았다. 집을 떠나올 때 아버지께서 약도를 주신 것을 보고 또 보아도 산의 중턱이 어디쯤인지 하늘만 빠끔히 보여 알 수가 없었다. 호랑 바위 옆에 큰 소나무가 있는 쌍 갈래 길에서 우측으로 비스듬히 내려오면 작은 골짜기가 있는데 그곳에서 2마장 거리에 선사의 집이 있다고 했다.

조선도 지치고 말도 허덕였다. 길이 산 능선만 타고 오르다 보니 물이 없었다. 한나절쯤 오르자 툭 솟은 기이한 바위가 나타났다. 그 바위 밑에 마치 호랑이가 웅크리고 앉은 것 같이 보였다. 옆을 바라보니 백년은 넘게 보이는 노송이 보였다. 쌍갈래 길에서 우측 길을 택해 근 한 시진 동안 비탈길을 내려갔다. 남향받이로 움막 같은 집이 보여 다가갔다.

"한고웅 선사님 계십니까?"

아무리 불러봐도 인기척이 없다. 말을 나무에 매어 놓고 갈증이 나서 물을 찾았다. 집에서 조금 아래쪽 골짜기에 맑은 물이 흐르고 있었다. 그곳에 작은 표주박이 있는 것으로 보아 자연수를 그대로 떠마시느 것 같았다. 산골짜기에서 내려오는 물이라 시원했다. 매여 놓았던 말을 끌고 가서 실컷 먹였다. 몸도 고단해서 집 앞뜰에 앉아 있다 깜박 잠이 들었다. 인기척이 나서 잠에서 깨어 보니 지난번 별채에서 보았던 한고웅 선사를 뵈었다. 조선은 얼른 일어나 땅바닥에 넙죽 엎드려 큰절을 올렸다.

"소생 소조선 입니다. 선사님을 찾아 뵈옵니다."

"음, 먼길 찾아 오느라 수고했다. 을지공께서도 강녕하시고 모든 가족이 태안 하시냐?"

"예, 모두 강녕 하십니다."

조선은 할아버지께서 주신 서찰을 전해 드렸다. 선사님은 그 자리에서 뜯어보시고 고개를 끄덕끄덕하셨다. 우선 말에서 내린 짐을 추녀 밑으로 옮겼다.

"자, 어서 방으로 들어오너라."

허리를 굽혀 들어가니 낮인데도 어두컴컴한 방엔 상대를 구별하기 힘들 정도였다. 흙벽에 관솔로 그을린 흔적이 있으며 방안의 가제도구란 아무것도 없었다. 아랫목 낡은 횟대에 옷이 걸려 있고 방바닥은 나무껍질로 엮은 자리가 깔려 있었다. 방안 한구석에 새카만 나무토막이 한 개 있을 뿐이다. 네평 정도의 온돌 방은 퀴퀴한 냄새가 진동해 먹은 것이 넘어올 것만 같았다

"뭘, 그리 두리 번 거리냐. 조금 있다 보면 잘 적응이 될 것이다."

조선은 잠시 휴식을 취하고 나서 짐을 방으로 들여다 놓고 한 선사님께 전해 줄 물건을 전달했다. 선사께서는 수고했다며 집 뒤편에 있는 석굴로 안내했다. 들어가는 입구는 허리를 구부려 간신히 들어갔다. 이십 보쯤 들어가니 확 트인 공간이 생겼다. 어림잡아 150평 정도는 되어 보였다. 이 석굴에 이런 곳이 있었다니 참으로 신비스러웠다.

그곳 한쪽 귀퉁이엔 돌로 돋우고 그 위에 흙으로 다져진 침상이 있었다. 둘이서 두러 누어도 충분했다. 침상 위엔 짐승 가죽으로 깔아 푹신푹신 했다. 처음에는 캄캄해 분간을 못했는데 차츰 익숙해지자 사물이 보이기 시작했다. 입구 왼쪽 벽 밑에서는 아주 소량의 물이 고여 있었다. 식수로 사용하기엔 충분했다. 반대쪽 벽엔 활과 칼이걸려 있고 창이 세워져있었다.

"조선아! 이제 이 곳에 사물을 익혔느냐?"

"예! 이제는 알아 볼 수 있게 되었습니다."

"이곳이 네가 심신을 연마할 수련장이다. 여기서는 우천시에 사용하는 곳이고 실제 훈련장은 보현산 전체가 너의 도장이 될 것이다. 오늘은 먼길 오느라 피곤할 테니 저녁을 먹고 자기로 하자."

한 선사님은 석굴 밖으로 나오자 조금 전에 잡아온 토끼 두 마리를 마당에서 털을 벗기고 내장을 걷어낸 다음 불을 피워 굽기 시작했다. 고기가 익어가자 한 마리를 건네주며 먹으라고 했다. 소금도 없이 손으로 뜯어 먹었다. 배가 고파서 순식간에 먹어치웠다. 방에 들어가 잠을 청했으나 집 생각에 잠이 오지 않았다. 거기다 선사님의 코고는 소리가 어찌나 큰지 늦게야 간신히 잠이 들었다.

아침에 일어나 보니 선사님은 자리에 안 계셨다. 밖으로 나가자 말이 찬이슬을 맞고 밤새워 공포에 떨다가 주인을 보고 코를 풀풀대며 꼬리를 친다. 말에 다가가 말머리를 쓰다듬어 주며 위로해 주었다. 개울 쪽에서 탕탕치는 소리가 나서 내려가 보니 선사께서 커다란 망치로 돌을 쳐서 고기를 잡고 있었다. 물고기를 작은 싸리 바구니로 하나를 잡았다.

"늦잠을 자서 죄송스럽습니다. 내일부터는 일찍 일어나겠습니다."

"그리하여야 되느니라. 오늘은 처음이니까 그대로 넘긴다."

아침은 물고기 구운 것으로 식사를 마쳤다. 말에게 마초를 먹인 다음 선사님을 따라 앞산 능선을 오르기 시작했다. 꾸불꾸불한 오솔길은 오르고 올라도 산중턱만 맴돌았다. 선사는 휘적휘적 가파른 능선을 쉽게 타고 올랐다. 조선은 숨이 턱에 닿는 기분이었다. 얼마를 올랐는지 모른다. 해가 중천에 떴다. 산 밑에는 봄인데 이곳 정상 부근은 아직도 겨울 속에 웅크리고 있었다.

산 정상에 거의 오르자 갈대 숲이 이어졌다. 뒤를 바라보니 보현산 정상이 이마에 닿을 듯 다가왔다. 참으로 신기한 것은 정상은 움푹 패인 모습이 요강 단지 같았다. 그 밑을 자세히 내려다보니 움막 같은 곳에서 연기가 피어오르고 있었다. 선사께서는 크게 기지개를 켜시고 성큼 성큼 그곳을 향해 걸었다. 조금 쉬어서 가면 좋으련만 말도 하지 않은 채 걷고 있었다. 오두막집에 당도하자 안에다 대고 소리를 쳤다.

"파파, 계십니까?"

이때 15세 가량의 처녀가 방문을 열고 나오다 한 선사님을 알아보고 반갑게 인사를 했다.

"선사님! 오셨습니까? 그간 강령 하셨는지요?"

"오냐! 반갑구나, 파파는 안에 계시냐?"

"얼마 전에 사냥을 나가셨습니다. 날씨도 싸늘한데 안으로 드시죠."

"목이 마루구나 물 좀 주거라."

"잠시만 기다리십시오."

그녀는 조선을 힐끔 바라보더니 정지간으로 들어가 질그릇에 물을 가득히 떠왔다. 선사는 목이 말랐는지 벌컥벌컥 마시고 나서 조선에게 건네 주어 나머지를 모두 마셨다. 방에 들어서자 한 선사님의 방 구조와 비슷했으나 다른 것이 있다면 퀴퀴한 홀아비 냄새가 없어 기분이 좋았다. 한 선사는 어색한 분위기를 읽은 듯 조선에게 일렀다.

"조선아! 이제 저 처녀와 알고 지내라. 이 집 파파의 외동 손녀로 이름은 '보아숭'이다. 이쪽은 내가 제자로 데려온 소조선이다. 앞으로 이 산에 머무는 동안 잘들 지내거라."

두 사람이 목례로 인사를 주고받았다. 조금 있자 밖에서 인기척이 났다. 방문을 열고 보니 '파파'께서 큼직한 노루 한 마리를 잡아 가지고 왔다. 등에 멘 활이 키보다 더 커 보였다.

"파파님! 오랜만에 찾아 뵈옵니다."

"오늘은 해가 서쪽에서 뜨나 보구려. 내 집을 다 찾아오니. 그래 그 동안 별고 없으셨소."

"그 동안 일이 많았습니다. 하여간 만나 뵈니 반갑습니다. 그리고 오늘은 제 일진이 참으로 좋은 것 같습니다. 먹을 복을 탔으니 말입니다."

"세상만사가 운 때가 있나 보구려. 모처럼 이 놈을 잡았는데 아마도 먹을 임자는 따로 있나 봅니다. 자, 출출한데 우선 요리를 해 봅시다."

"조선아, 인사 올려라. 보현산 파파 어른이시다."

"소생 금성에서 온 소조선 입니다. 한 선사님의 사제자로서 보현산 파파님을 알현하옵니다."

"오오! 잘 왔어요. 아주 기품이 있군요."

그러다 파파는 무슨 생각을 했는지 조선을 뚫어져라 보다가 속으로 후 하고 한숨을 토해 냈다.

"한 선사! 때가 되어 출출하니 어서 점심 식사를 서둘러 준비합시다."

파파는 밖으로 나오자 방금 잡아온 노루 가죽을 벗겼다. 어찌나 익숙한 솜씨인지 금새 작업을 마쳤다. 그새 보아숭이는 마당에 불을 지펴 놓았다. 빙 둘러앉아 환담을 나누며 노루 한 마리를 모두 먹어 치웠다. 한 선사는 그간 금성을 비롯해 삼국을 두루 돌아보신 경험담과 앞으로 전운이 감돌고 있는 여러 일들을 주고받았다.

조선과 아가씨는 어른들의 말씀을 조용히 듣고 있었다. 해가 서산에 기울기 시작하자 한 선사께서 하산을 하자고 하여 집을 나섰다. 조선은 파파에게 작별 인사를 올리고 보아숭에게 손을 흔들어 주었다.

"조선아! 조금 전에 보았던 파파 할머니를 어찌 보았느냐?"

"윗 어르신 분들을 어찌 제가 말할 수 있겠습니까. 다만 그 분의 눈에서 무서운 광채가 있는 것으로 보아 원한을 감춘 채 은둔하고 있는 것 같았습니다."

"녀석도 제법이구나. 그 파파는 한 때 대륙을 호령하던 옥저(沃沮) 군주의 따님이셨다. 나라가 망하자 손녀를 데리고 이곳까지 피난을 와서 은둔하고 있는 것이다. 그리고 손녀 보아숭이를 잘 보았느냐?"

"어찌 제가 처음 보는 처녀를 알 수 있겠습니까."

"이 녀석아, 그런데 관심이 없었다면 어찌 그리 눈독을 드렸느냐."

조선은 본심이 들킨 것 같아 얼굴이 화끈 달아올랐다. 어쩌면 그렇게 정곡을 찌르고 계실까. 역시 선사님은 속일 수 없었다.

"선사님! 그저 스쳐봤을 뿐입니다."

선사님께선 무엇이 우스운지 껄껄 웃으시면서 하산을 했다.

"조선아! 언젠가는 네가 그 소녀를 도와주어야 할 일이 생길 것이다. 그때는 힘껏 도와주어야 한다."

선사께서는 의미 심상한 말을 남기고 휘적휘적 발걸음을 옮겼다. 세월의 흐름 속에 모진 고통을 겪으며 살았다. 조선은 어느덧 근 삼년간 한고웅 선사로부터 학문을 익혔다. 명철한 두뇌의 소유자인 조선은 공자, 맹자의 가르침은 물론 도학을 비롯해 명리철학까지 모두를 익혔다. 무예도 검법, 진법, 경공술 등 다양한 것을 익혀 아마도 문무를 통해 조선만큼 통달한 청년은 삼국을 통해서도 별로 없을 정도였다. 그의 나이 17세로 이젠 그 기개를 펴 볼만 했다. 그런데 하루는 선사께서 조용히 불러 안쳤다.

"조선아! 네가 3년 동안 이곳에 와서 익혀 둔 학문을 한 마디로 말한다면 무엇으로 표현할 수 있겠느냐?"

"예! 선사님, 저는 마음이라고 생각합니다. 문무를 통해서 모든 진리는 마음을 다스리는 데서 이루어진다고 생각합니다."

"그렇다면 그 마음은 무엇인고?"

"마음은 천리의 순환을 고요 속에 바로잡는 것으로 알고 있습니다."

"천리의 순환은 무엇인고?"

"모든 자연법칙을 깨닫고 그 순리를 이행하는 것이라 믿습니다."

"자연법칙을 어찌 깨닫고 그 순리를 이행할 수 있을고?"

"물질과 정신을 함께 다스리는 수양이라고 생각합니다."

"그렇다면 그 수양이란 무엇인고?"

"심신을 다스리는 마음입니다."

"음! 내가 너를 가르친 보람이 조금은 있구나. 자만하지 말고 부지런히 학문과 무예를 익혀 세상에 보람된 일에 활용하거라."

조선이 이곳에 처음 와서 말할 수 없는 고통을 겪었다. 먹을 식량이 없어 사냥을 해야 하며, 사냥감을 구하지 못하면 굶어야 했다. 겨울 혹한에 보현산 깊은 골짜기를 자주 누볐으며, 호랑이 등 맹수를 만나 죽을 고비를 넘긴 것도 한 두 번이 아니었다. 생각이 여기에 미치자 눈물이 솟구쳤다. 잊을 수 없었던 일이 있었다. 하루는 식량을 구하기 위해 매섭게 추운 날 사냥을 나갔었다.

보현산은 언뜻 보기엔 그저 산인가보다 여겨지나 골짜기로 들어가면 그 깊이를 알 수 없었다. 사람들이 구절양장이란 말을 자주 쓰는 보현산 골짜기가 바로 그런 현상이다. 조선은 근 3년간 이 산을 통해 사냥감을 찾아 식생활을 했지만 가보지 못한 골짜기가 너무나 많았다. 이날도 눈보라가 휘날리는 추운 겨울 날씨였다.

사냥감을 찾아 골짜기를 헤매였으나 사냥감은 보이지 않고 눈은 점점 많이 내려 순식간에 두자 정도가 와서 보행이 불편했다. 거기다 짧은 겨울 해가 기울어져 깊은 골짜기에선 금새 어둠이 다가오기 시작했다. 먹을 음식도 없고 되돌아 집으로 가기도 난감했다. 산에서 얻은 경험으로 우선 골짜기를 아래로 타고 내려가는 방법 밖에 없었다.

얼마를 내려오다 보니까 기운도 없고 도저히 보행을 할 수가 없었다. 더욱이 바람마저 세차게 불어 눈보라가 일자 앞을 분간하기 어려웠다. 주위를 살펴보니 능선에 바위산이 보였다. 큰 바위 밑에는 눈이 쌓이지 않아 그곳에서 밤을 새우기로 하고 올라갔다. 불쑥불쑥 내민 바위는 사람이 접근하기가 어려워 보였다. 가서 보니 큰 바위 밑에는 눈도 없고 바람막이가 되어 안온했다.

바위는 모자 챙처럼 생겼으나 어쩐지 뭍 짐승들의 서식처같이 보였다. 그래서인지 짐승들의 똥이 지저분하게 널려 있고 노리끼리한 냄새가 몹씨 났다. 우선 칼집으로 땅바닥을 골랐다. 그리고 나서 주위에 돌을 주워 잠자리 주변에 쌓았다. 두러눕자 조금은 아늑한 것이 추위에 얼어 죽지는 않을 것 같았다. 그리고 뭍 짐승들로부터 방어가 됨직 했다.

하루종일 먹지도 못하고 고생만 한터에 너무도 피곤해 두러눕자마자 곤히 잠이 들었다. 얼마를 잤는지 알 수 없는데 돌구르는 소리와 함께 이상한 소리가 들렸다. 순간적으로 빠른 예감이 스쳤다. 옆에 있는 창과 칼을 동시에 잡았다. 바로 그때 빨간 불빛이 정면으로 마주쳤다. 조선은 본능적으로 창을 앞으로 내밀었다. 그러자 깨갱하는 개울음 소리 같은 것이 들리더니 창대를 타고 피가 손에 묻어 왔다.

정통으로 그놈의 앞 가슴을 찌른 것이다. 그런데 이게 웬일일까. 어디서 나타났는지 수십개의 붉은 빛의 눈동자가 일제히 달려들고 있었다. 좁은 바위 밑 공간이라 어찌할 수가 없었다. 왼손으로 창을 휘두르며 오른손으로 칼을 내리쳤다. 또 한 마리가 비명을 질렀다. 놈들이 주춤하며 물러서는 그 순간 재빨리 바위 밑에서 나왔다.

눈 덮힌 산비탈에서 놈들을 보자 알 수 있었다. 10여 마리의 늑대 떼를 만났던 것이다. 순식간에 동료 두 마리를 잃은 늑대들은 피냄새가 풍기자 이빨을 으르렁 대며 사방으로 포위하고 달려들기새다. 이들과 여기서 대치하기란 불리했다. 조선은 경공술을 써서 재빨리 바위 정상으로 올랐다. 그러자 이리 떼들은 잘됐다는 듯이 바위 정상을 사방에서 올라왔다.

정상엔 두평 정도의 넓적한 바위가 있어 몸을 겨우 휘둘을 정도였다. 이제는 실력을 발휘하기 가능해 졌다. 일제히 달려드는 늑대 무리를 칼과 창으로 원형돌기를 하며 쳤다. 그리고 나서 두 자이상을 하늘로 몸을 솟구치다 지면을 밟았다. 몇 마리가 죽거나 상처를 입었는지 비명 소리가 들렸다. 참으로 무서운 놈들이다. 동료가 죽고 상처를 입자 남어지 성한 놈들이 마지막 발악을 하고 덤벼 들었다.

이때 한 놈이 날쎄게 창대를 물고 바위 밑으로 몸을 날리는 바람에 조선이 반동에 의해 함께 바위 밑으로 떨어졌다. 어찌나 큰 충격인지 정신이 몽롱해 졌다. 이때 두 마리가 동시에 달려들었다. 다행이 칼은 놓치 않아서 거의 무의식 중에 재빨리 휘둘렀다. 순간 피가 확 튀어 얼굴에 뿌려지자 정신이 번쩍 났다. 한 놈이 다시 덤비는 것을 힘껏 내리쳤다.

몇 시간 동안 사투를 벌렸는지 모른다. 바지는 찢겨 너덜 거리고 장단지에서 피가 흐르고 있었다. 무릎은 바위에서 떨어질 때 깨져 피가 나고 쓰라려웠다. 왼쪽 팔굼치도 저려왔다. 만약에 자신이 무예를 배우지 않았다면 감쪽 같이 늑대 밥이 되었을 것이다. 주위를 살펴보니 즉사한 놈들이 대여섯 마리고 쌓인 눈에 피를 흘리며 달아난 놈들이 죽은 놈보다 많아 보였다.

처음 잠자리를 마련했던 바위 밑을 찾아 갔다. 우선 바지를 찢고 피가 흐르는 장단지를 지혈 시켰다. 그리고 나서 주위에 땔감이 될만한 것을 주워 모아 부싯돌로 불을 지폈다. 온기가 몸에 스미

자 조금 살것만 같다. 갈증이 나서 눈을 뭉쳐 먹었다. 뱃속에서 꾸르륵 소리가 요란하게 들렸다. 불씨가 좋아지자 앞에 거꾸러진 늑대 뒷다리를 칼로 잘라 털을 벗기고 굽기 시작했다.

남의 고기라고 입속에 들어가 창자를 채우자 살것만 같다. 그러다 자신을 살펴보고 너무도 한심스러워 목이 메었다. 어쩌다 내꼴이 이 지경에 이르렀는가. 할아버지께서 너는 진한(辰韓) 왕국(王國)을 창건한 소백손 공의 10세 손이며 장차 이 나라를 걸머질 귀한 동량재라고 했다. 그런데 지금은 살기위해 늑대 무리와 사투를 하다 겨우 생명을 건져 그놈의 비릿한 고기로 배를 채우고 있잖은가.

어머니 아버지 모습이 떠오른다. 귀동이가 천동이가 되었다더니 이를 두고 한 말 같았다. 산골짜기에서 눈보라가 치며 올라온다. 모닥불이 꺼질 듯 비틀 댄다. 고향의 옛 집이 그림처럼 흔들린다. 무엇이 나의 인생에 장애물이 있기에 나를 한 선사에게 맡겼을까? 이 순간에도 몇 차례 보았던 머슴아 같은 보아숭이가 해맑은 웃음을 안고 나에게 마구 달려 온다.

이 중에도 다행이라면 이 산꼴에서 보아숭을 만나 가슴을 두근거리게 한 일이 가장 행복했던 것이다. 자신보다 한 살 위인 그녀의 따뜻한 애정이 얼어붙었던 가슴을 녹여주었다. 그러나 바보처럼 사랑의 고백을 하지 못했다. 지금 그녀가 나타났다면 으스러지게 포옹을 하고 사랑을 고백했을 것이다. 아! 그녀가 보고 싶고 그리워 진다.

조선이 3년이 다 된 어느 날 봄날이다. 선사님은 석실로 조선을 조용히 불렀다.

"조선아! 이제 문무의 실력을 익혔으니 너의 뿌리를 알아보아야 되지 않겠느냐?"

"선사님! 그렇잖아도 몹시 궁금했습니다. 을지공 할아버님께 자신의 혈통을 말씀 드려 달라고 하면 진한 건국 왕이신 소백손 공과 서라벌 창건 일등 공신이신 소벌도리에 대해 대충 말하시면서 제가 성장하면 알 수 있는 기회가 있을 것이라며 자세한 말씀을 못 들었습니다."

"을지공께선 그리 말씀하셨을 것이다. 왜냐하면 자신께서 직접 말씀하시면 행여 과도한 조상 찬양의 오해가 후손에게 전해질까 봐 그런 우를 범하기 싫어서였고 조선이 네가 아직 어려서 이해하기 어려워서일 것이다."

"선사님! 저의 혈통을 아시는 범위까지 말씀해 주세요."

"남의 조상 혈통을 이야기한다는 것은 참으로 어려운 일이다. 그러기에 중국에서도 사조(査照)를 기록한다는 것은 여간 어려운 일이 아니었다. 잘못 기록했다 간 생명과 바꾸는 일이 생기기 때문이다. 그래서 너의 소씨 가문에 대해서 조금은 알고 있지만 내가 함부로 이야기 할 수 없구나."

"선사님 ! 과장됨이 없이 사실만을 말씀 드리면 후세에 욕됨이 없으리라고 생각합니다."

"말은 쉽지만 그리 쉬운 게 아니다. 무릇 세상 이치는 자신에게 이로운 주관적 측면에서 풀려는 인간 심리의 발동에서 오기 때문이다."

"선사님께선 저의 소씨 가문에 대해서 객관적 입장에서 얼마든지 말씀 드릴 수 있잖습니까. 더욱이 이 석실 안에선 선사님과 저 뿐인데 말씀 그대로를 제가 경청해 안으로 갈무리하여 정리하면 될 것이오니 말씀해 주세요.”

“음! 참으로 어려운 질문이다. 이왕 말이 나왔으니 내가 아는 범위 내에서 말해 주마.”

석실 안은 관솔의 불빛이 일렁일 뿐 천년의 고요 속에 묻히는 듯했다. 가부좌를 튼 선사님의 모습은 정말 이 세상 사람이 아닌 하늘에서 내려온 선사 그 모습이었다. 얼마의 시간이 흐르자 선사께선 감았던 눈을 뜨시고 이윽고 무거운 침묵을 깼다.

“그러니까 우리가 살고 있는 이 우주에서 지구가 생성된 것을 50만년 전이라고 한다. 이런 우주에 온갖 사물이 생성되는 대원리가 음 양의 이치에서 발생되며 모든 생명체의 생멸이 음양의 삼라만상의 영향력을 받지 않는 것이 하나도 없다. 이런 모든 현상은 기(氣)에서 발생하며 이 기는 영혼과 물질을 연결하는 매개와 연결 작용에서 이루어진다고 한다.

이러한 자연의 생성과정에서 인간이 태어났고 그 태어난 과정에서 수많은 변천을 거쳐 인류의 모습이 달라졌다. 그후 같은 종족의 모임 체가 민족으로 뭉쳐져 때로는 다른 민족과 다투며 발전해왔다. 이런 가운데 다른 민족간에 다툼으로 전쟁이 발생했으며 승자는 패자를 지배했고 패자의 일부는 도망을 쳐 다른 땅으로 이주했으니 이것이 민족의 대이동이 시작되는 원인이 되었다.

여기서 너의 소씨 혈통도 예외는 아니었다. 다만 내가 말하기를 꺼려 한 것은 남의 씨족사를 말한다는 것은 사실 달가운 일이 아니다. 내가 너의 할아버지인 을지공과 친분이 두텁고 지금 그분의 뜻으로 너를 3년간 교육을 맡아 왔기에 이런 이야기를 할 수 있는 것이다. 그러니까 너의 소사는 참으로 오랜 역사를 지닌 보기 드문 가문이다.

지금으로부터 5천 년전(기원전 4242 기묘축융)에 소복해(蘇復解)라는 분이 풍주배곡(風州倍谷 : 바이칼호)에서 성읍국가로 제위(帝位)에 올라 적제축융(赤帝祝融)이라 했다. 온 나라에 무궁화(扶蘇)를 심었기 때문에 성을 소(蘇 : 무궁화 소)라 하였다. 이같은 역사의 뒷받침은 여러 기록에 남아 있어(동국역대사,) 소씨는 축융의 후예라 하였다. 그런데 여기서 잘 알아야 한다. 지금 그 문헌이 전해 내려오지 못하고 상실되어 구전되어 온 것이다. 그래서 일부 나 같은 사람에게 알려진 것이다. 세상 사람들은 나를 선사라 하지만 사실 나는 모든 것을 기억하는데 남보다 조금 앞서 있을 뿐이다.

그후 적제 축융으로부터 2천년이 흐른 (泰帝 기원전 2417. 임인) 뒤에 적제의 61세손 태하공 풍(太夏公 豊)께서 란하유역(□河流域 : 북경동북)으로 옮겨 거주했다. 말이 2천년이지 조선이 네가 생각해 보아라. 그 숫자를 헤아리기 힘들 것이다. 그 란하유역은 배곡 풍주에서 수천리 떨어진 남쪽 대륙이다. 인간의 본능은 먹을 것이 많고 생활이 안정되고 따뜻한 지방을 찾는 것이다. 이같은 원인으로 민족과 씨족의 대이동이 이루어졌다.

그로부터 100여년 후 (기원전 2392. 洪帝)에 태하공 풍의 후예들은 고조선의 거수국인 숙신(肅愼)에 이거했다. 이때 고신씨(高辛氏)가 침입함에 창의하여 수동(綏東)들에서 이를 격퇴 이 공으로 소성(蘇城 : 지금의 할빈)의 하백으로 봉해졌다. 여기서 너의 소씨 가문에서 주장하는 소사(蘇史)에서 보면 어떻게 그리 멀리 이동했을까 하는 의문이 든다. 2천년이 넘어서 원제(元帝 기원전 209 임진2183년후) 때 소백손 공(蘇伯孫 公)께서 진지(辰地)에 이르러 진한(辰韓)을 건국했다고 했다.

소사를 자세히 살펴보면 너의 소씨는 태하공의 후손들이 두 갈래로 갈라진 것이 엿보인다. 하나는 중국의 란하유역에서 고조선의 거수국인 숙신으로 이거한 것이고, 다른 하나는 란하유역에 그대로 머물러 있다가 소백손 공께서 란하에 머문지 2천년이 넘어 (2208) 란하를 떠나 진지에 이른 것이다. 이렇게 볼 때 소씨의 주력 씨족은 백손공이 진지로 이동해 와서 진국을 건설한 것이다. 그후 하백에 있던 소씨 씨족은 불암산(불암산 : 백두산)을 거쳐 동해안을 따라 진국 땅에서 다시 합쳐진 것으로 추측된다."

"선사님! 저는 을지공 할아버지께서 우리 소씨는 적제 축융의 61세손 태하공께서 중국의 란하유역에 이거했다가 삼한에 이르러 란하를 떠나 진지에 이르러 진국을 건국했다고 배웠는데요."

"여기서 잘 살펴볼 문제가 있다. 소사에선 태하공께서 중국 북경 동북부에 있는 란하유역에 있다가 숙신으로 이거했다고 했다. 당시 란하유역은 연(燕) 나라 땅이다. 그후 란하에서 고조선의 거수국인 숙신은 수천리 동쪽에 있는 곳이다. 그래서 일부는 숙신으로 이거했고 다른 일부는 잔류했다. 당시에 란하를 지배하고 있던 중국의 연나라가 망하고 진(秦) 나라가 중국을 통일 했다. 이때 진시황제는 북쪽의 흉노족 들의 침입을 막기 위해 만리장성을 쌓기 시작했다.

여기서 주변국들의 정세를 살펴보고 왜 민족들의 대이동이 있었는지 고찰하면 소씨의 이동경로를 짐작할 수가 있을 것이다. 소사에 의하면 적제의 61세손 태하공 풍(기원전 2417)께서 중국의 란하유역에 거주했다가 125년 후(기원전 2392)에 숙신으로 이거했다. 이때 중국의 요동 땅에는 여러 부족 국가들이 형성되어 있었다. 숙신도 그중의 하나다. 그로부터 55년 후에(기원전 2333) 고조선의 단군왕검이 아사달(평양)에 도읍을 정하고 나라를 열어 조선(朝鮮)이라 했으니 이 나라가 고조선이다.

이때 중국에서도 기원전 3100년경 한족(漢族)이 황하유역에 부락을 이룩했다. 2600년 경엔 요(堯) 나라가 세워졌으니 고조선보다 300여년 앞선 것이다. 그후 순(舜) 나라를 거쳐 2205년 우(禹 -夏后氏)가 하(夏) 나라를 세웠다. 1766년엔 성탕(成湯)이 상(商) 나라를 세웠다. 그후 1401년엔 은(殷)나라가 세워졌다가 1122년에 망하고 무왕(武王)이 주(周) 나라를 세웠다. 이때 은 나라가 망하자 기자(箕子)가 고조선에 들어와 기자조선을 세웠다.

기원전 770년 중국의 주 나라가 힘이 약해지자 각 지역에서 우후죽순 격으로 군웅이 활거해 나라를 세우고 서로 다투니 이 시기를 춘추전국시대(春秋戰國時代)라고 한다. 멀리 인도에선 557년 석가(釋迦)가, 중국에선 551년 공자(孔子)가 탄생하였으며 400년 경엔 철제 농기구가 제작되고 우경(牛耕)이 시작되었다. 221년엔 진시황제가 진(秦) 나라를 세워 중국을 통일 했다. 여기서 소사에 대해서 예의 깊게 살펴 볼 일이 있다."

"선사님! 그렇다면 춘추전국시대가 근 5백년 전개되다가 진시황이 천하를 통일한 것과 우리 소씨와 깊은 관계가 있습니까?"

"그렇다. 이는 소씨 뿐만 아니라 각 제후국들이 망하자 진 나라의 진시황제는 북쪽의 흉노 족의 침입을 막기 위해 만리장성을 쌓기 시작했다. 그 노역 일부의 대부분이 한 민족이 아닌 변방의 다른 민족이었다. 이때 동원 된 것이 망해버린 연(燕) 나라 백성이 예외일 수는 없었다. 그러자 연 나라 땅에 거주했던 태하공 후손 소씨들은 진 나라의 핍박을 피해 동쪽으로 대거 탈출했던 것이다.

여기서 소사를 살펴보면 기원전 209년(元帝 : 壬辰)에 후단조수상 대알(後檀朝首相 大關)의 자(子) 백손(伯孫)이 중유(中有), 진기(陳岐), 신천(神川), 발산(發山) 등과 함께 진지(辰地)에 이르러 진한(辰韓)을 건국했다. 이때 고조선의 영역은 서쪽으로 중국의 갈석산을 경계로 란하유역과 북쪽으로 아무르강, 동쪽으로 연해주, 남쪽으로 한반도 전역을 장악했던 대제국을 건설하고 있었다.

한반도에선 고조선의 거수국인 마한(馬韓)이 황해도와 원산만 이남의 전체를 지배하고 있었다. 소백손 공께선 동쪽으로 이동하다 압록강, 대동강(패수), 한강(열수)을 건너 마한 땅에 당도한 것이다. 이때 마한 왕은 북쪽으로부터 탈출해 오는 이 민족을 동쪽 진지에 거주토록 하였으니 이것이 소백손 공께서 기원전 209년(元帝 : 壬辰)에 진한을 건국한 것이다."

"선사님! 그렇다면 중국의 연 나라 땅인 란하지역에 거주했던 우리 소씨가 진(秦) 나라가 연(燕) 나라를 멸망케 하고, 다른 민족을 동원시켜 만리장성을 쌓게 하자 그곳을 탈출했다고 했습니다. 란하에서 금성까지는 수만리를 어떻게 이동할 수 있었습니까?"

"참으로 피나는 역경을 이겨냈을 것이다. 그러기에 타민족과 다른 성과 차이가 있는 훌륭한 조상의 혈통을 이은 소씨(蘇氏) 성을 너는 갖고 있는 것이다."

"그렇다면 그 역경 속엔 숱한 역사의 배경이 있었을 것이 아닙니까?"

"바로 지적했구나. 우선 그 당시의 주변 국가들을 살펴보자. 소백손 공이 진한을 건국한지 3년 후인 기원전 206년에 진 나라가 망하자 유방(劉邦)은 한(漢) 나라를 세웠다. 이 때 고조선에선 기자조선이 위만에게 망했다. 위만은 왕검성에 도읍을 정하고 위만조선을 건국했다. 위만에게 망한 기자조선의 준왕은 남쪽으로 달아나 한(韓)에 이르러 한 왕이라 칭하니 이 땅의 대부분이 한강 이남의 한반도 전역이었다.

소사(蘇史)를 살펴보면 소백손 공이 진한을 건국하고 진한 왕이 되었다. 비(妃)는 여영부인(黎英夫人) 이었다. 2년 후에 공은 장남 부을미(扶乙美)가 출생했으니 그의 나이 33세였다. 기원전 206년에 한의 고조가 천하를 통일했다. 이에 여러 나라의 공신을 제후로 삼았다. 195년엔 연인(燕人) 위만이 기자조선에 망명하여 왔으므로 준왕(準王)이 그를 박사로 삼고 서부 경계를 지키게 했다. 다음해 위만은 기만 전술로 준왕을 속이고 왕검성으로 쳐들어와 준왕을 추방하고 나라를 세우니 위만조선(衛滿朝鮮)이라고 했다.

기원전 180년 소백손 공의 3세 성고(成高 : 文公)가 출생하고 5년 후엔 소백손 공이 별세하니 향년 75세였다. 155년엔 4세인 기노공(基老公)이 출생했다. 이로부터 10년 후에 부을미(泰公)가 63세를 일기로 별세를 했다. 기원전 129년(壬子) 3월 1일 소백손 공의 5세손인 소벌공(蘇伐公 : 蘇伐都利)이 출생했다. 여기서 도리는 벼슬의 호칭임을 알아야 한다. 진한을 건국한 소백손 공으로부터 소벌공이 훗날 박혁거세를 임금으로 세워 서라벌 건국 전까지를 진한의 시기로 보는 것이 옳다고 여겨진다.

　이 무렵 동북 대륙(滿洲)에는 커다란 사건이 발생했다. 기원전 110년(辛未)에 위만조선의 우거왕(右渠王)이 진국과 한의 교통을 방해 했다. 이어서 한의 요동 도위를 공격하여 도위를 사살했다. 이에 한 나라에선 복수하기 위해 수륙으로 공격하여 왕검성을 포위했다. 이에 위만조선은 내분이 일어 니계상 삼(尼谿相 參)이 우거왕을 죽이고 한 나라에 항복했다. 이로서 위만조선은 92년 만에 멸망했다. (기원전194-108)

　이 때가 소벌공 22세로 한창 청년기였다. 29세때(기원전 101) 장남 해리공(解利公). 34세에 차남 계양(桂陽)이 출생하니 집안에 경사가 났다. 그러나 부친 기노공께서 (79세) 노환으로 별세하니 슬픔이 컸다. 기원전 69년(壬子) 소벌공 61세에 금성 양산(梁山)에서 알에서 태어난 혁거세(赫居世)를 집에 데려와 양육했다.(훗날 삼국사기, 삼국유사에 기록)

　기원전 66년인 소벌공 64세에 장손 부류(扶流)가 출생 했고 4년 후에 차손 정동(井同 : 智伯虎)이 출생하자 집안에 경사가 났다. 기원전 59년엔 대륙에서 커다란 변동의 조짐이 보였다. 해모수(解慕漱)가 북부여(北扶餘)를 건국했다. 다음해 동부여에서 주몽(朱蒙)이 탄생했다. 57년(甲子)엔 소벌공 73세 때 6촌장 회의에서 혁거세를 왕으로 추대하고 호를 거서간(居西干) 국호를 서라벌(徐羅伐)로 건국하였다.”

　“선사님! 정말 진한을 건국한 소백손 공과 서라벌을 건국하게한 소벌공은 위대한 분이라는 것을 알았습니다. 선사님께선 어떻게 숱한 나라의 흥망성쇠와 저의 소사에 대해서 그렇게 상세히 알고 계십니까?"

"이녀석아! 사람이 낳을 때부터 아는 사람이 어디 있느냐. 계속해서 배우고 연구하면 그런 이치와 역사를 알게 되는 것이다. 네가 날보고 선사라고 부르지만 사실 선사는 너의 조부이신 을지공이 선사이시다. 그분은 관직이 대보(大輔 : 정승)에 이르렀고 지금은 초야에 있지만 참으로 훌륭한 분이다. 나도 그 분의 학식과 덕망을 따르지 못하는 위대한 분이다.

자! 계속해서 소사를 더듬어 보자. 소벌공이 기원전 49년(壬辛)에 나이 81세에 별세하였다. 박혁거세 왕은 공의 장례를 국장으로 치루게 하니 서라벌 건국 후 처음 있는 일이다.

(음 8월 17일에 제사를 봉양하고 있으며, 태종 무열왕이 文烈王으로 추봉함)

당시 가족 관계를 살펴보면

   비(妃) : 서수을부인(徐首乙 부인 80세)

   장남 : 해리(解利 : 57세)

   차남 : 계양(桂陽 : 47세 후예 득성하여 개성 최씨가 됨)

   장손 : 부류(扶流 : 17세)

   차손 : 정동(井同 : 지백호(智伯虎 :13세 후예 득성하여 진주 정씨가 됨)

다음해에 비(妃) 서수을 부인이 별세하니 어쩌면 부군을 바로 따라가는 복인지도 모른다. 기원전 46년 부류공이 21세 되던 해에 혁거세 왕의 부름을 받고 관직에 첫 등청을 하였다. 부류공은 다음 해에 부산 대수촌장 손구례마의 손녀인 손정기(貞己) 와 결혼을 했다. 그후 4년 후에 부류공께서 득남을 하니 그 분이 을지공

(乙智公)이시다. 바로 조선 너의 조부시다.

기원전 39년 (혁거세 19)에 변한 12개국이 서라벌(신라)에 투항하니 건국 이후 그 세력이 확대되어 갔다. 그해 혁거세 왕은 항상 아우 처럼 생각하던 정동을 관직에 나오라 해도 응하지 않자 해리공(62세)과 함께 왕궁으로 불렀다. 혁거세 왕은 해리공에게 아드님 정동 공에게 왕은을 베푸는 성(姓)을 하사하심이 어떠냐는 의향을 묻자 숙고 끝에 진주 정씨로 득성할 것을 받아들였다. 왕의 입장에서 보면 해리공은 부친과 같은 분이시다. 그리고 부류공과 정동공은 한 집에서 자랐기에 친형제나 다름 없었다."

"선사님! 저로선 성을 하사하여 득성(得姓) 한다는 것이 이해가 안됩니다."

"그럴 것이다. 당시의 풍습으론 왕이 신하나 귀족에게 큰 영예를 주는 것이 득성이었다. 정동공은 뛰어난 재주와 인품을 갖고 있었으나 벼슬 길에 오르지 않고 초야에 묻혀 있었다. 그 분의 호가 지백호도 이를 뜻함이다. 소벌공이 라정에서 알에서 태어난 혁거세를 집으로 데려왔다. 손자 부류공과 정동공이 함께 자랐으니 형제나 다름없다. 혁거세는 왕으로서 정동 아우를 그냥 보고 있을 수 없어 성을 하사하니 그가 바로 진주 정씨의 시조이시다."

"선사님! 그렇다면 소벌공의 둘째 아드님이신 계양공은 개성 최씨가 되었고 둘째 손자분 정동공은 진주 정씨로 득성하여 시조가 되었군요."

"그렇다. 이 모두가 박혁거세를 키우시고 그를 왕으로 추대하여 서라벌을 창건케 한 일등 공신이 바로 소벌공이다. 그래서 혁거세 왕은 어찌하면 이 큰 은혜를 베풀까 생각한 것이 득성을 하사케한 것이다.”

“선사님! 지금은 득성을 하사하여 왕은을 입었지만 먼 훗날 조상의 뿌리를 찾느라 같은 형제이면서 묘한 다툼이 있지 않을까요?”

“조선아! 참으로 잘 보았다. 계양공이 개성 최씨이고, 정동공이 진주 정씨로 시조가 되었지만 그 뿌리는 진한국을 건국한 소백손공과 그 5세 손인 소벌공의 자손임을 부인할 수 없다. 너의 소씨는 장손으로 그혈통이 있고 득성하신 최씨와 정씨도 그 근본 뿌리는 소씨이다. 먼 훗날 조상의 근원을 이해한다면 네가 생각하는 묘한 인연은 스스로 동화될 것이다.”

“이제 서라벌의 국내정세와 주변국들의 정세와 소사를 다시 살펴보자. 기원전 37년(甲申) 해리공께서 64세 되던 해다. 서라벌은 혁거세(21) 왕이 금성을 쌓아 외침을 대비하고 안으로 백성들의 생활 향상에 이바지 했다. 이해 대륙 북쪽 졸본 부여에서 주몽이 고구려를 건국하고 즉위하니 이가 바로 동명왕(東明王)이다. 기원전 36년에 고구려에게 비류국(沸流國)의 송양왕(松壤王)이 항복해 왔다.

고구려 국력이 신장되자 서라벌에서도 긴장이 고조되었다. 이해 해리공의 둘째 손자 빈(彬)이 출생 했다. 기원전 32년(己丑)에 서라벌 금성에 궁실을 세워 왕권을 확립하고 위엄을 보였다. 해리공은 이해 셋째 손자 돌금(突金)을 보았으니 집안에 경사가 났다. 기원전 28년(癸巳) 해리공께서 73세 되던 해다. 고구려 동명왕(10)이 북옥저(北沃沮)를 멸망시켰다.

이때 한사군의 낙랑이 서라벌(혁거세왕 30)을 침입해 왔다. 이에 해리공의 장남이신 소부류(蘇扶流) 장군이 선봉장이 되어 1만 군사로 낙랑장수 호배인의 5만 군사를 임진강 상류부근(파주 적성)에서 대파시켜 살아 남아 도망간자가 3천에 불과했다. 서라벌 창건 이후 제일 큰 전투요 대승리였다. 이때 해리공의 넷째 손자 우위(于位)가 출생하니 소씨 가문의 영광의 해였다. 기원전 24년 해리공 77세 때 다섯재 손자 대이(大吏)가 출생하고 3년 뒤에 여섯째 손자 이정(利貞)이 출생하니 소벌공의 후손들이 날로 번창하고 있었다.

기원전 19년(壬寅) 해리공 81세 때 고구려 동명왕이 죽고 2대 유리왕이 즉위했다. 해리공께선 증손 구수금(仇須金)을 보았으니 너무도 감격했다. 기원전 18년(癸卯) 온조가 위례성(尉禮城)에서 백제국을 건국하고 왕위에 올랐다. 고구려 유리왕(2)은 시조 동명왕 묘를 세우며 이제 대륙과 한반도에서 고구려, 백제, 신라가 3국 관계가 뚜렷이 성립되었다. 소씨의 기둥인 해리공이 82세로 별세를 했다.

기원전 17년(甲辰) 부류(扶流)가 49세 되던 해에 백제에선 을음(乙音)을 우보로 삼고 국력 신장에 힘을 기울였다. 고구려에서도 황조가(黃鳥歌)를 지어 국력 과시를 꾀 했다. 다음 해 말갈이 백제(온조왕3)의 북경을 침범하니 3국의 경계에선 전운이 감돌았다. 이에 백제는 온조왕(4)이 낙랑과 수호하면서 북방을 수호했다. 그로부터 4년 후(온조왕8) 말갈이 다시 위례성을 공격 포위하자 백제는 이를 격파했다. 2년 후 말갈은 백제에 쳐들어와 전투를 벌였으나 백제는 이를 물리쳤다.

기원전 9년(壬子) 고구려 유리왕(11)은 선비(鮮卑)를 쳐서 항복을 받으니 국력이 날로 신장했다. 3년 후(乙卯) 백제 온조왕(13)은 한산(漢山) 아래에 책(柵)을 세우고 위례성에 민호(民戶)를 옮겨 말갈이 자주 침범하는 것에 대비했다. 다음 해 온조왕(14)은 도읍을 한산으로 옮기고 한강 서북쪽에 성을 쌓았다. 그리고 궁실을 지어 왕권을 확립하는데 집중 했다.

기원전 2년 (乙未) 낙랑이 백제 위례성을 침범하자 이를 물리쳤다. 다음해 (丙申) 백제가 말갈을 칠중하(七重河 : 임진강)에서 격퇴시키고 말갈 추장을 사로잡는 대승을 거두었다.

조선아! 내가 말하는 것을 기억하느냐? 이 경신년은 네 녀석도 기억이 새롭겠지.”

“예! 선사님, 제가 이 세상에 태어난 해니 어찌 잊을 수가 있겠습니까.”

“지금 내가 연대를 너에게 말하는 것은 확실한 역사의 고증을 기억하기 위함이다.”

“예! 기록하며 경청하고 있습니다.”

“기원후 3년 (癸亥) 너의 증조 할아버지 부류공께서 63세 되던 해다. 고구려(유리왕2)는 도읍을 국내성(國內城)으로 옮기고 위나암성(衛那巖城)을 쌓고 국방력에 힘썼다. 다음해(甲子)에 서라벌에선 혁거세가 죽었다. 그 분의 죽음에 대해 자연사가 아니라는 분분한 설이 있으나 여기서는 이야기 하지 말자. 하여간 후임에 남해차차웅(南海次次雄)이 즉위 했다. 이틈에 낙랑이 서라벌을 습격해와 물리쳤다. 백제에서도 성을 쌓고 말갈이 또 침범해 격파를 했다.

기원전 6년(丙寅)부류공 66세 때 서라벌(남해왕 3)에선 시조 박혁거세 묘를 세워 그를 숭앙했다. 남해왕은 시조묘를 세움에 앞서 박혁거세를 알에서 깨어난 것을 6촌장이었던 소벌도리(蘇伐都利 : 蘇伐公)께서 길러주시고 교육시켜 그를 왕위로 추대하였다. 또한 알영(閼英)을 왕비로 삼게 하는 등 서라벌 건국의 1등공신인 소벌공의 4세 후손인 부류공을 초대하여 고견을 아니 들을 수 없었다.

여기서 혁거세왕 생존시를 회상해 보자. 부류공은 혁거세 왕과 어렸을 때 형님 아우하며 함께 자랐던 분이다. 그래서 왕의 추천으로 관직에 들어가 대보(大輔 : 政丞)까지 지내다가 퇴임했다. 또한 부류공의 아우 정동(井同 : 智伯虎)은 벼슬길에 나아가지 않자 왕이 득성(得姓)을 시켜 진주정씨(晉州鄭氏)로 하사하였다. 그뿐만 아니라 부류공은 진한을 건국한 소백손 공의 7세손이니 삼한갑족이었다. 남해왕이 소부류공을 시조묘에 초대한 것은 지극히 당연한 일이다."

왕이 하루는 부류공을 불렀다.
"부류공! 그동안 어찌 지내셨소?"
"폐하! 초야에 있는 소생을 불러 아뢰옵게 하오니 황은이 망극합니다."
"부류공께서 와주셔 참으로 반갑습니다. 다름이 아니오라 박혁거세 시조묘를 세우려 하는데 고견을 들으려 합니다."
"폐하! 우둔한 지혜이오나 모든 역량을 바치겠습니다."
이렇게 해서 시조 묘를 세우는데 부류공께선 큰 역할을 담당 했다. 그리고 나서 남해왕께선 부류공께 넌지시 의중을 떠보았다.
"부류공께선 욕심도 많게 6형제를 두어 관직에 출사시켰는데 그

중 한 분을 왕실에 맡길 수 없겠습니까?"

"폐하! 성은이 망극하옵니다. 하오나 숙부이신 계양(桂陽)공 께서 개성 최씨로 하사하시여 득성하였으며, 정동(지백호) 아우도 진주 정씨로 득성하였습니다. 이번에 성은을 다시 입는다면 3대에 걸쳐 이어 내려오는데 살펴 주시옵소서."

"짐에게 맡겨 주십시오. 짐이 생각컨데 막내 이정(利貞)이 어떻겠소?"

"폐하! 소신에게 가족과 의논할 시간을 좀 주십시오."

"알겠소, 그러나 많은 시간을 기다리지 않겠소."

이날 왕실에서 나온 부류공께선 많은 생각을 하게 되었다. 집에 와서 가족회의를 열고 의논했으나 찬반이 엇갈렸다. 이때 막내 이정(利貞)이 아버지께 말씀드렸다.

"아버님! 결정하기 어려우시겠지만 저는 폐하의 뜻에 따르기로 하겠습니다. 이번에 시조묘를 세우면서 왕께서 특별히 은혜를 베푸는 것인데 왕명을 어김은 도리가 아니라고 생각합니다. 기히 계양 조부와 정동 숙부님도 득성하여 가문을 빛냈잖습니까. 저의 소씨 가문과 여러 형님들로 보아 왕은을 입게 되면 이 역시 가문의 영광입니다. 그리고 득성한다고 해서 제가 부모님과 형제 조카분들을 잊을 수가 있습니까."

이렇게 되어 가족회의를 열어 합의를 보았다. 을지공은 왕궁을 찾아 남해왕을 아련 했다.

"소부류님! 어서오십시오. 그러찮아도 좋은 소식 기다리고 있었습니다."

"폐하! 황은이 망극합니다. 지난번 하문하신 저의 자식 이정(利

貞)의 득성 문제는 가족회의에 합의를 보아 왕명을 따르기로 했습니다."

"고맙소, 어려운 결정을 해주셔 참으로 기쁩니다. 짐이 그 동안 생각해 본 건데 서라벌의 금성(후에 경주) 최씨가 어떨는지요?"

"폐하! 소신은 폐하의 뜻을 따르겠습니다."

"오늘은 참으로 기쁘오. 이제 혁거세 선왕님의 뜻을 조금은 갚아 드린 것 같습니다. 선왕님께선 항상 어릴 적 소벌공의 집안에 대해 감사한 마음을 절기 때마다 말씀하셨습니다. 소 대부님께서 저의 마음을 흔쾌히 받아 주시니 이보다 기쁨이 어디 있겠습니까."

왕은 친히 주안상을 베풀고 후히 대접했다. 이렇게 해서 남해왕 3년 이정공(利貞公)이 성씨를 하사 받아 경주최씨(慶州崔氏)가 되었다.

"조선아! 이같은 이야기는 너의 조부 을지공 으로부터 들은 이야기를 전하는 것이다."

근래 한반도의 3국 정세는 미묘하게 돌아갔다. 서로의 국력을 신장시키고 국경 분쟁에 예민한 반응을 보였다. 백제는 이로부터 2년 후인 온조왕(26)은 마한을 멸해 국토를 확장하고 국력을 신장시켰다. 기원전 10년(庚午) 부류공 76세에 서라벌(남해왕7)에서는 석탈해(昔脫解)를 대보로 삼았다. 그러나 어쩌랴, 인명은 재천이라 너의 증조부 부류공께서 별세하시니 서라벌의 큰 거목이 쓰러졌다. 조선아! 네가 10살 때니까 기억이 나겠지?"

"예! 저도 증조부께서 돌아가실 때 또렷이 기억을 하고 있습니다."

"그리고 할아버지 을지공께선 관직이 대보(大輔)이셨다. 또한 너의 아버지 구수금(仇須今)께서도 관직에 계시니 앞으로 크게 발전할 것이다. 지금껏 너의 소사와 집안의 혈통을 이야기하며 주변 국가들의 역사와 연관해서 말했다. 조금 산만하고 두서가 정리되지 않았을 것이라고 생각된다. 그러나 단단히 듣고 훗날 네가 잘 정리하거라."

"예! 선사님, 명심해서 기록해 두었다가 실천하겠습니다."

한고운 선사님께서는 어느날 조선을 석실로 불렀다. 조선은 어떤 예견치 못하는 예감이 떠올랐다.

"그러니까 네가 이곳에 온 지도 3년이 되었다. 이제 내가 너에게 가르쳐 줄 것이 없다. 앞으로 이 산을 내려갈 준비를 하거라."

"선사님! 아직 배울 것이 많고 너무나 부족함이 많습니다."

석실 안은 무거운 침묵이 흘렀다. 가끔씩 떨어지는 물방울 소리만 들렸다. 이때 선사님께서 침묵을 깼다.

"참, 잊을 뻔했다. 앞산에 파파와 보아숭 아가씨는 몇 차례 찾아뵈었느냐?"

"그 동안 10여 차례 찾아뵈었습니다."

"그래, 파파께선 별말씀 없으셨느냐?"

"안부 말씀 이외는 아무말도 없었습니다."

"내일 이곳에 올 테니 그분의 말씀을 잘 들어라. 그리고 파파와 나는 불암산(弗岩山 : 白頭山)에 들어가면 언제 올지 모른다. 내가 이곳을 떠나면 석실은 봉쇄하고 이 오두막집은 정리하거라."

"선사님! 그게 무슨 말씀이십니까?"

"조선아! 여기까지가 너와의 인연이다. 한가지 너에게 알려줄 것이 있다. 앞으로 어떠한 경우에도 너는 관직에 들어가지 말거라. 이것이 너의 운명임을 명심하거라."

조선은 어렴풋이 지피는 것이 있었다. 그래서 나를 단련시키기 위해 고초를 격게 한 사실 말이다. 여기에는 할아버지와 아버지 뜻이 함께 있었을 것이다. 이들이 석실에서 나오자 밖은 어둠이 짙게 깔려 있었다. 푸른 하늘에 수많은 별들이 무리 지어 빛을 뽐고 있었다. 다음날 아침을 먹고 나자 파파와 보아숭이 아가씨가 찾아왔다. 그런데 각각 등에 짐을 잔뜩 지고 온 것이다. 어느새 한 고웅 선사님도 여장을 꾸렸다. 두 분은 눈짓을 주더니 파파가 먼저 말을 했다.

"소 공자! 내 생애를 통해 정말 어려운 부탁을 하겠네. 나와 한 선사는 불암산에 찾아가 평생에 풀어야 할 일을 처리해야 되네. 그래서 우리 '보아숭'을 부탁하니 소 공자가 보살펴 주게. 또한 이 서찰을 을지공 조부님께 전해 줄 것을 부탁하네."

"조선아! 나도 전할게 있다. 이 서찰도 꼭 을지공께 전하거라."

조선은 무엇에 홀린 듯 멍하니 서 있었다. 옆에 있던 보아숭 아가씨는 아무말도 없이 계속 눈물만 흘리고 있었다. 선사님께서 항상 인연의 끈 속에 삶이 영위된다고 말씀하셨다. 그런데 오늘은 칼로 무를 자르듯 하고서 떠나려 하신다. 이 짧은 순간을 어떻게 마음을 진정 시킬지 모르겠다.

"자! 파파님, 시간이 없소. 어서 떠납시다."

두 분은 경공술을 썼는지 눈 깜짝할 사이에 뒤도 돌아보지 않고 보현산 깊숙이 사라졌다. 마치 무엇에 홀린 것이 분명했다. 조선은 멍 하니 북쪽 보현산만 쳐다보고 있었다. 그때서야 보아숭은 눈물을 비오듯이 흘리더니 조선의 품으로 와락 달려들어 흐느껴 울었다. 조선은 다시 혼미해져 정신을 차릴 수가 없었다.

하여간 두 분께서 을지공 할아버지께 전하라는 서찰 속에 어떤 비밀이 있을 것이라 예측했다. 슬피 우는 보아숭 아가씨를 간신히 달래 놓고 조선도 짐을 챙기기 시작했다. 저녁을 먹고 나서 매캐하게 타는 관솔불 아래 마주 앉았다. 조선은 도대체 무엇이 어떻게 돌아가는지 가늠할 수가 없었다.

"아가씨! 파파 할머니께서 어떤 구체적인 언질이 없었어요?"

"할머니께선 모든 것을 소 공자님의 뜻에 따르라고 했어요. 그리고 어떤 일이 있어도 소씨 가문을 떠나지 말라고 했어요."

참으로 기막힌 일이다 그렇다면 이 아가씨를 책임지란 말이 아닌가? 너무도 기막힌 운명으로 자신을 밀어 넣는 것이다. 한 선사님의 알 듯 모를 듯한 말이 생각났다. 보아숭 아가씨를 몇 차례 만났느냐고 묻고 그 아가씨가 어떠냐고 물을 때 대수롭게 생각지 않고 대답했었다. 지금 생각하니 오늘의 이 기연을 맺어 주려 한 것 같았다. 보아숭 아가씨는 갑자기 소 공자 앞에와 큰절을 했다. 조선은 너무나 당황해 어찌할 바를 몰랐다.

"공자님! 저는 이제 이 세상에 의지할 분은 소 공자님 밖에 없어요. 어떤 궂은 일도 다할 테니 저를 멀리하지 마세요."

다음 순간 그녀의 어깨가 들먹이며 울음을 터트렸다. 정말 난감했다. 파파의 집을 찾아서 몇 마디 주고받으며 이성으로서가 아닌 지인으로서 그저 감정 없이 알고 지냈을 뿐이다. 그리고 조선은 워낙 고된 무예를 배우느라 정신적 여유도 없었다. 이제 그의 나이 17세 아까씨는 나보다 한 살 위였으니 아마도 여자이기에 감정이 더 많았을 것이다. 그리고 파파의 어떤 이야기가 있었을 것이다.

조선은 그녀를 조용히 일으켜 세웠다. 양 뺨에 흐르는 눈물을 보자 너무도 애처로워 보였다. 순간 그녀를 힘껏 안았다. 보아숭은 한참이나 다시 흐느껴 울었다. 조선은 그녀의 등을 어루만져 주며 위로를 했다.

"보아숭 아가씨! 정말 나를 따라올 수 있겠소?"

"공자님이 가는 길이라면 세상 끝까지 갈꺼에요. 저는 이 세상에 의지할 분은 지금 공자님 하나 뿐이에요. 저를 꼭 곁에 두셔야 돼요. 저를 버리면 저는......"

그녀는 말문이 막혀 울음을 다시 터트렸다. 사나이 마음은 여자의 울음에 약한 모양이다. 그녀를 다시 힘있게 포옹했다. 그리고 뜨거운 입김을 그녀의 입술에 포겠다. 보현산의 밤은 깊어만 갔다. 이들의 마음을 아는지 부엉새 우는 소리가 밤새워 슬피 울었다. 관솔불이 타 들어가다 피식 꺼졌다.

다음날 아침 정들었던 한고웅 선사님의 집을 떠날 준비를 했다. 3년간 학문과 무예를 익혔던 이곳을 갑자기 떠나자니 가슴이 아려왔다. 한 선사님의 뜻을 따라 석실 입구를 폐쇄시켰다. 그리고 집에 불을 살라 그 흔적을 없앨 적에 만감이 교차되었다. 정신적 육체적으로 고달프고 정들었던 이곳을 떠나자니 가슴에서 울컥 솟구치는 감정을 억지로 참았다. 아마도 보아숭이 옆에 없었다면 눈물을 보였을 것이다.

마구간에서 '광야' 애마를 끌어내었다. '광야' 도 정들었던 이곳을 떠나게 됨을 알았는지 긴 울음을 토해 냈다. 보아숭의 짐과 자신의 짐을 말안장에 얹었다. 보현산 정상이 구름 속에 가려져 있다가 신비롭게 뾰족히 솟아올랐다. 가을 바람 산들 불어 깊은 골짜기를 스치는데 오두막 집 한 채가 새카맣게 타버렸다. 인간이 한 생애 남는 것이 무엇일까?

"보아숭! 이제 모든 것을 하늘의 이치에 맡겨요. 이것이 숙명적인 인연이라면 나를 꼭 따라야 해요."

그녀의 눈에선 너무도 감격해 눈물을 방울방울 떨어트렸다. 그리고 살포시 고개를 들어 순응하겠다는 뜻으로 고개를 끄덕였다. 조선은 그녀를 힘껏 안아 주었다. 애마는 빨리 가자고 훙훙 콧소리를 치는데 가을 바람은 낙엽을 굴리며 조롱하고 있다. 순간 보아숭의 숨결이 크게 들려 왔다. 그녀의 어깨를 다독거려 주고 나서 조선은 말고삐를 힘있게 말아 쥐었다.

오늘따라 개울물 소리가 유난히 크게 들려 오는데 구름도 보현산을 넘는 게 숨차 보였다. 이제 소사(蘇史)의 역사도 저 구름 속에 아득히 흘러서 빛나는 수정체로 영원히 남아 이어질 것이다. 꼭 잡은 조선과 보아숭의 손길에 가을 햇빛이 눈부시게 쏟아지고 있다.

7. 시공을 뛰어 넘어

　50만년 이전의 지구 생성 과정과 7천 여년 전의 인류의 태생 과정을 살펴본다는 것은 어려운 일이다. 시대별로 구분해 본다면 구석기, 신석기, 청동기, 철기 시대를 거쳐 21세기의 우주 공간을 지배하려는 오늘날까지라고 여겨진다. 이제 인류 문화는 자신이 어디에 서 있는지 알 수 없을 정도로 비약해 왔다.

　이같은 터전에 민족은 같은 조상의 핏줄을 받은 사람들이요 조국은 제 조상이 물려주신 나라다. 조국과 민족을 지키려면 먼저 제 뿌리인 조상을 지킬 줄 알아야 한다. 요즘 일부 사람들은 수 천년 된 남의 조상의 이름을 줄줄이 외우면서 자기 할아버지 할머니 이름은 모른다. 더욱이 당대로 끝나는 홀로 서기 인생이라 그런지 나라와 민족은 안중에 없고 개인주의로 탐닉되어 가고 있다.

　족보 이야기를 하면 젊은 층은 아주 고답스럽고 시대에 맞지 않는 소리라고 일축해 버린다. 이는 역사를 알아야 현실을 알고 미래를 설계할 수 있다는 지극히 당연한 사실을 몰라서다. 내가 어디서 태어나 이 세상에 나와 무엇을 할 것인지를 모르고 있는 경향이 많다. 먹고 자며 향락만 즐긴다면 짐승과 다를 바가 없다. 그러기에 우리들은 교육을 받고 옛 조상들의 발자취를 찾아 찬란한 문화를 계승하며 후대에 유산을 남겨 놓기 위해 노력하고 있다.

족보는 민족의 역사와 직결된다. 우리 나라 족보로서 문헌적(文獻的)으로 가장 오래된 족보는 1476년 (고려 성종 7년)에 간행된 안동권씨(安東權氏) 성화병신보(成化丙申譜)로 미국 하버드 대학 '와그너' 교수가 발견하였다고 한다. 본격적인 족보로선 1562년에 간행되었다는 문화유씨(文化柳氏) 가정보(嘉靖譜)라고 한다. 족보는 바로 그 가문의 역사요 영광인 것이다.

소씨(蘇氏) 족보와 기록을 열거하면 서문만으로 전해진 것은 947년의 동근보서(東槿譜書), 1102년의 랑열사기초(郎熱祠記抄), 1103년의 서풍보서(瑞風譜書), 1111년의 구인사기초(九印祠記抄), 1320년의 부소보서(扶蘇譜書)가 있다. 전체적인 족보가 전란에 유실된 것이 너무나 안타깝다. 현존하는 소씨의 대동보(大同譜)로는 1670년의 경술보(庚戌譜)이다. 1747년의 정묘보(丁卯譜), 1852년의 임자보(壬子譜), 1906년의 병오보(丙午譜), 1935년의 을해보(乙亥譜), 1960년의 경자보(庚子譜), 1981년의 신유보(辛酉譜)가 있다.

그 후 1973년 현파가승(玄坡家乘)이 부천에서 발견되었고 1979년 5월 14일 소씨 상상계(上上系) 족보를 소현섭 종친이 청계천 고서점에서 발견 했다. 그 계보를 보면 적제(赤帝)-소풍(太夏公 蘇豊

: 肇祖)-백손(伯孫 鼻祖)-소벌공(蘇伐公 顯祖-경공(慶公 中始祖)
까지 5단계로 구분해 본다. 소씨의 병자 항렬을 기준으로 할 때 적
제축융의 61세손인 태하공께서는 조조요, 69세손인 진한왕 소백손
공은 비조이다. 그 분의 5세손인 신라 창건의 공이 큰 소벌도리는
현조이다. 그 분의 25세손인 신라의 상대등 소알천공(경공 : 慶公)
이 중시조다.

경공으로부터 46세손이 병자(秉子) 항렬이다. 이를 합치면 206
세손이 된다. 이를 1세손 30년을 가정한다면 적제로부터 206세손
이니 6180년이 되는 셈이다. 일본의 역사도 3000년 미달이며 불
기도 2558년이니 우리 소씨의 역사는 인류의 조상을 펴는 원점에
가깝다고 볼 수 있다.

풍주 배곡(바이칼호)에서 적제축융(赤帝祝融)이 나라를 다스렸
다는 것이 소씨세보에 상세히 기록되어 있다. 6세기 중국 양(梁)
나라 종름(宗懍)이 지은 형초세시기(荊楚歲時記)에도 축융은 성이
소씨라고 하였다. 대한제국 고종 때에 발행한 대백과사전서, 증보
문헌비고(增補文獻備考)에서도 적제 축융은 성이 소씨라고 기록되
어 있다.

구체적으로 논술하면 동근구보서(東槿舊譜書)에는 적제의 61세
손인 태하공(太夏公)은 호는 곤오(昆吾)요 휘(諱)는 풍(豊)이다. 본
성은 기성(己姓)인데 적제로부터 내려오든 것을 소씨(蘇氏)로 개
성했다.

(赤帝之六十一世孫太夏公號昆吾諱豊本姓己改蘇則赤帝...)

곤오공의 장자인 소갑(蘇岬)은 아버지의 뒤를 이어 남유소국(南
有蘇國) 왕으로 봉해졌다. 소갑의 장자인 소구수(蘇句秀)와 차자

인 소일청(蘇一淸)도 남유소국의 왕으로 이어졌다. 소갑의 딸 소정아(蘇靖妸)는 단군왕검의 부인이 되었다.(환국사 등) 중국 소씨도 소풍공의 후손이다. 대만 성씨 연구에는 (昆吾始祖己氏後爲蘇…… 蘇姓是出於己姓得始的歷史至少在三千年以上)이라고 기록되어 있다. 또한 대만에서 발간된 팽계방서(彭桂芳書)의 대만 성씨 연구라는 책에 소성의 유구성을 밝히고 있다.

소씨의 시조를 설명하자면 조조(肇祖)인 소풍공은 기원전 2417년 생으로 기록되어 있다. 적제의 61세손이고 불함산(지금의 白頭山) 부근의 소성의 왕이다. 비조(鼻祖)는 진한왕(辰韓王) 소백손공(蘇伯孫公)으로 기원전 240년생으로 소풍공의 69세손이며 경주 후진한주(王)이다. 이 분이 경주소씨의 시조이시다. 비조의 연유는 원래 태생(胎生) 동물은 코가 제일 먼저 형상을 이룬다고 하는 설에 의해 비조 또는 시조라고 한다.

현조(顯祖)는 소벌공(蘇伐公)으로 기원전 129년생으로 백손공의 5세손이며, 고허촌장으로 서라벌을 창건하고 박혁거세를 양육하여 왕으로 추대하였다. 중시조는 소경공(蘇慶公)으로 진주소씨의 시조다. 서기 577년 소벌공의 25세손이며 각간 상대등(上大等 : 現國務總理)으로 진주로 이거하여 후손들은 9대 9장군을 배출했다.

우리 소씨 족보로는 첫판으로 동근보(東槿譜 : 947년 일명 천복譜), 2판으로 서풍보(瑞風譜 : 1103년 일명 崇寧譜), 3판으로 부소보(扶蘇譜 : 1320년 일명 廷祐譜)를 출간했다. 동근보는 고려 때 강평공(康平公) 소격달(蘇格達) 장군이 도주사(都主司)로 숙부 문공(汶公)이 서문을 쓴 것이며 서풍보는 신라 때 노흔공(老欣公)이 지은 남도가승(南塗家乘)이다. 그 후에 현파가승(玄坡家乘)이 발견되고 또 기록상 조선조 때 양곡공가승(陽谷公家乘)으로 소씨 가사란 책이 있다.

현조인 소벌공은 기원전 98년 계미 세거지(癸未世居地)에서 6 촌장에 취임했다. 기원전 69년에 라정(蘿井) 즉 지금의 창림사지(昌林寺址)에서 혁거세(赫居世)를 얻어 13년간 보육 했다. 7세 때 현몽한 신에게서 금척(金尺)을 얻어 갑자년에 혁거세에게 박씨(朴氏) 성을 주어 군주로 삼았고 국호를 서라벌(徐羅伐)이라 하였다. 이 때에 금척이 금척리 즉 경주시 건천읍 금척동 묘소에 묻혀 있으며 묘는 계림지(鷄林誌)에 상재 되어 있다.

소벌공은 양산재(楊山齋)에 돌산 고허촌장으로 위패가 모셔졌다.(매년 음 8월 17일에 제향을 올리고 있다) 신라 선덕여왕이 승하하자 상대등 알천공(閼川公 : 慶公)을 화백회의에서 왕으로 추대했으나, 자신은 나이가 많고 나보다 훌륭한 춘추공을 왕으로 추대하라고 사양했다. 춘추공이 왕위에 오르니 태종무열왕이다. 왕은 이때의 상대등 알천공의 공로를 치하하기 위해 그의 조상인 소벌공에게 문열왕(文烈王)으로 추봉(推封)하였다. 비(妃)는 서수을 부인(徐首乙夫人)이다.

삼국사기(三國史記)에는 소벌공이 최씨(崔氏)의 시조요, 삼국유사(三國遺事)에는 정씨(鄭氏)가 시조라고 기록되어 있다. 분명한 것은 소벌공(蘇伐公)은 소백손공의 고손이다. 소씨 상상계를 보면(東樺譜云諱頭老之五十九世孫諱伯孫爲辰韓之辰公而爲慶州蘇氏始祖)라고 명기 하였을 뿐만 아니라 (大閼長子曰伯孫生于辛酉爲後辰韓主廟曰辰公爲晉州蘇氏始祖也)라고 끝을 맺었다. 그러나 최씨 족보에는 소벌공의 24대 최치원(崔致遠) 공이고 그 이전의 조상은 명기되어 있지 않았다.

소씨는 소벌공 이전 상상계와 족보 동근보 등에 세세히 그 대수와 조상의 행적을 기록한 것으로 미루어 보자. 과연 역사와 전통을 어떻게 생각하여야 될까? 해주최씨 전한공파 중원문중 소벌도리와 세 성씨의 '다움카페'를 참조해 보자. 그리고 진주 정씨도 지백호(智伯虎) 공으로 시조로 삼았으니 다음 장에서 족보 대조로 논해보기로 하자.

역사적 유물로 경주에 남아 있는 오릉(五陵)과 라정(蘿井)에 대해 소씨를 고찰해 볼 필요가 있다. 박혁거세(朴赫居世)가 나라를 다스린지 61년에 나이가 많아지자 어느날 밤 홀연히 왕은 승천하였다. 이레(7일)만에 왕의 유해가 하늘에서 떨어졌다. 다섯 토막으로 흩어져 있었다. 왕비도 함께 돌아가셨다.

나라 사람들이 흩어진 왕의 시체를 하나로 모아서 장사 지내려 하자, 어디서 왔는지 한 마리 큰 뱀이 나타나 시체를 에워싸고 사람들을 시체에 접근하지 못하게 한다. 하는 수 없이 사람들은 다섯 군대로 흩어진 채 있는 시체를 따로 장사 지내 다섯 개의 봉분을 만들었다. 이래서 오릉(五陵)이라 한다(三國遺事)

이 같은 기록으로 볼 때 박혁거세 일족은 어떤 정변에 의해 시해되지 않았나 추측하는 일부 사학자들이 있다. 큰 뱀이 나타났다는 전설로 말미암아 사릉(蛇陵)이라고 불러 왔으나 사실인즉 오릉은 시조왕을 비롯해 알영왕비(閼英王妃), 남해왕(南海王), 유리왕(儒理王), 자사왕(姿娑王)등박씨 왕릉이라는 설도 있다. 오릉에 얽힌 박혁거세는 소벌공(蘇伐公)께서 알에서 태어난 것을 집에 데려와 양육시키고 서라벌 왕으로 추대했으며, 알영과 결혼까지 시키는 중대한 일을 했다.

양산재(楊山齋)는 소벌도리(蘇伐公)를 모신 제당으로 매년 제향을 모시고 있다. 소벌공은 백공 문열왕(白公 : 文烈王)으로 묘는 계림지에 상세히 기록되어 있다. 이곳에 돌산 고허촌장 위패가 모셔져 있으며 매년 음 8월 17일에 제향을 올리고 있다. 이는 선덕여왕이 승하하자 왕위 계승문제가 논의 되었다.

다시 언급하지만 조정에서는 화백회의를 열어 이 문제를 논의한 바 상대등 알천공이 왕위 계승을 이어 받으라고 했다. 이때 알천공은 자신은 나이가 많고 능력이 없다면서 한사코 사양했다. 지금 이 나라에는 춘추공만한 사람이 없다고 그분에게 적극 왕위를 이어 받으라고 권장했다. 그 결과 김춘추가 왕위를 이어 받자 그는 알천공의 공로를 잊지 않았다. 훗날 태종(太宗)무열왕이 되자 알천공의 조상인 소벌공을 문열왕으로 추봉케 된 것은 바로 이 때문이다.

지금 돌이켜 보면 알천공은 현명한 판단을 한 것이다. 만약 화백회의 결정으로 왕권을 이어 받았다면 커다란 참화를 입었을 것이다. 알천공은 과거에 대장을 지냈고 당시에 상대등(현국무총리) 지위에 있었으나 이를 수락했다면 서라벌은 피바다를 이루었을 것이 예측된다. 김춘추와 김유신은 처남매부지간이다. 당시 김유신은 대장으로 군권을 장악하고 있었으며, 김춘추는 왕족으로 그의 지지세력이 만만치 않았다.

삼국유사에는 소벌공이 정씨(鄭氏)의 시조로 기록되어 있고, 삼국사기에는 최씨의 시조로 기록되어 있다. 고로 삼국사기를 정사로 보기 때문에 경주 양산재 소벌도리공 위패(位牌)에는 최씨(崔氏)가 현재 봉제사를 하고 있어 문제점을 안고 있다. 이와같이 소벌도리는 세 성씨의 조상으로 기록되어 있다.

그러나 소벌도리의 소경(蘇慶)을 시조로 하는 진주소씨와 소벌도리의 24세손 최치원(崔致遠)을 시조로 하는 경주최씨가 있어 서로 자기의 조상이라고 주장하고 있다. 그러나 정씨들은 소벌도리가 아닌 지백호(智伯虎)를 시조로 모시고 있다. 세 성씨에 대한 세계(世系)를 구체적으로 밝힐 학술적 논의가 필요하다고 본다. 그래서 양산재 제향 문제를 매듭지어야 한다.

삼국사기는 고려 인종의 명을 받은 김부식(金富軾)이가 1145년에 편찬한 역사책이다. 삼국유사는 고려 충렬왕 때 명승 일연(一然)이가 140년 후인 1285년에 지은 책이다. 그러나 소씨족보(蘇氏族譜)는 이보다 앞서 947년의 동근보서와 1102년의 랑열사기초(郎熱祠記抄) 등이 있다. 소씨 기록은 정사인 김부식의 삼국사기를 198년이나 앞서고 있다. 또한 최씨 족보에는 시조 최치원(崔致遠) 공이 소벌공의 24세손이라고 기록되어 있다.

이제부터 삼국사기와 삼국유사에 대해 고찰해 보자. 이 문제를 다루기에 앞서 역사 인식과 각 성씨간에 이해에 얽힌 오해를 학술적인 면에서 대해주길 바란다. 이는 어디까지나 역사요 족보이기 때문이다. 그러나 씨족간에는 아주 예민한 면이 있어 양해를 밝혀두는 바이다. 다만 분명한 것은 역사 기록과 각 씨족간 족보에 얽힌 사실임을 어쩌겠는가?

삼국사기(三國史記)는 현존한 모든 한국사적 가운데 가장 오랜 것으로 손을 꼽는 것이 삼국사기다. 그 다음이 삼국유사(三國遺

事)임을 모두 알고 있다. 삼국사기는 12세기 중반경인 고려 인종(仁宗 :제17대) 23년 을축(乙丑 : 1145년)에 김부식(金富軾)이 왕명을 받들어 편찬한 것이다. 삼국유사는 이보다 약 1세기 반을 뒤져서 승(僧) 일연(一然)이 편찬한 것이다.

삼국사기는 삼국의 흥망변천을 주안으로 하여 지(志), 전(傳)을 합쳐 정사체를 띄었다. 이는 중국사가류(中國史家流)의 지전체를 본떠서 무게와 정중미가 있게 작성했다. 그러나 중국의 사대사상에 얽혀 역사를 왜곡한 점이 많다는 후세 사학가들의 질책을 아주 벗어날 수는 없다. 당시의 상황은 신라가 삼국을 통일하여 고려와 백제, 후삼국 등 자료의 멸실 등 여러 고충이 있었으리라고 본다.

0. 삼국사기(三國史記) 신라본기 제1장에

시조의 성은 박씨, 휘(諱)는 혁거세이다. 전한(前漢) 효선제(孝宣帝) 오봉(五鳳) 원년 갑자 4월 병진날(혹은 정월 15일이라고도 함)에 즉위하여 왕호를 거서간이라 하고, 그때 나이는 13세, 국호는 서라벌이라 하였다. 일찍이 조선의 유민(도민 :망인)들이 이 곳에 와서 산곡간(山谷間)에 헤어져 여섯 촌락을 이루었다. 첫째는 알천의 양산촌, 둘째는 돌산의 고허촌, 셋째는 취산의 진지촌, 넷째는 무산의 대수촌, 다섯째는 금산의 가리촌, 여섯째는 명활산의 고야촌이란 것이니 이것이 진한의 6부다.

고허촌장인 소벌공(蘇伐公)이 하루는 양산 밑 나정 곁에 있는 숲 사이를 바라본즉, 말이 무릎을 꿇고 울고 있으므로 가보니 말은 간 데 없고 다만 있는 것은 큰 알뿐이었다. 알을 깨어 본즉 한 어린아이가 나왔다. 곧 소벌공이 데려다가 길렀더니, 나이 10여 세가 되니 유달리(솟아나게) 숙성하였다. 6부 사람들은 그 아이의 출생이 이상하였던 까닭에 높이 받들더니 이 때에 이르러 그를 세워임금으로 삼았다. 진인(辰人)은 호(瓠)를 박(朴)이라 하였는데 처음에 큰 알이 박과 같다 하여 박으로 성을 삼았다. 거서간은 진인의 말에 왕이란 뜻이다(혹은 귀인을 이르는 말이라 한다) …이하생략

(始祖, 姓朴氏諱赫居世, 前漢孝宣帝五鳳元年甲子, 四月丙辰(一日正月十五日), 卽位, 號居西干, 時年十三, 國號徐羅伐, 先是, 朝鮮遺民, 分居山谷之間, 爲六村, 一曰 閼川楊山村, 二曰 突山高墟村, 三曰皆山珍支村(或云干, 珍村) 四曰 茂山大樹村, 五曰金山加利村, 六曰明活山高耶村, 是爲辰韓六部

高墟村長蘇伐公, 望楊山麓, 蘿井傍林間, 有馬跪而嘶, 則往觀之, 忽不見馬, 只有大卵, 剖之, 有嬰兒出焉, 則 收而養之, 及年十餘歲, 歧嶷然O成, 六部人, 以基生神異, 推尊之, 至是, 立爲君焉, 辰人謂瓠爲朴, 以初大卵如瓠故, 以朴爲姓, 居西干, 辰言王(或云呼貴人之稱)

9년 봄에 6부의 이름을 고치고 이어 성을 사(賜)하니 양산부를양부라 하여 그 성을 이(李)라 하고, 고허부를 사량부, 그 성을 최(崔)라 하고 대수부를 점량부(漸梁部 : 혹은 牟梁이라고도 함), 그 성을 손(孫)이라 하고 우진부를 본피부, 그 성을 정(鄭)이라 하고, 가리부를 한진부, 그 성을 배(裵)라하고, 명활부를 습비부, 그 성을 설(薛)이라 하였다.

九年, 春, 改六部之名, 仍賜姓, 楊山部爲梁部, 姓李, 高墟部爲沙梁部 姓崔, 大樹部爲漸梁部(一云 牟梁), 姓孫, 干(干, 新本作干)珍部爲本彼部, 姓鄭, 加利部爲漢祇部, 姓裴, 明活部緯習比部, 姓薛,

0. 三國遺事는

승 일연(一然)이 편찬했다. 고려 희종(熙宗) 2년(1206)경산에서 출생 했다. 속성은 김씨요, 이름은 경명(景明), 자(字)는 희연(晦然)이다. 삼국사기는 사서이지만 삼국유사는 사서에서 찾아볼 수 없는 고조선, 기자 및 위만조선, 가락을 비롯해 설화문학 등 많은 재보가 이 책에 수록 되어 있다. 삼국사기에도 그러했듯이 삼국유사도 소벌공과 관계 있는 것만 논하겠다.

기이 제1 진한(珍韓 : 秦韓이라고도 했다)

후한서(後漢書)에 이렇게 말했다. "진한의 늙은이가 말하기를 진(秦) 나라에서 망명한 사람들이 한국(韓國)에 오자 마한(馬韓)이 동쪽 경계의 땅을 베어 주었다. 그리고 서로 부르기를 도(徒)라고 하여, 마치 진 나라 말에 가까웠다. 그런 때문에 혹은 이곳을 진한(秦韓)이라고 했다. 여기에는 12개의 조그마한 나라들이 있어 각각 1만호나 되는데 저마다 나라라고 일컬었다."

또 최치원은 이렇게 말했다. "진한은 본래 연(燕) 나라 사람이 피난해 와 있던 곳이다. 그런 때문에 탁수(涿水)의 이름을 따서 그들이 사는 읍(邑)과 마을을 사탁, 점탁이라고 불렀다."(신라 사람의 방언에 탁의 음을 도(道)라 했다. 때문에 지금도 혹 사량(沙梁)

이라 하는데 량을 도라고도 읽는다)

(原文)

辰韓(亦作秦漢)

後漢書云, 秦韓耆老自言, 秦之亡人適韓國, 而馬韓割東界地以興
之, 相呼爲徒, 有似秦語, 故或名之爲秦韓, 有十二小國, 各萬戶, 稱
國, 又崔致遠云, 辰韓本燕人避之者, 故取涿水地名, 稱所居之邑里,
云沙涿, 漸涿等, (羅人力言, 讀涿音爲道, 古今或作沙梁, 梁亦讀
道).

신라시조 혁거세왕(新羅始祖 赫居世王) 진한(辰韓)의 땅에는 옛
날에 여섯 촌이 있었다.

1은 알천양산촌이니 그 남쪽은 지금의 담엄사(曇嚴寺)이다. 촌
장은 알평이니 처음에 하늘에서 표암봉(瓢嵓峰)에 내려왔으니 이
가 급량부 이씨의 조상이 되었다. (궁예왕 9년에 부를 두어 급량
부라고 했다. 고려 태조 천복 5년 경자(940)에 중흥부라고 이름을
고쳤다. 파체, 동산, 피상의 동촌이 여기에 소속된다.)

2는 돌산(突山) 고허촌이다. 촌장은 소벌도리(蘇伐都利)이다. 처
음에 형산(兄山)에 내려왔으니 이가 사량부(沙梁部 : 양은 도라고
읽고 혹 涿(탁)으로도 쓴다. 그러나 역시 도라고 읽는다.) 정씨(鄭
氏)의 조상이 되었다. 금은 남산부(南山部)라 하여 구량벌, 마등
오, 도북, 회덕 등 남촌이 여기에 소속된다. (지금이라고 한 것은
高麗太祖 때에 설치한 것이다. 아래도 이와 같다).

3은 무산 대수촌이다. 촌장은 구(俱 : 仇라고도 씀) 예마이다. 처음에 이산(伊山 : 皆比山 이라고도 함)에 내려왔으니 이가 점량부(점량 혹은 탁부) 또는 모량부 손씨의 조상이 되었다. 지금은 장복부 라고 한다. 여기에는 박곡촌 등 서촌이 소속된다.

4는 취산 진지촌(珍支村 : 賓之, 또는(진지촌 : 빈지, 또는 빈자, 冰之라고도 한다)이다, 촌장은 지백호(智伯虎)로 처음에 화산(花山)에 내려왔으니 이가 본피부최씨(本彼部 崔氏)의 조상이 되었다. 지금은 통선부(通仙部)라 한다. 시파(柴巴) 등 동남촌(東南村)이 여기에 소속된다. 최치원(崔致遠)은 바로 본피부(本彼部) 사람이다. 지금은 활룡사(皇龍寺) 남쪽 미탄사(味呑寺) 남쪽에 옛 터가 있다고 한다. 이것이 최후(崔候)로 옛집임이 분명하다고 한다.

5는 금산 가리촌(加利村 : 금강산 柏票寺 북쪽 산)이다. 촌장은 지타(祉沱 : 혹은 只他)이다. 처음에 명활산(明活山)에 내려왔으니 이가 한기부 또는 배씨(裵氏)의 조상이다. 지금은 가덕부라 하는데 상서지, 하서지, 내아 등 동촌이 여기에 소속된다.

6은 명활산 고야촌이다. 촌장은 호진이다. 처음에 금강산에 내려왔으니 이가 습비부(習比部) 설씨(薛氏)의 조상이다. 지금은 임천부라고 하는데 물이촌, 잉구미촌, 궐곡(혹은 갈곡) 등 동북촌이 여기에 소속 되었다.

原文

新羅始祖赫居世王

　辰韓之地, 古有六村, 一曰, 閼川楊山村, 南今曇嚴寺, 長曰謁平,
初降于瓢嵓峰, 是爲及梁部李氏祖(弩禮王九年置, 名及梁部, 本朝
大朝天福五年庚子, 改名中興部, 波潛東山彼上東村屬焉) 二曰, 突
山高墟村, 長曰蘇伐都利, 初降于兄山, 是爲沙梁部, (梁讀云道, 或
作涿, 亦音道) 鄭氏祖今曰南山部, 仇梁伐, 麻等鳥, 道北, 廻德等南
村屬焉, (稱今曰者, 太祖 所置也, 下例知). 三曰 茂山大樹村, 長曰
俱(一作仇) 禮馬, 初降于伊山(一作皆比山), 是爲漸梁部, (一作涿),
又牟梁部孫氏之祖, 今云長福部, 朴谷村等西屬焉,

　四曰, 嘴山珍支村(一作賓之又賓子, 又冰之) 長曰智伯虎, 初降
于花山, 是爲本彼部崔氏祖, 今曰通仙部, 柴巴等東南村屬焉, 致遠
乃本彼部人也. 今皇龍寺南味呑寺南有古虛云, 是崔侯古宅也, 殆
明矣, 五曰, 金山加利村(今金剛山栢栗寺之北山也), 長曰祇沱, (一
作只也), 初降于明活山, 是爲岐部, 又作漢岐部, 裵氏祖, 今云加德
部, 上下西知, 乃兒等東村屬焉, 六曰, 明活山高耶村, 長曰虎珍, 初
降于金剛山, 是爲習比部薛氏祖, 今臨川部 勿伊村, 仍仇彌村, 闕谷
(一作葛谷), 等東北村屬焉.

중략

　이에 그들이 높은 곳에 올라 남쪽을 바라보니 양산(楊山) 및 나
정(蘿井)이라는 우물 가에 번갯빛처럼 이상한 기운이 땅에 닿도록
비치고 있다. 그리고 흰 말 한 마리가 땅에 끓어 앉아 절하는 형상
을 하고 있었으므로 그곳을 찾아가 조사해 보았더니 거기에는 자

주빛 알 한 개(혹은 푸른 큰 알이라고 함)가 있다. 그러나 말(馬)은 사람을 보더니 길게 울고는 하늘로 올라가 버렸다.

알을 깨고서 어린 사내아이를 얻으니, 그는 모양이 단정하고 아름다웠다. 모두 놀라고 이상하게 여겨 그 아이를 동천(東泉 : 동천 사는 詞腦野 북쪽에 있다)에 목욕시켰더니 몸에서 광채가 나고 새와 짐승들이 따라서 춤을 췄다. 이내 천지가 진동하고 해와 달이 청명해졌다. 이에 그 아이를 혁거세왕(赫居世王)이라고 이름하였으며, 이 혁거세는 필경 향언(鄕言)일 것이다. 혹은 불구내왕(弗矩內王)이라고도 하니 밝게 세상을 다스린다는 뜻이다.(원문인 한문 생략)

삼국사기와 삼국유사에 대해서 고찰해 볼 필요가 있다. 중국 전한(前漢)의 역사학자인 사마천(司馬遷)의 사기를 본따서 김부식(金富軾)이 삼국사기를 썼다. 또한 중국 송(宋) 나라 범엽(范曄)과 양(梁) 나라 유소(劉昭)가 같이 엮은 후한서(後漢書)를 본따서 승(僧) 일연(一然)이 삼국유사를 썼다. 중국사필 삼원칙에 따라서 작성한 중국 사가들의 자존심에 외국 역사를 꾸민 내용은 왜곡된 면이 많은 것으로 크게 짐작된다. 그 예로 소벌공의 후손을 최씨와 정씨로 각각 다르게 쓴 것을 보아도 알 수 있다.

필자가 삼국사기와 삼국유사의 필요한 부분을 발취해서 옮겨 놓았다. 이는 삼국사기와 삼국유사에 상이하게 기록된 문제점과 소씨세보에 대해서 비교 검토하므로서 후세들이 조상의 뿌리를 바르게 인식하기 위함이 간절해서다. 특히 소벌도리(蘇伐公)를 바르게 알아 씨족간에 얽힌 양산재(楊山齋) 제향 문제 등을 밝힘으로서 오늘에 사는 자신들의 조상이 누구인지를 분명히 알아야 한다.

0. 경주정씨(慶州鄭氏)

경주정씨에 대한 한국인족보(1056페지 1057페지 세보)에 의하면 우리나라 정씨의 원조는 신라 6촌중 취산 진지촌(본피부)의 촌장인 지백호(智伯虎)이다. 시조 지백호(樂浪侯)는 경주 화산(花山)에 강림하였다. 부족국가이던 삼한시대의 진한 사로(斯盧) 6촌중의 수장(首長)이었다.

사로국 동남 쪽에 위치한 진지부의 촌장이 되어 서기전 57년에 박혁거세를 추대하고 나라 이름을 신라라 하였다. 그는 건국좌명(佐命) 공신이 되고 서기 32년 (儒理王9)에 진지부가 본피부라 개칭되면서 낙랑후에 봉해졌으며 정씨라는 성을 하사 받았다. 시조는 지백호(智伯虎)로 차손은 정동(井同)이라 했다.

0. 진주정씨(晉州鄭氏)

고려통합삼한벽상공신으로 문하시랑평장사를 지낸 영절공(英節公)이시다. 영절공의 정예(鄭藝)의 계통은 그 후에 세계(世系)가 실전되어 문익공 정시양(鄭時陽)을 일세조로 받들고 있다. 2002년 족보 편찬시에 정예계의 충장공파에서는 신, 구 당서의 기록을 근거로 하여 그 상계 연원을 중국에서 귀화한 것으로 비정하고 있다.

0. 최씨(崔氏)의 연원

신라의 사로(서라벌, 기원전 50년경) 6부촌 중의 돌산 고허촌 (沙梁部) 장 소벌도리(蘇伐都利)를 범 최씨의 원조로 하고 있다. 24세손 최치원(崔致遠)의 웃대에 분파된 관향으론 개성, 삭령 등 이 있으며 이후에 분파된 함양, 경주 최씨 등이 있다. 이상은 한국 인의 족보 1187페지의 기록이다. (326본 인구 150만)

0. 개성최씨(開城崔氏)

시조 최우달공(崔佑達公)은 원래 토산현(현 평북 중화군) 사람으 로 신라의 대상이었다. 그의 아들 의(凝)이 고려 태조를 도와 고려 건국에 공이 많았으며 대대로 개성에 세거하면서 호족이 되었다.
世系圖 蘇伐公−桂陽聖−利貞−佑達(始祖) 한국인의 족보 1190 페이지

0. 동주최씨(東州崔氏)

시조 최준옹(崔俊邕)은 득성시조로 소벌도리의 22세손 계양성 의 증손으로 고려 태조를 도와 통합 삼한공신, 삼중대광, 대사가 되었다.
(한국인의 족보 1199페이지)

0. 경주최씨(慶州崔氏)

시조 문창후(文昌侯) 최치원(字 : 孤雲)은 신라의 전신인 사로 (서라벌, 기원전 50년경) 6촌 중의 돌산 고허촌(沙梁部)의 촌장 소벌도리의 24세 손으로 전해지고 있다. 삼국유사에 의하면 6촌장은 모두 천강인(天降人)으로 이, 최, 손, 정, 배, 설씨 등을 각각 하사 받았으니 소벌도리가 득성 시조다.

(왜? 그들의 세계도를 소벌도리로부터 24세 손인 최치원을 시조로 했을까? 한국인족보 1192쪽 경주최씨 대동보서문 일부를 찾아본다)

0. 진주소씨(晉州蘇氏)
한국인의 족보(소씨 : 진주) 612쪽

0. 시조 및 본관의 유래

요(堯)임금은 9이(夷) 중의 하나인 풍이의 후손으로 그의 족손인 기곤오(己昆吾)를 소성(蘇城)의 하백(夏伯)으로 봉하였다. 기원전 2266년 소성은 단군조선에 영속되었으며, 기성을 고쳐 소성이라 하면서부터 비로소 소씨가 발상하였다. 소곤오의 후손이 고조선의 유민과 함께 경주 지방에 이거 하여 진한(辰韓)을 건국하였고, 고허촌장인 소벌(별칭 蘇伐都利, 蘇都利)이 박혁거세를 도와 신라를 건국하였다.

소벌의 15세손인 경(慶)은 손자가 없었는데 소벌이 꿈에 나타나 진주 도사곡(晉州 堂斯谷 : 猪洞)으로 이거하면 9치자(九多者)를 얻을 것이라 하여 660년 3월 3일에 지금의 진주시 상대동 (저동 :

일명 蘇慶洞)으로 이거한후 9세 구장군(9치자, 즉 아들 福瑞 : 菁州摠管, 손자 億滋 : 漢州摠管, 증손 後俊 : 尙州摠管, 고손 劍白 : 熊州都督 6세손 尙榮 : 菁州都督, 7세손 穆 : 菁州都督 8세손 恩 : 熊州都督, 9세손 淞 : 康州都督, 10세손 格達 : 大將軍)을 낳게 되었다.

이리하여 후손들은 소벌(蘇伐)을 시조로 하고, 진주를 본관으로 하여 경(慶)을 중시조로 삼게 되었다. 중시조 경은 577년 (眞智王 2)에 출생, 관직이 각간에 이르렀으며, 나라에 공이 있어 656년 (武烈王3) 왕이 그의 조상인 소벌(蘇伐)을 문열왕에 추봉(追封)하였다. 묘소는 진주시 소경임좌(蘇慶壬坐)에 있고 향제일은 양 3월 끝 토요일이다.

-소씨(蘇氏)

적제축융 - 조조 (肇祖 : 太夏公 諱 昆吾) -비조(鼻祖 : 後辰韓主 蘇伯孫公) - 현조(顯祖 : 蘇伐公) - 중시조(中始祖 : 上大等 蘇闕川)이다. 소씨 상상계를 보면 기원전 240년에 탄생하신 소백손공이 기원전 209년에 형산으로 와서 후진한주가 되었다. 백손공의 5세손인 소벌공의 슬하에는 두 아들이 있었으니 장남 해리(解利)와 차남 계양(桂陽)이 있었다. 계양은 후손이 없고 장남 해리는 부류(扶流)와 정동(井同)의 두 아들이 있었다.

두 아들 중 차남 정동은 무후손이요, 장남 부류는 6형제를 두었으니 장남 을지, 차남 빈, 삼남 돌금, 사남 우위, 오남 대이, 육남 이정(利貞)이다. 이정공은 소벌공의 증손인데 무후한 차남 계양공

(桂陽公)에게로 입양된 것이 아닌가 추측된다. 소씨 상상계보 이
정(利貞) 조에는 파진찬 위 최씨조운 구원미고(崔氏祖云 久遠未
攷)라고 기록되어 있다.

또한 소벌공의 손자 정동(井同)이 한국인의 족보 1057페지에는
정씨 시조 지백호(智伯虎)의 자(子)로 기록되어 있다. 고로 삼국유
사에는 소벌공이 정씨의 시조로 기록되어 있고 삼국사기에는 최
씨의 시조로 기록되어 있다. 삼국사기를 정사로 보기 때문에 경주
양산재 소벌도리공 위패에는 최씨가 봉사제 하고 있는 것이다.

거듭 논하지만 정사라는 삼국사기는 고려 인종의 명을 받은 김
부식이가 1145년에 편찬한 역사책이다. 삼국유사는 고려 충렬왕
때 명승 일연이가 1285년에 지은 책으로 140년 후이다. 그러나
947년의 소씨 족보 동근구보서와 1102년의 랑열사기초 등의 기
록은 정사인 삼국사기를 158년 앞서고 있다.

살펴볼 것은 최씨 족보에 최치원공이 소벌공의 24세 손이라고
기록되어 있다. 최치원공이 당나라에 유학한 해가 869년인 12세
때의 일이다. 소벌공이 박혁거세를 얻은 기원전 69년으로만 치드
라도 소벌공과 최치원공과의 사이가 938년의 거리를 가지고 있
다. 일세수 30년으로 본다면 소벌공과 최공과의 24세 지간은 약
720년인데 200여년의 차이가 있다는 사실이다.

그러나 소벌공의 25세손인 중시조 소경공(상대등 蘇慶 : 關川)
과의 연대 차이는 소벌공이 박혁거세를 얻은 기원전 69년으로부
터 태종 무열왕이 문열왕이라는 소벌공의 시호를 소경공에게 내린
65년 까지로 보면 725년이니 어느 쪽이 근사치인지가 일목요연한
바가 있다. 즉 소벌공이 박혁거세를 얻은 기원전 69년 년수가 소

벌공의 소씨 연대와 일치함을 다시 입증한 것이다.

오늘날 진주소씨, 진주정씨, 경주최씨가 소벌도리공이 자기의 조상이라고 하는데 문제가 있는 것이다. 이는 삼국사기와 삼국유사에서 소벌도리공의 조상을 달리 기록했기 때문이다. 거기다 소씨 족보에 기록된 것은 이들 두 기록보다 무려 158년 앞서 있기 때문이며, 개성 최씨는 소벌공(蘇伐公)의 아들 계양공이며, 진주정씨 정동공인 지백호는 손자이며, 경주최씨 이정공은 증손자 이다.

소벌공을 재조명해 보면 이러하다. 소씨 족보엔 소벌공은 소백손공의 5세손이며 기원전 129년(壬子) 3월 1일에 출생했다고 기록되어 있다. 소씨 족보는 삼국사기나 삼국유사보다 158년 먼저 기록 되어 있으며 족보상 혈통이 일목요연하게 이어져 왔으며 그 기록이 분명하다.

정씨 족보, 최씨 족보엔 소벌공을 시조라고 했을 뿐 위대 조상에 대해 기록이 없다. 기록으로 보이는 것은 소벌공의 아들 계양(桂陽), 손자 정동(井同), 증손자 이정(利貞)의 이름이 남아 있다. 그렇다면 소벌공을 자기의 조상이라고 정씨와 최씨는 왜 주장하고 있을까? 이는 삼국사기와 삼국유사에 각각 달리 기록 되어 있기 때문이다.

삼국유사에 돌산 고허촌에 촌장은 소벌도리이다. 처음 형산에 내려 왔으나 이가 사량부 정씨의 조상이 되었다. 취산 진지촌의 촌장은 지백호로 처음에 화산에 내려왔으나 이가 본피부 최씨의 조상이 되었다. 삼국유사에 정씨는 사량부에서 조상이 되었다고 했으나 족보에는 진지부가 본피부로 개칭되면서 (서기 32년 유리왕9년)낭랑후에 봉해졌으며 정씨라는 성을 하사 받았다.

여기서 살펴볼 일이 있다. 6촌장 회의 시에 박혁거세가 알에서 태어난 것이 기원전 69년이다. 정씨로 하사 받은 것이 서기 32년 지백호가 31세에 정씨로 득성한 것이다(63년 만에 지백호에서 정동공 시조가 됨) 문제는 진지촌 촌장은 지백호로 본피부에 최씨라고 했으니 삼국유사와 족보가 상이하다. 즉 정씨와 최씨가 서로 바뀌어 기재 되었음을 볼 수 있다.

삼국사기 신라본기 제1항에서 고허촌장 소벌공이 박혁거세를 데려다 길렀다고 했다. 문제는 다른 촌장은 하나도 양육 문제에 대해 거명되지 않았다. 이를 보면 삼국유사에서 사량부 정씨의 시조라 한 것이 모순이며, 취산 진지촌의 최씨 조상이라는 것도 모순이다. (위의 삼국사기 발췌본 참조)

0. 경주최씨 대동보(慶州崔氏 大同譜)

소벌도리공에 대한 특별한 기록이 없다. 삼국사기에 나타난 득성조 소벌도리공께서 형산으로 내려와 돌산 고허촌장이 되시고 5촌장과 더불어 박혁거세를 임금으로 세웠으며, 개국좌명(開國佐命)의 공으로 고허촌을 사량부라 하고 촌장을 대인이라 하다가 유리왕 9년 (서기32년) 6부에 성씨를 줄 때 사량부에 최씨를 주었다고 기록되어 있다. 최씨 중앙종친회서는 이 사실을 고수 하고 있으나 '화숙공파'에서는 소벌도리공이 최씨 성을 하사 받은 일이 없다고 반대하고 있다.

반대론자들의 주장은 '삼국사기 신라 본기에 6부의 이름을 고치

고 성을 주었는데 고허부는 사량부라 하고 성은 최씨라 하였다.'
라고만 하였으니 소벌도리가 사성(賜姓) 받은 사실이 없고 삼국사
기 유리이사금 조에도 유리왕 9년 6부에 성을 줄 때 사량부를 최
씨라 하였다 라고만 하였으니 소벌도리가 최성을 하사 받은 것이
아니라 후손이 받은 것이다. 어떤 역사 기록에도 최소벌공(崔蘇伐
公)이란 기록은 없으므로 득성조 소벌도리는 허위조작(虛僞造作)
이라고 한다.

　삼국유사 혁거세왕 조(祖)에 둘째는 돌산 고허촌이니 촌장은 소
벌도리로 처음 형산에 내려 왔다. 이 분이 사량부 정씨조(鄭氏祖)
가 되었다고 하였다. 소벌도리는 사량부 정씨조라는 분명한 기록
이 있으므로, 소벌도리는 정씨조인 것을 경주 최씨의 득성조로 둔
갑시킨 것이라고 주장하고 있다. 이같은 사실을 경주최씨 대동보
에 기록해 놓고 있다. 경주최씨 갑진대동보(慶州崔氏甲辰大同譜)
를 계승하여 발간했다는 단기4332년(서기 1999년)의 경주최씨
기묘보(己卯譜)를 보면 경주 최씨는 소벌도리와 무관하다는 내용
이 서문 13−15쪽에 상세히 기록되어 있다.

　삼국사기가 정사이고, 삼국유사가 야사라지만 기록상 밝혀둘 바
가 많다. 경주 최씨는 삼국사기 기록을 따르고 있으나, 화숙공파
처럼 삼국유사에 의한 신라시조 혁거세왕 조(條)에는 이러하다.
"넷째는 자산 진지촌으로 촌장은 지백호(智伯虎)라 한다. 처음 화
산에 내려와 본피부 최씨의 조상이 되었으며, 지금은 통선부라고
하며 시파동(柴巴洞) 동남쪽이다. 최치원은 본피부 사람으로 지
금의 황룡사 남쪽과 미탄사 남쪽에 옛터가 있다. 이것이 최치원의
옛집이라는 설이 거의 확실하다" 라는 설이 지배적이다.

삼국유사가 맞는다면 화숙공파들의 주장대로 경주최씨는 돌산 고허촌장 소벌도리공과 아무런 관계가 없으며 자산 진지촌장 지백호와 관계가 있다고 보아야 한다. 소씨세보에 따르면 소벌공이 기원전 69년 양산에서 불구내를 얻어 창림사지에서 양육한 후 기원전 57년 박씨 성을 주고 왕으로 세워 국호를 서라벌이라 했다. 이 불구내가 신라시조 박혁거세다. 소벌공의 차손인 정동(井同)의 아들이 정가도(鄭可都)다. 소벌공의 여섯 번째 증손인 이정(利貞)이 최씨 성을 하사받고 그의 아들이 최우달(崔佑達)로서 각각 정씨와 최씨 족보에 기재되어 있다.

삼국사기에 소벌공을 최씨의 원조라 하였고(1145년), 삼국유사에는 정씨의 원조라 하였다.(1281년) 그러나 소벌공의 장손인 해리공과 그 후손은 계속 소씨 성을 사용하여 오늘의 진주 소씨를 이어왔다. 분명한 것은 그 뿌리가 경주소씨임을 알아야 한다. 반면 최씨 족보에는 소벌공의 여섯 번째 증손 이정공(利貞公)이 소벌공의 차남 계양공에게 입양된 것으로 기록되어 있다. 정씨족보에는 소벌공의 차손 정동공(井同公)이 지백호에게 입양된 것으로 기록되어 있다. 이같은 족보를 보건데 최씨성과 정씨 성은 모두 소벌도리공의 증손자 대에서 분파한 것이다.

0. 경주 최씨 대동보 권지일(慶州崔氏 大同譜 券之一)

소벌공이 어느 지역에 요사이로 말하자면 출장을 가서 어떤 소첩을 보아서 거기에서 출생한 자손이 경주최씨라고 기록됨. 그 시대 촌장으로서 삼권을 다루었기 때문에 권세가 막강함.

前略

有氏貴則序昭穆하며 辨宗支하니 蘇家之明譜와 河南之遺니 所以

蓁蓁乎比者也라

惟我崔之受姓貫이 始於沙梁部大人하니 歷代遠矣오 擁立羅祖하

니 貴顯이... 中略

全州崔氏大護軍公派世譜

前略

於辨昭穆正上下而 惟宋興百餘年眉山 蘇氏始修焉而 氏族之譜所

由起也 基曰 觀吾譜者 孝悌之心 油然而生程 子曰 收宗族厚風俗使

人 不忘本爲... 中略

(한글 번역 생략)

0. 경주최씨 대동보서(慶州崔氏 大同譜序)

조선 성종(成宗) 때 부터 시작된 조선시대의 족보는 안동권씨
의 성종보(成宗譜)를 시작으로 그 다음 문화유씨(文化柳氏) 족보
가 나오면서 각성의 족보가 나왔으니 조선인의 족보는 양반가문
에서 자기 가문의 권위와 명예를 선양과시하여 중인 상민 노예와
의 차별의식을 확립하기 위한 양반(兩班)들의 증표적 가문의 역사
였으니 중인 천민은 물론 양반이라도 루대 벼슬을 못하고 호구(糊
口)가 어려워 족보를 못한 가문의 자제는 과거에 응시할 수 없었
다.(이하 중략... 조선조의 시대상을 반영함)

O. 대동보4페이지에

관성공파, 사성공파 사람이 대동보 편찬계약을 파기하고 경주최씨 상계를 전부 허위날조한 족보를 만들었다는 소식을 접한 최면식선생이 일제 대정 15년 11월 27일에야 계약위반 항의 우편증명 서신을 서악서원 대동보에 발송했으나 응답이 없었다.

시조 문창후 위에 득성조 소벌도리(蘇伐都利)를 허위조작하고 은함, 승노 등 관가정파의 상계를 허위조작하고 윤순, 선지, 적손, 백윤, 인지 등 사성공파의 상계도 허위조작한 가짜 족보로 발행하였으니 그 원인은 면암 선생의 손자 최면식 선생의 안이한 종무 태만과 관가정파와 사성공파의 배신이었습니다.(이하 중략)

O. 대동보 6페이지에

득성조 소벌도리를 시조로 하는 서악서원 족보를 계승하는 대동보는 친일 가짜 족보요 0족보라는 사실을 설파하는 '속임수 가짜 대동보 편찬을 즉시 중지하라' 라는 문중서찰을 내용증명 서신으로 발송하면서 중앙종친회는 갑진 대동보를 계승하는 진짜 대동보하기를 촉구하기에 이르렀습니다만 5개월이 지난 금일까지 우이독경인 듯 일언반구의 답변이 없음은 중앙종친회 족보는 친일 가짜 족보요 0족보라는 사실을 웅변으로 증언하고 있으니 … (이하 중략)

7페이지

족보를 모르는 한심한 경주최씨 후손들이 삼국유사상 분명한 사량부 정씨조인 소벌도리의 후손인 정가(鄭哥)가 되면서 조상까지 000가 되는 0족보에 입보하겠다고 피땀 흘려 번돈을 갖다 바치고 있다는 것은 우리 족보를 너무나 몰라서 생기는 비극입니다.(이하 생략)

단기 4332년 기묘 冬至節　　孤雲裔末　崔忠黙　謹識

(위에서 각 족보를 다룬 것은 학술적인 면에서 다룬 점을 깊히 성찰 있기를 바랍니다.)

대전 뿌리 공원에 세워진 최씨 조형물(造形物)의 내용

　(慶州崔氏 由來)

최씨의 원조는 신라의 전신으로 경주에 자리잡은 사로국(斯盧國) 육촌의 하나인 돌산고허촌(突山高墟村)의 촌장(村長) 소벌도리공(蘇伐都利公)이시다. 신라를 세운 원훈(元勳)으로 법흥왕(法興王) 3년에 충의공(忠宜公)이시다. 경주최씨 시조는 소벌도리공의 24세손 고운(孤雲) 최치원(崔致遠)이시다.(상세사항 생략)

O. 경주최씨 대동보 권 1 (慶州崔氏 大同譜 券一)

10페이지 및 11페이지에서 진본 삼국유사를 부분 삭제하고 정씨(鄭氏)를 최씨(崔氏)로 둘째 넷째에서 위조한 것을 엿볼 수 있다. 이는 삼국사기에서 나오는 것을 삼국유사에선 달리 표시되었다. 이 것을 억지로 삼국사기에 맞추어 정씨의 후손이 아님을 밝히려다 최씨 가문에 엄청난 실수를 범했다.

그러기에 경주최씨 일부 종파에서 중앙 종친회를 상대로 허위 날

조한 0족보라는 것을 어떻게 해석해야 될지? 삼국유사 원본은 전편에 수록했으니 참고하기 바랍니다. 다만 이곳에선 위조되었다는 부분을 기록해 주의를 환기 시켜 보겠다는 뜻이지 다른 의도는 없습니다. 위조 여부를 밝히는 문제는 최씨 종친회 몫이라고 여겨진다.

0. 삼국유사를 적음

진한 땅(진한은 본래 진나라 사람이 난리를 피하여 들어오니 한에서 동쪽을 베어 주니 이것을 진한이라 하고 뒤에 신라 서울이 되었으니 지금 경주이다)에 육촌이 있으니 첫째는 알천 양산촌장 알평이다. 처음 표암봉에 내려와서 구양부 李씨의 조상이 되고 둘째는 돌산 고허촌장 소벌도리니 처음 형산에 내려와서 사량부 崔씨의 조상이 되고, 셋째는 무산대수촌 장 구레마이니 처음 이산에 내려와서 孫씨의 조상이 되고 넷째는 자산진지촌장 지백호이니 처음 화산에 내려와서 鄭씨의 조상이 되고 다섯째는 금산가리촌장 지타이니 처음 명활산에 내려와서 裵씨의 조상이 되고 여섯째는 명활산고야촌장 호진이니 처음 금강산에 내려와서 습피부 薛씨의 조상이 된다.

三國遺事抄

辰韓之地(辰韓本秦人避投入韓韓割東界以興號珍韓後爲新羅國都今慶州也) 古有六村一日閼川楊山村長日謁平初降干瓢嵓峰是爲及梁部李氏之祖也　二日突山高虛村長日蘇伐都利初降干兄山是爲沙梁部崔氏之祖也　三日茂山大樹村長日九禮馬初降伊山是爲牟梁部

孫氏之祖也 四曰觜山珍支村長曰智伯虎初降于花山是爲本彼部鄭氏
之祖也 五曰金山加利村長曰祇陀初降于明活山是爲漢祇部裵氏之祖
也六曰明活山高耶村長曰虎珍初降于金剛山是爲習比部薛氏之祖也

0. 우리 후손들이 할일

지금까지의 이야가를 종합해 보면 소벌도리(蘇伐都利)가 누구의
조상인가? 그분을 제향하는 양산재(楊山齋)를 앞으로 어떻게 처리
할 것인가?를 심도 있게 연구해서 분명히 밝혀야 한다고 본다.

이는 정씨, 최씨, 소씨의 종친 대표와 사학계의 권위자가 모여
학술적인 논지와 역사와 족보를 근간으로 종합적으로 다루어야 한
다고 본다. 필자의 입장에서 보면 소벌도리공(蘇伐公)은 蘇, 鄭,
崔, 의 삼성의 조상이며 양산재 제향을 합동으로 올려야 한다고
생각됨은 무슨 까닭일까? 역사와 혈통을 바로 보자는 필자의 주장
이 헛되지 않기를 간곡히 바란다. 삼성(三姓) 모두가 순리에 따라
하늘의 뜻에 순응함이 섭리가 아닐는지?

진주소씨는 경주 형산의 소백손공의 유허비를 건립하여 자손된
조상의 얼과 보람을 찾아야 한다. 또한 소벌공께서 신라의 국조
박혁거세를 양육하였다는 경주 창림사지(昌林寺趾)와 그 집터를
복원해서 유허비를 건립하여야 한다. 이로서 경주소씨의 시조 소
백손공과 현조 소벌공의 혈통을 바로 세워야 한다.

잠시 고른 숨을 쉬고 나서 옛 조상님들의 얼을 되새겨 보자. 그
리고 후손들과 권위 있는 사학자들에게 연구과제로 맡겨봄이 어떨

는지? 우리 소씨는 적제축융 이후 조조(肇祖)이신 태하공(太夏公
: 諱 昆吾)께서 배곡(바이칼호수)에서 란하유역으로 이거하면서
일부는 중국으로 일부는 한반도로 옮겼다. 다음 유명한 작가분들
의 시를 음미 숭조사상을 일깨워 보며 머리를 식혀 봄이 좋을 것
같다. 세월이 지나면 모두가 허무한 것임을...... .

0. 중국계(中國係)

소동파(蘇東坡) : 소식(蘇軾)으로 중국 북송시대인(1036-1101)
으로 절강의 항주, 산동의 밀주 등 지방관을 역임하고 유명한 적
벽부(赤壁賦)를 남겼으며 전집에 동파칠집(東坡七集)이 있다. 아
버지 소순(蘇洵) 둘째아들 소철(蘇轍) 은 당(唐) 송(宋) 8대 대가의
한 분들이다. 이들 삼부자를 가르켜 후대 사람들은 당 송의 삼소
(三蘇)라 부른다. 적벽부가 쓰여진 뒤, 3개월후에 후적벽부가 쓰
여졌다. 그래서 이 적벽부는 전 적벽부라고도 불리운다.

0. 적벽부(赤壁賦)

一
임술년 가을
음력 7월 기망(旣望 :16일)에
소자(蘇子 : 동파자신)는 손님과 더불어 배 띄우고
적벽의 아래에서 노닐었네.

맑은 바람은 솔솔 불어오고
강 물결은 일지 않는다.
술잔 들어 손님에게 권하며
명월의 시를 외고
요조(窈窕)의 장을 노래했네.

잠시 후 동산에 둥근 달이 떠올라
북두성과 견우성 사이를 배회하니
흰 이슬안개는 강을 가로질러 덮혀 있고
물 위에 비친 달빛은 하늘과 맞닿았네.

일엽편주를 제 가는 대로 띄워놓고
만경창파 망망한 수면에 타고 가니
어찌나 넓은지 마치 허공을 의지해 바람 타고 가는 듯하여
어디에서 멈출지 모르겠고
훨훨 날아 마치 속세를 버리고 우뚝 서서
날개돋쳐 신선에 오르는 듯 했네.

二
이에 술을 마심에 대단히 즐거워
뱃전을 두드리며 장단맞춰 노래 부르니
그 노래가사는 이러하다.

"계수나무 노와 모란 삿대로

물 속에 비친 달빛을 헤쳐 달빛 어린 강물을 거슬러 오르니
끝없이 펼쳐지는 내 마음이여
하늘 저쪽 미인을 바라본다네"

손님 가운데 퉁소를 부는 이가 있어
노래 가락에 맞추어 반주하니
그 소리 우우하여 구슬픈데
원망하듯 그리워하듯
흐느끼듯 하소연하듯
간드러진 여음(餘音)이
실 가닥처럼 끊이지 않아
깊은 골 물 속에 숨은 교룡을 춤추게 하고
외로운 배 안의 과부를 흐느끼게 하네.

三
소자(蘇子)는 수심에 잠겨
옷깃을 바로하고 단정히앉으며
손님에게 묻기를

"어찌하여 그리도 구슬프게 부는가?"
손님이 말하였다.

'달 밝아 별 드문데
까막까치는 남쪽으로 날아가네.'

이는 조맹덕(曹孟德 : 曹操)의 시구가 아닌가?
서쪽으로 하구(夏口)를 바라보고
동쪽으로 무창(武昌)을 바라보니
산천은 서로 얽혀서
질푸르게 우거졌는데
여기는 조맹덕이 주유(周瑜)에게 욕본 곳이 아닌가?

바야흐로 형주(荊州)를 격파하고
강릉(江陵)으로 내려와
강 흐름을 따라 동쪽으로 내려올 때
군선(軍船)은 연이어 천리나 되고
깃발들은 하늘을 가리웠었지요.

술을 걸러 강에 임해
긴 창을 가로놓고 시를 읊었으니
진실로 일세의 영웅인데
지금은 어디 가고 없는가?

하물며 나와 그대는
강가에서 고기잡고 땔나무하며
물고기 새우와 벗하고 사슴과 친구 삼아
일엽편주에 몸을 싣고
표주박 술잔 들어 서로 권한다.

하루살이 같이 짧은 인생 천지간에 부쳐두니
끝없는 대해(大海)의 한 알 좁쌀과 같구나
내 삶이 한 순간임을 슬퍼하고
끝없이 흘러가는 장강(長江)을 부러워하네.

공중을 나르는 신선은 옆에 끼고 즐거이 노닐면서
밝은 달을 품에 안고 영원히 살고파라.
이 일이 쉽사리 이루어질 수 없음을 아는지라
여음을 쓸쓸한 가을바람에 실었지요."

四
소자가 말하였다.

"손님도 저 물고 달을 아는가?
흘러가는 것은 이와 같으나
아주 가버려 없어진 적은 없고
달도 차고 이지러지는 것이 저와 같으나
결국 줄거나 늘어나지는 않았네.

변한다는 각도에서 보면
천지도 일순간을 멈추어 있지 못하지만
만물과 내가 모두 무궁하다네
그러니 또 무엇을 부러워하겠는가?

또한 천지간에는
만물에 각기 주인이 있어
만일 나의 소유가 아니라면
비록 터럭 하나라도 가져선 안될 것이나
오직 강 위에 맑은 바람과
산간의 밝은 달만은
귀로 들으면 음악이 되고
눈으로 보면 경치를 이루어

이를 가져도 막는 이 없고
써도 다 없어지지 않으니
이는 조물주의 무한한 보배요
나와 그대가 함께 즐겨야 할 것이라네."

五
손님은 기뻐하여 빙그레 웃으며
술잔을 씻고서 다시 따르니
안주는 어느새 없어지고
술잔과 쟁반이 어질러진 채
서로 깔고 베고 배 안에 누워 자니
어느새 동녘이 훤하게 튼 것도 모르고 있었네.

한문 원문

壬戌之秋 七月旣望, 蘇子與客泛遊於赤壁之下, 淸風徐來, 水波不興, 舉酒屬客, 誦明月之詩, 歌窈窕之章, 少焉, 月出於東山之上, 徘徊於斗牛之間, 白露橫江, 水光接天, 縱一葦之所如, 凌萬頃之茫然, 浩浩乎如馮虛御風, 而不知其所止, 飄飄乎如遺世獨立, 羽化而登仙.

於是飮酒樂甚, 扣舷而歌之, 歌曰, "桂棹兮蘭槳, 擊空明兮泝流光, 渺渺兮予懷, 望美人兮天一方" 客有吹洞簫者, 倚歌而和之, 其聲嗚嗚然, 如怨如慕, 如泣如訴, 餘音嫋嫋, 不絕如縷, 舞幽壑之潛蛟, 泣孤舟之嫠婦, 蘇子愀然, 正襟危坐, 而問客曰"何爲其然也"

客曰, "月明星稀, 烏鵲南飛, 此非曹孟德之詩乎, 西望夏口, 東望武昌, 山川相繆, 鬱乎蒼蒼, 此非孟德之困於周郎者乎, 方其破荊州, 下江陵, 順流而東也, 舳艫千里, 旌旗蔽空, 釃酒臨江, 橫槊賦詩, 固一世之雄也, 而今安在哉, 況吾與子, 漁樵於江渚之上, 侶魚蝦而友麋鹿 駕一葉之扁舟, 擧匏樽以相屬, 寄蜉蝣於天地, 渺滄海之一粟, 哀吾生之須臾, 羨長江之無窮, 挾飛仙以遨遊, 抱明月而長終, 知不可乎驟得, 託遺響於悲風"

蘇子曰"客亦知夫水與月乎, 逝者如斯, 而未嘗往也, 盈虛者如彼, 而卒莫消長也, 蓋將自其變者而觀之, 則天地曾不能以一瞬, 自其不變者而觀之, 則物與我皆無盡也, 而又何羨乎, 且夫天地之間, 物各有主, 苟非吾之所有, 雖一毫而莫取, 惟江上之淸風, 與山間之明月, 耳得之而爲聲, 目遇之而成色, 取之無禁, 用之不竭, 是造物者之無盡藏也, 而吾與子之所共適"

客喜而笑, 洗盞更酌, 肴核旣盡 杯盤狼籍, 相與枕籍乎舟中 不知東方之旣白.

2) 후적벽부(後赤壁賦)

一

이해 시월 보름날 밤
설당(雪堂)에서 걸어나와
임고정(臨皐亭)으로 돌아가려 하는데
손님 두 분이 나를 따라서
향니 언덕(黃泥坂)을 지났다.

서리와 이슬 이미 내리고
나뭇잎 모두 지니
사람 그림자가 땅위에 드리웠다.
고개를 들어 밝은 달을 쳐다보고는
돌아보아 즐거워하며
걸어가며 노래를 서로 주고받았다.

이윽고 나는 탄식하며 말하였다.

"손님이 있을 때는 술이 없고
술이 있을 때는 안주가 없네
달은 밝고 바람도 맑은데

이러한 좋은 밤을 어떻게 보낸단 말인가?"

손님이 말하였다.

"오늘 저녁 무렵
그물 들고 물고기를 잡았는데
큰 입에 가는 비늘
그 모양이 송강의 농어와 같소
그러나 어디서 술을 얻을 수 있겠소?"

집에 돌아가 아내에게 상의하니
아내가 말하였다

"제가 술 한말이 있는데
저장해 놓은 지가 오래되었어요.
당신이 급히 필요할 때 드리려고 기다렸지요."

  二

이에 술과 물고기를 들고서
다시 적벽 아래를 유람했다.

강물은 소리내어 흐르고
깎아지른 절벽 천 길이나 되며

산이 높으니 달은 작아 보이고
물이 줄어 돌아 드러났다.

일찍이 세월이 얼마나 지났길래
강산을 다시 알아볼 수 없구나.

나는 이에 옷자락 접어들고 올라가
가파른 바위 밟고서
무성하게 뒤덮인 풀을 헤쳐
호랑이와 표범같은 괴이한 돌에 걸터앉고
구룡같이 구불구불한 고목에 올라가
송골매 깃들은 높은 둥지 움켜쥐고
풍이(馮夷 : 水神의 이름)의 깊숙한 물 속 궁전을 굽어본다.

아마 두 손님은 나를 따라올 수 없었던 모양이다.

휘익휘익하고 길게 휘파람을 부니
초목이 진동하고
산은 울어 골짜기에 메아리치며
바람이 일어나고 강물은 용솟음친다.
나는 또한 쓸쓸히 슬퍼지고
숙연히 두려워져서
오싹하여 더 머무를 수 없었다.

三

돌아와 배에 올라
강물 가운데 배를 놓아두고
제멋대로 흘러가도록 맡겨서 쉬었다.

때는 한밤이 가까워져
사방이 고요하였다.

때마침 외로운 학이 있어
강을 가로질러 동쪽으로부터 왔는데
날개는 수레바퀴 같고
꼬리는 검은 치마를 입고 날개는 흰 웃옷을 입은 듯 하다.
끼륵하고 소리를 뽑아 길게 울면서
내가 탄 배를 스치며 서쪽으로 날아가 버렸다.

잠시 후 손님이 돌아가고
나도 잠에 들었다.

꿈속에 한 도사가
날개옷을 펄럭이며
암고정 아래를 지나가다가
나에게 읍하며 말하기를

"절벽 유람이 즐거웠나요?"
그의 성명을 무르니
고개를 숙이고 대답이 없었다.

어허허!
나는 알아차렸네.
어제 밤에
울면서 날아가며 나를 스쳐갔던 것이
그대가 아니었던가?

그 도사가 돌아보며 웃자
나 또한 놀라 그만 꿈에서 깨고 말았다.

창문을 열고 보니
그가 간 곳을 찾을 수 없었다.

(한문 원문 생략)

자연시(自然詩)

地偏過客應來少
(지편과객응래소)
땅이 외져 오가는 길손이 적으니

山好居人却厭多
(산호거인각염다)
좋은 산은 사람 많음을 실어함인가
北嶺重關牢鐵鎖
(북령중관우철쇄)
북쪽 관문엔 쇠가 굳게 잠겨있건만
南江一帶漾靑羅
(남강일대양청라)
황천강(남강) 물은 비단처럼 출렁거리네

(소동파 : 蘇東坡)
*이 소동파의 적벽부는 중국문학박사 조규백의 번역문임을 밝혀
둔다

(2). 우리나라

一양곡 소세양(陽谷 蘇世讓)

1486(성종17년)-1562(명종17년)조선 중종 때의 명신으로 자
는 언겸(彦謙) 호는 양곡(陽谷) 본관은 진주(晉州)다. 의빈도사 자
파(自坡)의 아들로 육판서(六判書), 좌찬성(左贊成) 겸 홍문관대제
학(弘文館大提學), 예문관대제학(藝文館大提學)을 지냈으며 문형
(文衡)을 잡고 지냈다.
양곡은 일찍 진사에 들었고 시문으로 이름이 났으며, 중정반정
후 1509년 별시에 장원급제, 옥당에 들어가 정자, 주서의 벼슬을

거쳐 수찬이 되어 학문에 관한 일을 맡아왔다. 그때 현덕황후(단
종의 어머니)의 복위를 건의해 허락을 얻어 이장하고 대묘(大廟)
에 위패를 모시게 하였다.

1514년 이조정랑이 되고 장악원첨정, 장령, 사인, 교리, 직제학
등을 두루거쳐 1521년 명나라 한림원수찬 당고(唐皐) 등이 왔을
때 영접사 이행(李荇)의 종사관으로 그들을 맞아 시문으로 칭찬을
받게 되어 당상관으로 특진 되었다. 승지를 거쳐 황해도관찰사,
전주부윤을 지내고, 대제학 이행의 추천으로 한성부 우윤이 되었
다. 그후 벼슬은 예조판서 등 6조판서(六曹判書)를 두루 맡아 보셨
고, 한성판윤, 대제학판중추부사, 좌찬성 등에 이르렀다.

1538년 성주의 사고(史庫)가 불타버렸으므로 왕명으로 춘추관
의 실록을 등사하여 갖다 넣었다. 1545년 인종이 즉위하자 일부
의 탄핵을 받았으며, 그때부터 벼슬의 뜻을 버리고 낙향을 했다.
조송설체(趙松雪體)의 글씨를 잘 써서 필명이 높았다. 저서로는
양곡집(陽谷集)과 글씨에 소세양부인묘갈(蘇世讓夫人墓碣)이 있
다. 문헌으로 인물고(人物考), 중종(中宗), 명종실록(明宗實錄), 국
조인물고(國祖人物考)에 기록되어 있다.

0. 시문의 문학세계(詩文의 文學世界)

신월(新月)

誰斷蟾宮桂 裁成玉女疏 (수단섬궁계 재성옥녀류)
누가 달속의 계수나무를 꺾어, 여인의 빛과 같은 저 달을 만들었

나

　銀河一別後 愁亂擲空虛 (은하일별후 수란척공허)

　칠석날 은하수에서 임과 헤어진 뒤, 시름에 겨워 저 하늘에 던져 있다네

　(7. 8세 때 지은 시라니 믿기 어려울 정도다)

　학(鶴)

　長身古君子 獨立整衣縞 (장신군자 독립정의호)

　긴 몸은 옛 군자와 같아 홀로 서있는 자태 아름답구나

　警露一聲高 晴空月正午 (경로일성고 청공월정오)

　외마디울음에 가을 하늘이 높은데 고요한 하늘 낮달이 떠있네

　유조천궁(遊朝天宮)

　畫靜黃蜂課蜜忙 石壇松偃閉幽房 (주정황봉과밀망 석단송언폐유방)

　낮은 고요한데 꿀벌은 바삐 일하고 돌층계에 굽은 소나무 아래 문은 닫히다

　廖廖一犬雲間吠 始覺山家氣味長 (요요일견운간폐 시각산가기미장)

　고요속에 한 마리 개가 구름속에 짖는데 비로소 산골의 맛이 감돌을 깨닫도다

　야음탄곡초사(夜吟炭谷草舍)

山家秋興十分濃 野菊欲花楓始紅 (산가추흥십분농 야국욕화풍시흥)

산가의 가을 흥취가 마냥 깊은데 들국화 꽃피려고 단풍이 먼저 붉게 타네

半夜夢┐┐風雨亂 不知身臥水聲中 (반야몽경풍우란 불지신와수성중)

한밤중에 비바람소리 꿈을 깨우니 아— 몸이 물소리속에 잠겨 있구나

양곡은 시인이며 또한 문장가였다. 주옥 같은 많은 시와 문장이 많이 남아 있다. 다만 그의 멋진 풍류는 황진이와 짝을 이루고 로맨스를 남겼으나 후손은 아쉽게도 여기서 필을 놓는다.

*이 시문은 양곡선생 실록기에서 일부를 발취한 것임을 밝혀둔다

−민족의 횃불

인류의 조상따라 바이칼호 만주대륙
따뜻한 남쪽반도 서라벌에서
신라 창건 소벌공(蘇伐公) 주역이 되니
진주소씨(晉州蘇氏) 그 위명 사해를 떨쳤다.

중시조 알천공(閼川公) 진주에 안착

삼국 거쳐 고려 조선 대한민국에
국운을 지켜가며 충신열사 배출하니
오십여대 후손들 길이 퍼졌네.

그 누가 말하랴 씨족 숫자 적다고
소씨혈통 늠름한 그 웅지에
하늘도 푸르고 기상이 장하거늘
만방에 그 위상 나래를 폈다.

뛰어라 날아라 지구 끝까지
힘차고 바르게 부끄럼 없이
씨족의 영광되고 민족의 횃불되어
천하를 격동시킬 진주소씨 후손이여

(2012년 장편소설 신라의 상대등(上大等) 소알천(蘇閼川)을 상
제하면서)

– 백두대간의 새벽

별빛 부서지던 밤
육박전의 함성이
죽어 가는 아우의 비명
강물이 거꾸로 흐른다

피묻은 가슴에 얼굴 비비며
쪼개진 하늘 쏘아보던
저 피의 능선에 맺힌
원혼의 불꽃

마시던 술잔 지금은
작두 날에 싹둑 잘린
통곡 반세기
아픈 상혼 터는
깃털 소리
백두대간의
새벽을 친다

(대하소설 백두대간의 새벽(1-10권)을 상재하면서
 2003년 1권출간-2011년 10권 발행까지, 기미독립운동, 일제
침략, 암울했던 해방전후, 6 25전쟁, 남북을 통일, 동북삼성을 완
전 수복, 일본의 대마도, 가고시마까지 점령한 한민족의 최대국가
를 건국한 민족의 대장정임.

  - 동 굴

  인간능력의 한계를
  어둠의 공포가
  저울대에 매단다

태고의 신비는 배고픔에
삭아 내리고

사치스러운 현대인의 치부
내동댕이치고
약육강식의 동물적 욕구
수간(獸姦)을 한들
공허한 절벽에 광소(狂笑)만이

인간내면의 존재의식 희미한데
억(億)을 부르짖는
번질번질 비계 낀
군상들의 외침이
동공 안에 무너져 내린다

(1999년 장편소설 동굴을 상재하면서)
  *민족의 횃불, 백두대간의 새벽, 동굴의 시 세편은 저자의 졸품
을 실어보았다

  수 천년 이어온 역사가 이 땅에 도도히 흐르고 있다. 칼바람 돌
산을 넘어 평야를 달리거늘 무슨 관심 그리 많겠는가. 냇물은 비
단결 같이 산허리를 굽이쳐 흐르는데, 음매 하는 송아지 울음소리
물안개 속으로 사라진다. 조상의 뿌리를 더듬다 보니 남의 조상님
옷깃도 스쳐본다. 뒤돌아보면 모두가 허무인 것을 어째서 밝히려

하는가?

취하면 세상만사 잊어질까? 소주잔 기울여도 빌딩 숲 사이에 뜨는 달이 비웃음 치고 있다. 인생행로가 이다지도 복잡할까를 생각하며 창문을 활짝 열어 본다. 도시의 찌든 냄새가 봇물처럼 몰려온다. 조상을 섬기는 숭조 사상이 이젠 점점 여러 종교사상과 융합되어 가고 있어 열약해지고 있는 실정이다. 한 세대 훌쩍 지나면 이런 이야기도 사라질 것만 같은데, 마음의 변덕 속에 그 무엇이 자리잡고 있을는지?

이제 홀홀 털고 이 작품 소벌도리(蘇伐公)를 마감하려 한다. 배낭을 걸머지고 산으로 들어가자. 맑은 물 푸른 산이 더 없이 정다울 것이다. 이제 각 성(姓)마다 이어온 조상의 혈통을 누가 감히 건드리겠나. 그저 흥에 겨워 요즘 유행되는 '내 나이가 어때서'를 불러 보자. 누가 알겠는가? 재수 좋으면 어여쁜 여인과 만나 데이트를 할는지...... .

대미

작가후기

삶을 살아가는데 무엇 때문에 이리도 허둥대며 사는지 자신도 알 수 없다. 남과 같이 부를 창출하는 욕심도 없으면서 잠만 깨어나면 근심이 앞선다. 아무것도 아닌 작가의 자존심과 사명감이 몸과 마음을 짓누르고 있어서일까?

작가로서 멋진 로맨스가 얽힌 애정 소설이나, 감상에 떠오르는 시를 즉흥적으로 떠올려 쓴다던가, 여행을 즐기다 추억 속에 남긴 기행수필을 쓰면 얼마나 좋을까.

왜 하필이면 수 천년 묵은 자기 조상의 뿌리를 찾아내어 역사 앞에 조명시키려 몸부림치고 있느냐 말이다.

작품의 주인공인 소벌도리(蘇伐都利 : 蘇伐公)에 대한 이야기로 종친회에서 논의가 분분했었다. 많은 대학교수들과 역사학자들이 소씨 가문에 많이 있다. 그런데 무엇 때문에 씨족 유사와 혈통에 대한 갑론을박이 있는, 미묘복잡한 이 글을 써야 되는지 자신도 가늠하기 힘겹다.

아무리 생각해 보아도 참으로 암담한 일이다. 요즘엔 5천년 전 우리 나라의 국조 단군왕검(檀君王儉)을 부정하는 일부 교파가 있는 실정이다. 세상이 무섭도록 개인주의, 이기주의로 변하여 가고 있다. 그런데 6천년 전 우리 소씨의 유래를 보면 그들이 얼마나 황당하다고 이야기 할 것인가?

그러나 엄연한 인류의 역사와 함께 살아온 우리 민족이다. 이 민족 앞에 여러 씨족이 뒷받침 해 있음은 말할 필요도 없다. 우리 소씨 유사(蘇氏遺史)도 다를 바가 없다. 그러기에 좁은 가슴에 맺힌 응어리가 제재를 받지 못하고 분출했나 보다. 후세 사람들은 수양부족이라고 말할 것이다.

삼한 중 진한왕(辰韓王) 소백손공의 5세손 소벌공이 진한 6촌장의 수장이었다. 그분은 박혁거세를 왕으로 세워 서라벌(후에 新羅)을 창건한 건국 1등 공신이다. 바로 이 소벌공을 재조명하려는 역사의 사명감속에 2천년이 지난 이 어리석은 후손이 고민에 몸부림치고 있다.

오랜 세월동안 잊혀졌던 혈통과 역사를 체계적으로 엮어 보기로 마음먹었으나 어려움이 많았다. 작가의 상상력을 발휘하며 한 작품을 쓴다면 가능할 수 있지 않을까 생각해 보았다. 그러나 여기엔 복잡하고 미묘한 씨족 관계가 얽혀 있었다. 그러기에 이런 글을 쓰지 않으려고 지금껏 미루어 왔나 보다.

우리 소씨도 처음엔 기씨(己氏) 였는데 조조(肇祖)인 태하공(太夏公)께서 소씨로 개성한 것이다. 신라 시대에도 왕이 신하의 공과를 생각해서 성씨를 사성(賜姓) 하는 경우가 있었다. 그후 소벌공의 둘째 아들 계양공(桂陽公)이 개성최씨, 손자 정동공(井同公)이 진주 정씨, 증손자 이정공(利貞公)이 경주 최씨로 하성을 받아 개성한 것으로 소씨 족보상으로 기록되어 있다.

더욱 어려워진 것은 삼국사기(金富軾)와 삼국유사(一然)에서 최씨와 정씨가 다르게 언급되고 정작 소벌공의 직계 근간인 소씨 혈통은 일언반구도 없는 것이다. 지금 라정(蘿井)에 모시는 소벌공의 제향을 경주최씨가 모시고 있다. 정사인 삼국사기를 기준으로 하고 있어 문제가 되고 있다.

경주 최씨는 소벌공을 자신의 조상이라고 하고 있다. 일부 최씨 종파에선 소벌공이 자신의 조상이 아니며 족보가 잘못 되었다며 중앙종친회에 반발하고 있다. 진주 정씨는 소벌공과는 자신들의 혈통과 무관하다고 하고 있는 실정이다. 여기에 반해 소씨 문중에선 족보 등 여러 증거로 자신들의 조상이라고 강력히 주장하고 있다.

이같은 복잡한 문제를 지닌 소벌공을 조명하려는 작가의 심정을 어찌 헤아릴 수 있겠는가? 모두가 아전인수격으로 소벌공을 자신의 조상이라고 하고 있다. 그러나 역사와 혈통을 잇는 씨족사를 밝혀 보면 그 답이 나오고 있다. 소벌공! 그분을 역사 앞에 조명하자니 지구의 생성과정서부터 오늘의 현대사회까지를 모두 언급하게 되었다.

이 골치 아픈 씨족사를 누가 쓰려고 하겠는가? 아무리 작품이라지만 욕먹고 어려운 이런 글을 왜 쓰겠는가. 이 작품은 커다란 진통을 겪을 것이 예상된다. 특히 다른 가문에서 많은 의구심과 반발이 있을지 모르겠다. 그러나 역사와 씨족 역사를 상세히 알아보면 곧 문제점을 발견하리라 믿는다.

이제 양산재(楊山齋)에서 지혜를 모아 소씨, 정씨, 최씨가 합동으로 제향을 올리는 계기가 되기를 작가는 기원할 뿐이다. 이 기원이 성공된다면 소벌공께선 2천년의 긴 잠에서 깨어나셔 잠시나마 후손에게 '큰 일을 했다' 며 격려의 말씀이 있을 것이라는 기대를 해본다.

이 순간 아내의 근심 어린 얼굴빛이 떠오른다. 건강이 악화되어 암까지 앓고 나서, 왜 밤마다 책상에 엎드려 있느냐는 것이다. 요즘 바람을 안 쏘여 그러는지 엉덩이에 피부병이 생겨 근지럽기 이를 데 없다. 이제 어리석은 사람의 화를 자초하는 펜을 조용히 놓아야 할 때가 아닌가 곰곰히 생각해 본다.

2014년 9월

竹樓 蘇 鎭 燮

부록

1. 참고문헌

李丙燾 金富軾	삼국사기	을유문화사	2002년
李民樹 一然	삼국유사	을유문화사	1999년
尹乃鉉	고조선 연구	일지사	1995년
全光州 曾光之	중국의 역사	한국출판공사	1972년
李基白	한국사 신론	일조각	1993년
윤여동	백제 신라사	여인각	2004년

梁榮煥	새한국사 강좌	형설출판사	1992년
蘇台奎	진주소씨 대동보		1996년
김상	삼한사의 재조명	북스힐	2004년
金玟秀	경기향토사학(권4)	경기문화원	1999년
한국역사	한국역사	역사비평사	1992년
진주소씨회보	(1권-52권)	대종회 (1978년-2014년)	
曹香根	한국사대전	교육도서	1992년
李鐘旭	신라상대왕위	영남대학교	1980년
今西龍	신라사연구	국서간행회	1933년

2. 소씨 상상계(蘇氏上上系) 번역문(飜譯文)

옛날 소풍(蘇豐)이 소씨의 조조(肇祖)이며 적제축융(赤帝祝融)의 육십일세 손이니 곤오(昆吾) 또는 태하공(太夏公)이라 했으며 갑진년에 태어났으니 풍이(風夷)의 후손이다. 옛날 고신씨(高辛氏)가 정치를 매우 포악하게 하였기 때문에 불함산(弗咸山) 북쪽으로 이사하였다. 숙신홍제(肅愼洪帝) 팔년에 고신씨가 쳐들어올 때 의병장(義兵將)이 되어 유동(綏東)이란들에서 격퇴시켰다. 홍제가 그 공적을 치하하고 소성(蘇城)에 봉하여 하백(河白)이 되니 또는 하백(河伯)이라고도 하며 당시 사람들은 태하공(太夏公)이라 불렀다.

묘는 소성에 에 있으니 지금의 부소갑(扶蘇岬)이다. 사적은 환국사(桓國史) 단군고기(檀君古記)에 자세히 실려 있다. 태하공이 견이(畎夷)의 딸 유정(有姃)과 결혼하여 비(妃)로 삼아 아들 삼명과 딸 일명을 낳았다. 큰 아들은 갑(岬)병자년에 태어나 부공(扶公)이 되었고 차자는 환(桓)이요 셋째 아들은 흘(紇)이니 서소국주(西蘇國主)가 되었다. 태하공과 의견이 맞지 않기 때문에 요(堯)의 신하가 되어 소성에 봉해지니 지금의 업성(鄴城)이다.

후손이 계속 이어가니 일백이대에 역년이(歷年)이 일천이백여 년이 되었다. 부공의 큰 아들 구수(句秀)이니 인공(仁公)이 되었고 둘째 아들은 일청(一淸)이니 홍공(弘公)이 되었으며 딸은 정아(靖姃)이니 부소신모(扶蘇神母)가 되었다. 구수의 아들은 선루할아버지이다. 넷째 아들은 개남(介男)이다. 후손 내벌(乃伐)은 혹 나벌(奈伐)이라고도 하는데 기자(奇子) 당시 수상(首相)이 되었다. 동근보(東槿譜)에는 휘 두로(頭老)의 육십구세손 휘 백손(伯孫)이 진한(辰韓)의 진공(辰公)이 되었으며 경주소씨의 시조가 되었다.

이하중략

(계속) 윤(允)의 큰 아들은 위어(位於)이다. 위어의 둘째 아들은 자근(自根)이니 상장(上將)이요 셋째 아들은 자구이다. 자근의 큰 아들은 가을일(加乙日)이니 판윤(判尹)이요 둘째 아들은 고산(高山)이다. 가을일의 큰 아들은 대알(大閼)이니 수상(首相)이다. 대알의 큰 아들은 백손(백손)이니 신유년에 태어나 후진한주가 되었으며 묘호는(廟號)는 진공(辰公)이니 경주 소씨의 시조가 되었다.

소씨상상계 한문번역문 생략

3. 동근보서(東槿譜序) 번역문 庚申春上(족보160 쪽)

민족은 곧 씨족이다. 씨족은 혈통이기 때문에 족보란 혈통의 기록이요 씨족의 역사다. 국가에는 국가의 역사가 있기 때문에 그 민족이 영원불멸하고 문중에는 족보가 있기 때문에 영원히 대가 끊기지 않는다. 이미 대를 이을 수 있어 그 끝나는 바를 알지 못하기 때문에 족보로서 법을 삼아 대수(代數)를 분별하고 파계(派系)를 밝히며 친목을 주장하는 것이 보례(譜例)의 정당함이다.

명분을 엄격히 하고 상벌을 분명히 하며 충효를 권장하는 것은 아름다운 법이다. 이는 국사와 서로 표리(表裏)가 되는 것이다. 우리 소씨는 적제(赤帝)의 후손이다. 5188년 전 기묘년 여름 축융씨(祝融氏)가 갈천씨(葛天氏)를 대신하여 제(帝)가 되어 환국(桓國)의 영토에 소(蘇)를 심었다.

또한 새 울음소리를 듣고 음악을 만들었으며 까마귀 발자국을 보고 현문을 만들었고 소(蘇)의 기강과 덕의 교화로 백성들에게 풍도(佩道)를 숭상케 한 것이 소를 성(姓)으로 삼게 된 까닭이다. 삼가 조사해보건대 옛날 임금들이 덕을 닦고 인을 실행하는 일을 목덕(木德)에서 나왔다고 여겼으니 목덕을 곧 소목(蘇木)의 덕이다. 소목이란 풍도의 큰 근본이기 때문에 부소(扶蘇)라 한 것이다.

희경공(僖景公)이 일찍이 말하기를 부소는 곧 목근(木槿)이요 또한 화랑의 큰 근본이며 국가의 기초라 했다. 적제의 후손이 풍(風), 강(姜), 희(姬), 기(己) 등의 여러 성씨가 되었다. 적제의 61세손 태하공은 호는 곤오(昆吾 太夏公의 애초에 봉한 땅의 이름, 북경부근) 휘는 풍(豊)이니 기씨를 소(蘇)로 고쳤다

태하공의 행적은 국내에서 유명한 집안이 되었으니 덕이 후하면 그 결과가 빛나는 것을 경험할 수 있다. 위 사실(史實)은 환국사(桓國史) 조선비사(朝鮮秘詞) 태백사(太白史) 태백유기(太白遺記) 조대기(朝代記) 태변설지 공기(太辯說誌 公記) 표훈천사도증기(表訓天詞道證記) 신지비사(神智秘詞) 동천록(動天錄) 지화록(地華錄) 통천록(通天錄) 등의 책에 자세히 실려 있다. 3319년 전에 태하공이 서숙신(西肅愼)으로부터 나와 동숙신으로 들어가 소에 봉해져 하백(河伯)이 되었다. 하백이라고도 하며 성을 소로 고쳤다.

남유소국주(南有蘇國主)가 되어 소성(蘇城)에 도읍하였으니 곧 부소갑(扶蘇岬)이요 혹 비서갑(非西岬)이라고도 한다. 후손이 계속 대를 이으니 51대 1천여 년이 되었다. 태하공의 셋째 아들 휘 흘(紇)이 요제(堯帝)에게 벼슬하여 소에 봉하여져 서소국주(西蘇國主)가 되었다. 그 지역은 기주(冀州)인 전욱(顓頊)의 옛 땅이니

지금의 업서(鄴西)이다.

후손이 계속 이으니 연대는 39대 5000여 년이었다. 태하공의 10대손 휘 계(繼)가 후소국주(後蘇國主)가 되었으며 역시 기주의 소성에 도읍하였으니 지금의 하남(河南) 제원현(濟原縣)이다. 후손이 계속 이으니 63대요 전후 합하여 1200여년 이었다. 태하공의 70세손 휘 백손(伯孫)이 천하가 크게 혼란하기 때문에 임진년 봄에 조선(朝鮮)에서 나와 진지(辰地)로 이사하여 후진한주(後辰韓主)가 되었다.

경주에 도읍하여 육대족(六大族)을 통솔하였으니 그 하나가 육촌(六村)이요 그밖에 여러 읍과 부락이 있었다. 휘 백손의 임금의 호칭은 도리(都利)요 그 뒤에 진공(辰公)이라 했다. 공의 5세손인 백공(白公)의 휘는 벌(伐)이다. 임자년 3월 1일에 벌공이 양산(楊山)에서 불구내(弗矩內)를 얻었다.

갑자에 백공이 불구내에게 박씨란 성을 주고 세워 임금으로 삼고 국호를 서라벌이라 했으며 불구내는 혹 혁거세라고도 했다. 진공이래 그치지 않고 계속 번성하였으며 훌륭한 인물과 덕망있는 사람이 대대로 그치지 않고 나와 끝이 없었으니 이 어찌 까닭이 없겠는가? 신라 시대에 명상(名相) 8명 명장(名將) 20명 절신(節臣)4명 도학자(道學者) 15명이 나왔다.

이런 뒤에 우리 소씨의 문중이 모름지기 남도 제일의 씨족이 되었다. 아! 슬프도다 신라가 망한 뒤에 원수 왕봉규(王逢規)의 만행으로 소씨의 역대문헌이 전화에 타버렸고 대대로 전해오던 신성한 족보가 진흙탕에 버려지게 되었다. 이제 없어진 편(編)을 연속해서 쓰지만 성스러운 조상들의 업적을 자세히 알 수 없으니 슬프다.

그러나 아직 구보(舊譜)가 있어 현문(玄文 : 옛날에 있었다는 우리 고유문자 楔形文字)으로 지은 남도가승(南塗家乘)이라하여 일찍이 이것을 도사곡(塗斯谷)의 종가에 보관했다. 어느 한 종파에서는 향찰(鄕札 : 이두)로 족보를 만들어 역시 집안에 보관 했다. 그러나 이것들은 한사람 한가정의 일이기 때문에 서로 일치하지 안했다.

　여러 어른들께서 말씀 하시기를 이 가승이 전해지면 뒷날에 큰 근심이 생기게 될 것이다. 이 때문에 오늘날 여러 집안에 남아있는 문헌을 널리 조사하고 계림지(鷄林誌) 계림유고(鷄林遺稿) 국사(國史)를 조사한 뒤에 마땅히 바로잡아야 한다. 그렇지 않으면 보사(譜事)를 지연시켰다는 책임을 실로 면하기 어렵다.

　지난 신축년 봄에 조카인 대장군격달(大將軍格達)이 족보 편수를 거론하였으나 그 당시 집안 의논이 동일하지 못하여 지연되고 시작하지 못했다. 족보 편수라는 한가지 생각이 항상 남아 마음속을 왕래하곤 했다. 계묘년 가을 백공 향사일에 재론하니 그 서식이 서로 같지 안했다. 경주사는 종인 인 낭중강우(郞中康雨)는 한문으로 족보를 편수해야 한다 했다. 반면 진주인 종인 인 족조(族祖) 좌승백영(左丞百榮)은 이두(吏讀)로 족보를 편수해야 한다 했다. 때문에 의견에 일치에 도달하지 못했다.

　다행이도 갑진년 봄 진공 향사일 나는 비장한 마음으로 보사를 스스로 담당했다. 집안 어른들에게 물어 여러의견을 종합하니 중간에 비록 갑론을박이 많았으나 결국은 현문으로 족보를 편수하기로 의견이 모아졌다. 갑진년 여름 보사가 완성되니 실로 하늘에 계신 조상의 영령이 암암리에 도와서 이루어진 것이다, 문중에서 족보편수하는 중대한 일을 대장군 격달에게 명령했다. 그가 굳이 사양하며 말하기를 나는 덕이 없으니 큰 책임을 맡는 것은 불가능하다.

그러나 문중에서 재차 명령하여 모든 일을 주관케 했다. 하나 여러 종파 가운데 의견이 맞지 않아 수단(收單)을 내지 않는 곳이 많으니 종족을 수합하는데에 유감이 없지 않다. 그러나 이제 이 일을 완성할 수 있는 것은 역시 조상들이 크게도와 이루어진 것이다. 보잘 것 없는 내가 이 일에 외람되게도 참여 하였으니 어찌 도움이 되겠는가? 그러나 아름다운 덕을 좋아하는 것은 사람이 태어날 때 받은 떳떳함이다. 이에 이 일이 순조롭게 완성된 것을 감탄하며 여러 일가들과 함께 기뻐하는 것이다. 족보를 편수 하는 동안에 책머리에 나로 하여금 한마디를 싣게 한다고 했다. 사양하지 못하여 지내온 평범한 이야기로 보잘 것 없는 속마음을 대략 서술하노라.

정미(丁未) 3월 3일 진공(辰公) 38대손 문(汶)은 삼가 서문을 지음 (서기 947년)

경신(庚申) 봄 상대등공(上大等公) 24대손 약우(若雨)는 이를 번역함(서기 1276년)

갑오년(甲午年 : 서기 2014년) 봄이다. 적제축융(赤帝祝融) 61세손인 태하공(太夏公 諱 昆吾)께서는 조조(肇祖)이시요, 69세손인 진한왕 소백손공은(辰韓王 蘇伯孫公)은 비조(鼻祖)이시다. 그

분의 5세손이 신라창건 6촌장인 소벌도리(蘇伐都利 : 蘇伐公)는 현조(顯祖 : 蘇伐公 文烈王)이시다. 그 분의 25세손인 신라의 상대등(上大等 : 현국무총리) 소알천공(蘇閼川公 : 慶公)이 중시조다. 그 분의 참판공파(參判公派) 44세손 진섭(鎭燮 雅號 竹樓)이 조상의 얼을 되새겨 소벌도리 (蘇伐都利, 蘇伐公 2014년)와 신라의 상대등 소알천(新羅의 上大等 蘇閼川 2013년)의 장편 소설을 각각 상재하였음을 동근보서 후미에 기록함

(한문원문)

東槿譜序

民族卽時 族也乃氏 族卽血統故 譜者血統之記 錄乃氏族史也國歌 有國史故其民族永世不 滅而門中有族譜故 己氏族永 世不絶己可以 繼代 而未知其 所終極是 故以族譜 爲龜鑑辯昭 穆明派系主親睦譜 例之正也 嚴名分 審褒貶勸忠孝 法之美也 此國史相 表裡焉유吾蘇 氏 赤帝之後孫 也五千百有八十八年前己卯夏 祝融氏代 葛天之世而 爲帝種蘇於 桓國疆域又聽 鳴作樂鳥 跡造玄文以蘇紀 德敎尙風道干 民以蘇爲姓 故也謹按古 之人君以 修德行仁之事 自出木德木德 卽 蘇木之德也

蘇木者風道之大 本故曰扶蘇 僖景公嘗曰 扶蘇卽木槿也 又花郞 之大本 乃國之基礎也 赤帝之後孫爲風姜姬己等 諸姓 至赤帝之 六 十一世 孫太夏公號 昆吾諱豊本姓己改蘇則 赤帝及太夏公 之行蹟爲 國 名伐可驗德厚而流光 也此史實詳 載桓國史 朝鮮秘詞太白史 太 白遺記朝代 記太辯說誌 公記表訓 天詞道證記 神智秘詞動天 錄地

華錄通 天錄等諸書堂 三千三百有三十九年前 有太夏公自出西肅愼

人於東肅愼封於 蘇爲河伯一作 夏伯改姓蘇 當南有蘇國 主邑於 蘇

姓卽 扶蘇岬一作 非西岬後孫繼出凡五十一代

壽一千餘歲 太夏公三子 諱紇仕於帝 堯封於蘇 爲西蘇國主 則其

地翼州 瑞玉之墟 今鄴西後 孫繼出凡三十九代壽 五百餘歲 太夏公

之十世孫 諱繼爲後蘇國主邑赤翼州 之蘇城今河 南濟原縣後孫 繼出

凡六十三代 壽前後合一 千二百餘世 太夏公之七十世 孫諱伯孫 天

下大亂故任辰春自出朝鮮 移辰地爲 後辰韓主邑 於慶州領 六大族日

日 六村其外有多邑

落諱伯孫之君名日都利後日 辰公公之五世 孫白公諱伐歲 壬子三

月初一日伐公得弗矩內 於楊山甲子白公賜姓朴於弗 矩內立以爲君

國號徐羅伐弗矩內 一作日 赫居世 自辰公以來 綿延蕃衍巨人 長德

代不 乏書未知其 所終極此豈 無所自來耶 當新羅時名相入 名將有

二十節 臣有四道學者 有十五然後 吾蘇之門 須爲南道甲族也鳴呼

羅代喪亡之餘 有仇驪王 規之蠻行 蘇氏歷代典籍 燼乎原燎 世傳聖

譜委

於泥塗今 也續寫亡篇不可 詳知聖祖之 蹟悲夫然舊譜 尙有則初作

玄文日南塗家乘 嘗此家乘奉藏干塗斯谷 宗家一派以鄕 札作譜亦藏

干家然此出 於一人一家之 事故不相一致 也長老僉尊日斯家乘 誤傳

則後日逢大患於 是今日博攷諸家殘 文獻按鶴林 遺稿 國乘然後當正

之不然譜事 稽緩之責實 所難免往在辛 丑春姪大將軍格達以修譜 發

論而其時門 議不日還延

未就一念常存 往來干中癸卯 秋白公享祀日 再論則其書 式不相同

慶州 宗人郎中康雨 日漢文修譜 余姪大將軍格達 玄文修譜晉 州宗

人族祖 左丞百榮曰 吏讀修譜 故終不得歸一 何幸甲辰春辰 公享祀
日余慨 然以譜事 自擔詢于門中長老議論 聚合中路雖多 甲乙之論而
終 得歸玄文修譜 至甲辰夏工告 訖則實賴 祖宗在天之靈冥冥黙佑
成也 門中命重大之

　役於大將軍 格達彼固讓曰余無 德矣不可負 大任然門中 再命都主
事 焉雖諸派中 以意不合多

　不入單收 族上不無 遺憾然今也可 以成事是亦祖 宗之大佑而成 也
余之無 以者猥叅斯役而 豈曰有補哉 然好是懿 德人之秉분취於 是
愼歎斯 役之順成而 與僉宗同 爲欣忭者也 譜役中俾余置 一言於首
不獲以經歷之常 談略敍微哀于 編首云

　丁未三月初三日　辰公 三十八代孫 汶 謹序
　　（서기 947년）
　庚申春 上大等公 二十四代孫 若雨譯此
　　（서기 1276년）

4. 서풍보서(瑞風譜序) 번역문(飜譯文)(족보 167쪽)

　나무는 뿌리로부터 줄기가 생기고 줄기로부터 가지가 생겨 수
많은 가지가 무궁하게 뻗어나간다. 인간의 씨족은 그 처음에는
한 사람이었지만 그 자손을 수억에 이르게 한다. 우리 진주 소씨
는 진공(辰公) 이래로 끊이지 않고 계속 번성하여 자손이 매우 많
아졌다. 동근보를 편수할 때에는 2만여명 이었는데 지금 족보에

는 무려 7만여명이 되었으니, 어찌 그 유래한 바가 없겠는가? 적제(赤帝)와 태하공(太夏公)의 풍류(風流) 명성(名聲) 진공(辰公)과 백공(白公)의 창업(創業), 상대등공(上大等公)과 네 정승(政丞)의 나라를 다스린 위대한 업적을 남겼으며, 휘 고구(高矩) 자구(自矩) 형제에서부터 대아찬 광종(大阿湌 光宗)과 아찬 휴곤(阿昆 休昆) 부자등 여러 장수들이 나라를 위하여 충성을 바쳐 세운 절개 구대에 걸친 구장군(九將軍)이 영원히 잊을 수 없는 충혼(忠魂), 도독목(都督穆)등 삼대의 문장(文章) 모은공(慕隱公)의 지성스런 효성으로 인한 미물(微物)을 감동시킨 것과 그 모자(母子)의 크나큰 업적, 순산공(舜山公)과 강주공(江舟公)의 덕행(德行)과 연원(淵源) 등이 대대로 배출되었다. 이분들이 국사(國史)에 실려 소씨문중을 빛내어 국내의 유명한 집안이 되었다. 소씨의 남도가승보(南塗家乘譜)는 산사(山史) 휘 노흔공(老欣公)이 처음 만들었고 대대로 계속 편수했다. 근래 정미년(丁未年)에 이르러 강평공 벽상삼한공신 대장군 증태부 격달(康平公壁上三韓功臣大將軍贈太傅格達)이 역시 연속해서 편수하니 모두 몇차례가 되었다. 정미년의 동근보(東槿譜)는 곧 대동보(大同譜)이다.

이하 중략

이 편수사업에 이두를 달고 교정한 분은 김해의 대정(大定)이요, 정서주감(精書主監)은 진주의 처사(處士)인 윤교(允敎), 진주의 제주세량(祭酒世亮) 평산의 소감규보(少監揆輔)요, 주재(主財)는 진주의 상서세연(尙書世淵) 진주의 처사 홍교(弘敎) 김해의 생원 장헌(生員長憲)이다. 이분들과 위원 일가들의 노고는 특별히 표창하지 않을 수 없다. 때문에 위원록을 첨부하여 조상을 받들고 후손 등에게 좋은 유산을 물려주는 그정성과 근면함을 표시한다. 나는 진실로 배운것도 없고 재능도 없으나 위정공(威靜公)의 외손이기 때문에 이에 서문(序文)을 쓰노라.

계미년 가을 十월 七 일에 국자학박사 김록(國子·學博士金錄)은 삼가 서문을 지음

　　(瑞風譜序 原文 省略)

5. 부소보서(부소보서) 번역문(번역문)족보 172쪽

우리 소씨의 유구한 역사는 우리 나라의 역사와 같다. 일찍부터 집안에 족보가 있어 후손들이 조상의 계통을 알 수 있었다. 우리 소씨는 구두씨(九頭氏)의 후손인 적제(赤帝)에서 나왔다. 상대등공(上大等公)이 먼저 말하기를 옛날 적제(赤帝)가 있었으니 휘는 복해(復解)요 호는 축융(祝融)이다. 환국(桓國)의 제(帝)가 되어 기묘년에 개국하여 풍주(風州)의 배곡(倍谷)에 도읍을 정하였었다. 조이(鳥吏)의 딸 항영(姮英)과 결혼하여 황후로 삼았으며 9명의 아들을 낳아 구주(九州)에 봉(封)한 뒤로 그 후손들이 이곳에 살고 있었다. 적제인 축융의 십세손인 화인(和仁)이 조이(鳥吏)의 딸 여서(女瑞)와 결혼하여 황후로 삼았다. 아들 둘을 낳았으니 큰 아들은 호(昊)이니 뒤에 적제부통(赤帝扶統)이 되었고 작은 아들은 밀유(密由)이다. 환국사(桓國史)에 작제부통 삼십일년에 동생 밀유

로 하여금 서역(西域)으로 옮기도록 명령하고 곧 그 곳에 봉해 주었으니 이분이 동막(東莫-옛 나라 이름)의 조상이다. 동막은 수미을(須美乙 근동의 수메르)이라고도 하니 새로운 나라라는 뜻이다. 적제 위홍(衛弘) 때에 사천여리 남쪽으로 이동하여 청원(靑原)에 도읍하였다. 이는 현재의 신정(新鄭) 이니 옛날 축융(祝融)의 유허지(遺墟地)였다. 축융의 이십구세손 휘 강희(强熙)가 동부왕(東府王)이 되었으니 그를 봉한 곳은 화서(華胥)이다.

일천삼백여년 뒤에 태하공(太夏公)이 나왔으니 축융의 육십일세손이요 그가 곧 풍이인(風夷人)이다. 태하공이 처음엔 난하(灤河)에 살다가 숙신(肅愼)의 홍제(洪帝) 때에 불함산(弗咸山 現 白頭山) 북쪽으로 들어가 그곳에 그대로 봉해졌으니 나라의 이름은 유소(有蘇)이다. 삼개가 있으니 그 하나는 북소(北蘇)이며 곧 축융이 처음 도읍했던 배곡(倍谷)이다.

둘째는 남소(南蘇)이니 곧 태하공(太夏公)을 처음 봉했던 부소갑(扶蘇岬)이다. 셋째는 서소(西蘇)이니 태하공의 셋째 아들이 휘 흘(紇)을 봉했던 하남(河南)의 업서성(鄴西城)이다. 그 밖의 또 하나는 후소(後蘇)이니 태하공 십세손 휘 계(繼)를 봉했던 제원(濟原)이다. 이를 모두합하면 넷이 된다. 그러나 후소(後蘇)는 곧 서소의 후손이다. 이 때문에 역사에는 북소 남소 서소를 삼소(三蘇)라 했다.

처음 축융이 삼소를 건설한 것은 국내에 소(蘇)를 심은 뒤에 국가는 태평하고 백성은 편안하게 된 때문이다. 신지(神智)는 말하기를 소의 덕 때문에 국가가 태평하고 백성들이 편안하게 되었으니 나라에 삼소가 있게 된 것은 이런 까닭이다. 삼소란 풍도(風道)

의 기강(紀綱)과 같고 삼한(三韓)이란 삼소와 근원이 같다. 처음엔 삼소를 적제의 삼소라 불렀으며 뒤에는 북소 남소 서소를 남소 서소 후소라 고쳐 불렀다.

그 이천일백여년 뒤에 태하공의 칠십세손 진공(辰公) 휘 백손(伯孫)이 남쪽 경주(慶州)로 옮겨 후진한주(後辰韓主)가 되었으며 그 뒤 이십팔대 동안 살았었다. 진공의 이십구세손 휘 경(慶)이 상대 등이 되어 경신년 봄 삼월 삼일에 진주(晉州)의 도사곡(塗斯谷)으로 이사하여 진주 소씨의 시조가 되었고 그 뒤 육대 동안 이곳에서 살았었다.

이하중략

0. 조이(鳥夷)의 딸 항영(姮英) 적제와 혼인
  여서(女瑞) 적제 축융의 10세손 화인이 조
  이의 딸 여서와 결혼

(계속) : 그러나 북몽(北夢)의 난리 이후에 후손이 없는 파(派)는 삭제하고 편집하였다. 때문에 지금은 십파가 되었고 족보는 상 중 하의 삼책 십이편이 되었으니 진주 칠파 김해 이파 평산(平山)일 파이다. 옛날 신지(神智)가 환국사(桓國史)를 지었을 때 역대 사관(史官)이 많이 이용하였었다. 이 뒤로는 이것을 진주소씨의 역사 라 하여 훌륭한 사관들이 인용하게 된다 할지라도 족하다 하겠다.

경신(庚申) 봄 오월 오일 진공(辰公)의 오십이대손 정(靖은 삼가

씀)(한문 번역문 생략)

6. 구인사기초(九印祠記抄) 번역문(飜譯文)

구인사(九印祠)란 곧 9대에 걸친 장군 9명의 정려(旌閭)이다. 일찍이 구치몽(九豸夢)에 백공(白公)이 말하기를 청강(菁江)에 감나무(柿)가 있는데 그 가지가 9개이다. 후일에 큰 감이 가지마다 열릴 것이며 감이 열릴 때마다 장군이 나오게 될 것이다. 후일에 삼소(三蘇)를 계승하라는 가르침이 있을 것이요. 그 곳에 글씨가 새겨진 그릇 조각이 나오면 마땅히 네가 그곳으로 이사하여 살아야 한다 했다.

무오년 가을 남강(南江) 위에 이르러 보니 감나무가 있는데 그 가지가 9개였다. 때문에 감나무 아래를 파보니 일개의 글씨가 새겨진 그릇 조각이 나왔다. 자세히 보니 구치(九豸)가 날 땅이니 반드시 후세에 이십명이 계속 나와 장수와 재상이 먼 훗날까지 나올 것이다. 라는 내용이 그릇에 새겨져 있었다. 경신년(庚申年) 봄 삼월삼일 구시동(九柿洞)으로 이사하니 후일에는 도사곡(塗斯谷)이라 했고 혹 소경동(蘇慶洞)이라고도 했다.

상대등공(上大等公)이 휘 노흔(老欣)을 낳았고 노흔의 큰 아들 휘 복서(福瑞)가 신유년 일월 십일에 태어나 정축년 사월에 국선(國仙_花郎)이 되었다. 기묘년 삼월에 탐라(耽羅)를 공격할 때에 공을 세워 시과(柿果 - 감이 열리면 장군이 나온다는 꿈의 내용)의 덕택으로 병신년에 청주총관(菁州摠管)이 되었다. 정미년 일월에 굶주리는 사람들에게 식량을 나누어 주었으며 임오년 구월 십구일에 배(配)는 대아찬 김은구(大阿飡金隱九)의 딸인 현효부인(玄孝夫人)이다.

복서 큰아들의 휘는 억자(億滋)이다. 기묘년 삼월 구일에 태어나 무신년 칠월에 국선이 되었으며 시과(滄果)의 덕택으로 신해년에 한주총관(漢州摠管)이 되었다. 을축년 사월에 사신으로 발해에 들어갔으며 기묘년 십이월 이일에 별세했다. 배는 중시원훈(中侍元訓)의 딸인 대희부인(大熙夫人)이다. 억자의 셋째 아들은 후준(後俊)이니 경술년 이월 이십일에 태어나 정묘년 팔월에 국선이 되었다. 시과의 덕으로 정축년에 상주총관(尙州摠管)이 되었고 기축년에 천문박사(天文博士)가 되었으며 경진년 팔월 팔일에 별세했다. 배는 상대등배부(上大等裵賦)의 딸인 선촌부인(仙村夫人)이다

후준(後俊)의 큰 아들의 휘는 검백(劍白)이니 임오년 일월일일에 태어나 경자년 삼월에 국선이 되었다. 을묘년에 이찬 김은거(伊飡金隱居)의 난을 평정했으며 을묘년 팔월에 이찬 시중염정문(伊飡侍中廉正門)의 난을 평정했다. 시과의 덕으로 경오년에 웅주도독(雄州都督)이 되었으며 경술년 십월 이십일일에 별세했다. 배는 시중김유정(侍中金惟正)의 딸인 유천부인(裕川夫人)이다.

검백의 큰 아들의 휘는 상영(尙榮)이다. 을묘년 오월오일에 태어나 경오년 구월에 국선이 되었으며 경자년에 사신(使臣)으로써 당(唐)에 들어갔으며 시과의 덕으로 신축년에 청주도독(菁州都督)이 되었다.그러나 그 때에 큰 가뭄이 들었고 임진년에 김헌창(金憲昌)의 난이 일어나 추화현(推火縣)으로 피했었다. 을사년 시월 팔일에 청주도독을 사임한 뒤에 남곡(南谷)으로 이사했으니 지금의 소촌(蘇村)이다. 을축년 칠월칠일에 별세했다. 배는 시중차주원

(侍中車周元)의 딸인 백죽부인(白竹夫人)이다.

상영(尚榮)의 큰 아들 휘 목(穆)은 경진년십일월 십삼일에 태어났다. 병신년 사월에 국선이 되었고 무오년에 김양(金陽)의 난을 평정하였으며 시과의 덕으로 임오년에 청주도독(菁州都督)이 되었다. 공이 문장에 능란하였기 때문에 여러 가지 책을 지었으나 역대제왕고(歷代帝王攷) 풍류사(風流史) 유소국사(有蘇國史) 유당견문기(有唐見聞記) 동이씨족원류(東夷氏族源流) 등이 공의 저서이다. 경인년 십일월 이십일에 별세했다. 배는 이숭정(李崇正)의 딸인 계월부인(桂月夫人)이다.

목(穆)의 둘째 아들 휘는 은(恩)이니 정미년 십이 월 십일에 태어났다. 을축년 사월에 국선이 되었고 경신년에 당(唐)에 유학하였다. 시과의 덕으로 경오년에 웅주도독이 되었고 을사년에 두 번째로 당에 유학하였다. 공이 문장을 잘하여 여러 가지 책을 지엇으니 곧 진한세가(辰韓世家), 삼소변설(三蘇辯說), 동이풍속고(東夷風俗考), 동이성씨고(東夷姓氏攷), 신라명벌록(新羅名閥錄) 문집 구편 등이 저서이다. 무신년 삼월 이십구일에 별세했다. 배는 대아찬 최귀(大阿湌崔貴)의 딸인 송로부인(松路夫人)이다.

은(恩)의 둘째 아들 휘 송(淞)은 기묘년 십월 이일에 태어났고 정유년 9월에 국선이 되었으며 시과(柿果)의 덕으로 을사년에 강주도독(康州都督)이 되었다. 기유년에 도적 개훤(介萱)의 난을 평정하였으며 경술년 십일월 십팔일에 별세했다. 배는 시중 김윤한(侍中金允漢)의 딸인 정효부인(正孝夫人)이다. 송(淞)의 장자 휘 격달(格達)은 신해년 사월십사일에 태어났고 갑술년 유월에 국선이 되었으며 병자년 구월에 지리산 아래에 고소산성(姑蘇山城)을 쌓았다. 시과의 덕으로 병자년에 하동태수(河東太守)가 되었으며 계미년 유월십일에 별세하였다. 배는 거창태수(居昌太守)인 한기열(韓基熱)의 딸 화영부인(和英夫人)이다. 예종(睿宗) 육년 신묘년 봄에 구인사(九印祠)를 소촌(蘇村)에 짓도록 나라에서 명했다. 이상은 구인사지(九印祠志)와 구장지(九將志)에 자세히 나온다.

(구인사 기초 한문 번역문은 생략한다)
　　　서기 0000 년

7. 낭렬사기초(郎烈祠記抄) 번역문(飜譯文)

낭렬사(郎烈祠)는 곧 휘 격달(格達) 모자(母子)의 정려(旌閭)이다. 격달은 상대등공(上大等公)의 십일세손이니 호는 모은(慕隱)이요 자는 유달(有達)이다. 신해년 사월 십사일에 태어났다. 부(父)의 휘는 송(淞)이니 강주도독(康州都督)이다. 당시 집안에 재산이 많기 때문에 왕봉규(王逢規)가 이것을 탐내어 차윤웅(車閏雄) 그의 아들 일강(一康)과 함께 모의(謀議)했다. 그런 뒤에 차윤웅이 거짓으로 강주(康州)의 주조(州助)가 되었다.

이 때문에 윤웅의 세력이 날로 더욱 강성해졌다. 윤웅 역시 재산이 있었기 때문에 왕봉규에게 재물을 주어 지리산 속에서 사병(私兵)을 양성하였다. 경술년 십일월에 진주성(晉州城)을 몰래 침입한 뒤에 강주도독 송과 막장천선(幕將川宣)을 죽이고 옥산교(玉山教)가 소씨를 멸절시킨다고 했다. 정효부인(正孝夫人) 경주김씨

(慶州金氏)는 지리산 쪽으로 피신하였고 왕봉규는 김씨의 시비(侍婢)를 정효부인으로 착각하고 이를 납치하여 지리산으로 들어갔다.

그후 시비는 집으로 돌아와 정효부인으로부터 송(淞)의 유복자(遺腹子)를 받아 왕봉규의 아들이라 하고 길렀다. 이때 조모(祖母)인 송로부인(松路夫人) 최씨가 남장(男裝)을 하고서 구시동(九柿洞)의 종가에 피신하고 있었다. 이때 윤웅이 강주도독이 되어 주조(州助)인 왕봉규를 명령하기 때문에 송로부인 최씨는 종으로 행세하며 신분을 숨겼다. 정효부인은 신해년에 격달을 낳았으니 곧 송(淞)의 유복자이다.

격달이 성장한 뒤에 송로부인의 말씀을 달성하기 위하여 병자년 구월에 지리산 아래에 산성(山城)을 증축하였고 뒤에 하동태수(河東太守)가 되었으니 지금 고소산성(姑蘇山城)이다. 정효부인이 이를 본 뒤에 왕봉규의 만행을 말씀할 때 왕봉규가 정효부인을 쳐죽였다. 여기서 공이 고숙(姑叔)인 최유문(崔有文)과 함께 강주 서부 일대를 점령하고 원서(元瑞) 이중인(李重仁) 안유생(安有生) 박옥헌(朴玉憲) 김수봉(金秀峰) 등 여러 장수들과 함께 윤웅 일당에 항거하였다.

이때 여러 태수(太守)들이 호응했으니 남해태수 손평조(孫平朝) 고성태수 박명훤(朴命萱) 함안태수 윤선(胤宣) 거제태수 낙창(落昌) 천령태수 배한내(裵韓乃) 등 오명의 태수였다. 을유년에 공의 태수병(太守兵)이 거창을 포위하였다. 한밤중에 거창태수 한기열(韓基烈)이 태수의 잠자리에 들어와 귀에다 대고 속삭인 뒤에 윤웅을 거창에서 죽이니 때마침 견훤(甄萱)이 거창을 공격하고 있었다. 그 뒤 한기열의 딸 화영부인(和英夫人)에게 장가들었다.

그 뒤 왕봉규가 강주도독이 되었기 때문에 형세가 어쩔 수 없게 되었다. 병술년 봄에 그 관할지역과 군사 일천명을 거느리고 고려에 부속되었고 그 뒤 대장군이 되었다. 정해년 사월에 태조(太祖)가 강주를 공격하기 때문에 나가 싸우다가 왕봉규를 죽였다. 그 뒤 송로부인이 말하기를 구시목(九柿木)이 이미 죽어버렸다. 신라의 운도 또한 다하게 되었으니 고려에 들어가 벼슬해야만 소씨문중을 계속 이어나갈 수 있다고 했다.

그 뒤에 공이 강주도독의 자리를 고숙(姑叔)에게 권했다. 그 뒤 갑오년에 태조가 운주(運州)를 공격할 때에 공로가 있었기 때문에 병신년에 벽상삼한공신(壁上三韓功臣)이 되었다. 을사년 왕봉규의 난 이후에 시골로 내려와 소촌(蘇村)에 살다가 계미년 유월 십일에 별세하였다. 문종 십일년 정유에 태부(太傅)를 증직받았고 시호(諡號)는 강평(康平)이다. 숙종 칠년 임오의 여름에 증산산성(增山山城) 아래에 낭렬사(郎烈祠)를 짓도록 조정의 명령이 내렸다.

이상은 구인사지(九印祠志)와 구장지(九裝志)에 자세히 나온다
서기 0000 년
(한문번역문 생략)

8. 진주가보(晉州家譜)

현파가승(玄坡家乘)

－시조(始祖)부터 27세 천(遷)공까지－

崇錄大夫 莊敏公 蘇億民 撰
(숭록대부 소억민 찬)
玄坡 蘇致善 增補 手錄
(현파 소치선 수록)

時隱 蘇秉昌 . 奭廈 蘇在鶴 謹譯
시은 소병창 . 석하 소재학 근역

〈일러두기〉

1. 현파가승(玄坡家乘)과 진주가보(晉州家譜)

현파가승은 숭록대부 중추부판사(崇錄大夫中樞府判事)를 지내
신 시호 장민(莊敏) 휘(諱) 억민(億民) 공께서 1624년에 시조 알천
(閼川) 공부터 36세 우영(于永) 공까지의 내용을 기록하여 발간하
신 진주가보를 원본으로 삼아 1911년에 현파 소치선(蘇致善) 공
께서 36세 응장(應章) 공부터 의 파보(派譜 : 상원파) 내용을 추가
하여 기록한 수록(手錄)이다. 그렇기에 현파가승은 진주가보의 증
보판이며, 본 회지의 시조 알천 공부터 27세 천(遷) 공까지에 대한

원문과 번역내용은 진주가보의 내용이다.

2.현파가승 원문의 진주가보에 대한 내용(36세우영 (于永)공 다음

以上晉州家譜所錄卽 天啓三年甲子崇錄大夫 中樞府判事 諱億民 始撰行焉

(이상진주가보소록즉 천계삼년갑자숭록대부 중추부판사 휘억 민 시찬행언)

(해석)이상은 진주가보에 기록되어 있는바 이것은 천계삼년 갑 자(甲子:1624년) 에 숭록대부 중추부판사 억민공께서 처음 편찬 하신 것이다.

3.진주가보(晉州家譜)저자 시호 장민공(莊敏公) 휘 (諱) 억민(億民)

34세 억민공은 1572년에 출생하셨으며 기축(己丑)에 무과(武 科) 훈련원봉사(訓練院奉事)로 출사하시어 인조(仁祖) 갑자(1624 년)에 숭록대부 중추부판사가 되셨으며 1644년 73세에 돌아가셨 으니 시호는 장민이다. 1624년에 진주가보를 편찬하셨으며 의병 (義兵) 활동 등 사적이 상원읍지(祥原邑誌), 평안도지(平安道誌), 평양지(平壤誌), 조선상현록(朝鮮尙賢錄) 등에 기록되어 있다.

4. 번역에 따른 일러두기

- 가급적 원문 그대로를 번역하였으며 보완이나 추가설명은 하단에 주를 달았다.
- 이해를 돕기 위해 각 선조들의 휘(諱) 옆에 세(世)를 명기하였다.
- 각 선조들의 생(生), 졸(卒) 등 주요 행적의 간지(干支) 표기에 연도를 삽입하였다.
- 원문 오류에 대하여 하단 주석을 통하여 바로잡고 경위를 설명해 놓았다.

*번역을 해주신 저명한 학자이시며 대종회 부회장 겸 익산 차종회 고문 소병창(蘇秉昌)님과 소재학(蘇在鶴) 미래예측학박사(未來豫測學博士)님 내용을 감수(修)해 주신 대종회 고문 소병석(蘇秉石)님께 깊은 감사를 드립니다.

玄坡家乘

( )彼稽諸往而考諸後 慮患之( )未詳且密矣
( )피계제왕이고제후 려환지( )미상차밀의
( )저 지나간 일을 상고하고 뒷날을 고찰하니 염려스럽고 걱정스러우며 상세하거나 세밀하지 못하다.
此非全族通譜 乃吾家派之家乘也
차비전족통보 내오가파지가승야

이것은 일가들에 통용되는 족보가 아니라 우리 집 파(派)의 가승보이다.

蓋蘇之爲氏 出於高墟村長諱伐時 而至始祖角干公

개소지위씨 출어고허촌장휘벌시 이지시조각간공

대저 소(蘇)가 성씨(氏－남자의 혈통)으로 성립된 것은 고허촌장휘 벌공(伐公)때로부터 시작되어 시조 각간공에 이르기까지이다.

期間世次無傳 則莫能詳載也

기간세차무전 칙막능상재야

그 사이에 세차(世次)는 전황이 없어서 상세하게 기재(記載)할 수가 없다.

且後裔一派云以朴爲姓 一派以崔爲姓 而亦久遠未攷 并此記疑 以俟博考

차후예일파운이박위성 일파이최위성 이역구원미고 병차기의 이사박고

또한 후손 중 일파는 박씨(朴氏)로 성을 삼았다 하고, 또 일파는 최씨(崔氏) 성이 되었다 하는데, 이 또한 오래된 과거(久遠)로 고찰할 수 없어서 아울러 의심나는 것을 기재하니, 널리 고찰하여 밝히길 기대한다.

十代祖 諱應璋 出自祥原德洞 移居 金川午峯

십대조 휘 응장은 상원의 덕동에서 태어나시어 금천의 오봉으로 이사했다.

其後 不運又徙金川秀龍山 金川眉山里 又密陽

기후 불운우사금천수용산 금천미산리 우밀양

그후 불운하여 꼬 금천수룡산으로, 금천 미산리로 이사하였고,

또 다시 밀양으로   이사하였다.

晉州家譜 生員奎淳氏所藏 而本純祖 庚辰秋

(진주가보 생원규순씨소장 이본순조 경진추)

진주가보(족보)는 생원 규순씨가 소장 하였는데, 본래는 순조 경진(1820년) 가을의 것이었다.

移居晉州之後 親族各地散居 或金川 或密陽 或江華 或光陽 或通川 或長箭仍居北靑

(이거진주지후 친족각지산거 혹금천 혹밀양 혹강화 혹광양 혹통천 혹장전잉거북청)

진주로 이사한 후 친족들이 각지로 흩어져 살게 되었다. 혹은 금천 혹은 밀양 혹은 강화 혹은 광양 혹은 통천 혹은 장전에 이내 북청에 까지 살게 되어

不知生死 以本家乘 先祖所業 欲傳後者焉

(부지생사 이본가승 선조소업 욕전후자언)

생사를 알지 못함으로 본 가승으로써 선조의 소업을 기록하여 후자에게 전하고자 함이다.

辛亥春 後孫 致善謹

(신해춘 후손 치선근서)

신해(1911년) 봄 후손 삼가 적어 올림

蘇伐

初 閼川楊山村 突山高墟村 茂山大樹村 觜山珍支村 金山加利村
明活山高耶村 是爲辰韓六部 民無君長 三日齋沐禱于天
(초 알천양산촌 돌산고허촌 무산대수촌 자산진지촌 금산가리촌
명활산고야촌 시위진한육부 민무군장 삼일제목도우천)

처음 알천 양산촌, 돌산고허촌, 무산 대수촌, 자산 진지촌, 금산
가리촌, 명활산 고야촌이 바로 진한의 여섯 부족인데 백성들이 임
금이 없으므로 삼일간 목욕재가하고 하늘에 기도하였다.

漢宣帝地節元年 有龍馬抱卵 而鳴於蘿井傍 蘇伐公割卵見之 有男
出於其中
(한선제지절원년 유용마포란 이명어라정방 소벌공할란견지 유
남출어기중)

중국 한나라 건제 지절원년(기원전 74년)에 용마가 알을 품고
나정 옆에서 울고있어 소벌공께서 알을 깨고 보니 그 안에서 남자
아이가 나왔다.

伐公 立而爲君 號居西干 國號徐羅伐 爲新羅始祖
(벌공 입이위군 호거서간 국호서라벌 위신라시조)

벌공께서 그를 세워 임금으로 삼아 거서간이라 부르고 국호를
서라벌이라 하여 신라의 시조가 되었다.

晉州 蘇氏

始祖 蘇慶 : 1世
(시조 소경 : 1세)

角干公有功 故武烈王三年丙辰 上封蘇伐公 文烈王

(각간공유공 고무열왕삼년병진 상봉소벌공 문열왕)

시조 소경

각간공의 공으로 인하여 무열왕 삼년 병진(서기 656년)에 임금께서 소벌공을 문열왕에 봉했다.

過年滿八旬 無一孫 其夜 先祖諱伐 現夢欣笑曰 若汝遷居塗斯谷 得九豸者

(과년만팔순 무일손 기야 선조휘벌 현몽흔소왈 약여천거도사곡 득구치자)

팔순이 넘도록 손자 하나가 없었는데 어느 날 밤에 선조 휘 벌공께서 꿈에 나타나 기쁘게 웃으면서 말씀하시길 '만약 네가 도사곡으로 이사를 하면 구치자(九將軍)을 얻을 것이다'. 라고 하였다.

公與玲何夫人 利雨夫人 異床同夢 咸甚寄之 歲庚申春三月初三日 移居塗斯谷 卽今 (공여영하부인 이우부인 이상동몽 합심기지 세경신춘삼월초삼일 이거도사곡 즉금

晉州蘇慶洞 或云猪洞

진주소경동 혹운저동)

공과 영아부인과 리우부인이 모두 다른 침상에서 잤지만 같은 꿈을 꾸어 모두 심히 기이한 일이라 하여 경신년(서기 660) 봄 삼월 초삼일 도사곡으로 이거하였으니 지금 진주 소경동이며 혹은 저동이라고도 한다.

事跡具載於晉州邑誌 墓在猪洞 壬坐

(사적구재어진주읍지 묘재저동 임좌)

이러한 사적이 모두 진주읍지에 실려 있으며, 묘는 저동에 있고 좌는임좌이다.

慶州蘇氏族譜云 角干公 蘇伐公之二十五世孫

(경주소씨족보운 각간공 소벌공지이십오세손)

경주소씨 족보에는 '각간공은 소벌공의 이십오세손'이라고 되어 있다.

配玲何夫人墓 在猪洞角干公之墓右下

(배영하부인묘 재거동각간공지묘우하)

배 영아부인 묘는 저동에 각간공의 묘 우측 아래에 있다.

慶 子 老欣 : 2世

(경 자 노흔 이세)

墓在先塋考之墓下 壬坐 配利雨夫人 自九豸夢之後 有胎氣生一貴男 兒名豸者 墓在

(묘재선영고지묘하 임좌 배리우부인 자구치몽지후 유태기생일귀남 아명치자 묘재

夫君之墓左 壬坐)

부군지묘좌 임좌

경의 아들 노흔 : 2세

묘는 선영(先塋 : 조상들의 묘가 있는 곳) 선고(先考 : 돌아가신 아버지)의 묘 아래에 있어 임좌이다. 배는 리우부인으로 구치몽이 있은 후부터 태기가 있어 귀한 사내를 하나 낳았는데 아명이 치자이다. 묘(墓: 리우부인)는 부군의 묘 좌측에 있어 임좌이다.

이하중략

乙卿 子 遷 : 27世

을경 자 천

生于 恭愍王元年壬辰 己酉文科壯元 司宰寺少尹 卒于本朝太祖丙
子 贈宗簿寺正 配

(생우 공민왕원년임진 기유문과장원 사재사소윤 졸우본조태조병
자 증종부사정 배

全州柳氏 父克剛 判事 祖濕 提學 墓合在全州其君谷

전주유씨 부극강 판사 조습 제학 묘합재전주기군곡)

을경의 둘째 아들 천(遷 : 27세)

공민왕 원년 임진(1352녀)에 탄생 하셨고 기유(1369년)에 문과
장원급제하여 관직은 사재시소윤이요 태조 병자(1396년)에 돌아
가셨으며 증직 종부사정(宗簿寺正)

이다. 배(配)는 전주류씨로 부(父)는 판사(判事) 극강(克剛)이요
조(祖)는 대제학(大提學) 습(濕)이며 묘는 합장으로 전주 기군곡
(其君谷)에 있다.

9. 氏族史 및 史料(32쪽)

蘇氏 系統圖

200대조 帝號 祝融. 名 : 復解(비시
4241년 桓國의 帝

191대조 제호 : 和仁.
190대 조 제호:적제 扶流. 名:昊 第二
密由(수메르조상이 됨)

赤帝祝融의 61世孫

140대조 名:豊 號 昆吾 爵號:太夏公
139대조 岬 桓 訖(訖=堯에 가서 封
122대조 韓熙美
138대조 句秀 一淸 靖阿(정아=扶蘇

137대조 仙婁
136대조 英利 上和 南雨
135대조 海月
134대조 丁祖 法乎
=兄=133대조 加里 咸高 =弟=

성창 기강 130대조 두노 개남
129대조 晋其吾(10대 檀君
時伸寃函
設置奏請
檀君古記와 동일함)
128대조 韓何達
127대조 何始
126대조 大亞野(號 有爲子
太學館 建立
奏請한 기록이 檀君古記와
동일함
125대조 三台
124대조 余達子
123대조 韓沙覽(받음)

121대조 弘山伐 神母)
係中 120대조 台家
119대조 手所里
118대조 沙浪
117대조 牟梁 道山里
116대조 加伊尹
115대조 物

132대조 耶浪 1
老尼 131대조 奈伐

馬蕃 112대조 時其
111대조 水乃
110대조 風玄
109대조 發康伊
108대조 郝巨
107대조 參玄
106대조 白水
105대조 波浪達
104대조 要烈
103대조 集
102대조 飛山
二石 101대조 純石
100대조 黔伊
99대조 吉
98대조 韓
97대조 比斯

所咸 96대조 所德
95대조 高修

114대조 讚論(찬론)
113대조 長訓

82대조 所乙田
81대조 每
80대조 行首
79대조 俊事
78대조 甫義
高介 未中 桓月 77대조 允
76대조 位於
75대조 自根 自句
74대조 加乙日 高山
73대조 大閼(古 朝鮮의 首相)
72대조 伯孫(號 辰公 古朝鮮 에서 辰地로 옮겨 後 辰韓主 가 되심)
71대조 扶乙美
70대조 成高
69대조 其老
68대조 伐(號 白公 赫居世를 居西干으로 세우고 朴氏로 賜姓하심)

67대조 解利 桂陽

94대조 碩　　　　　　　　66대조 扶流 同井

93대조 可知　　　　　　　65대조 乙支 彬 突金 于位 大吏

92대조 白首　　　　　　　利貞

筮 91대조 化今　　　　　　64대조 九須今

尙 90대조 孫瑞　　　　　　63대조 朝鮮

89대조 具老　　　　　　　62대조 迹川

88대조 韓地　　　　　　　61대조 舜宣

87대조 紀 南吉 竹吉　　　古未 60대조 美利

86대조 兆　　　　　　　　其夫 59대조 咪正

85대조 高里　　　　　　　58대조 迹老

84대조 所乙吉　　　　　　57대조 九斯孫

83대조 家文　　　　　　　頭伯 能里 56대조 金伊

55대조 玄岐　　　　　　　25대조 韓公 漢卿 韓巨 韓爵

54대조 强夫　　　　　　　24대조 茂宗 茂崇

53대조 所乙夫　　　　　　23대조 涵 渙

52대조 阿九　　　　　　　22대조 希哲 汝哲

51대조 阿斯孫 瑞雨　　　21대조 晴

50대조 强宣　　　　　　　20대조 若雨 若雲

49대조 高矩 自矩　　　　19대조 乙卿 乙忠 乙信

阿里 48대조 未古　　　　18대조 覃 遷

47대조 解夫 亨宗　　　　17대조 浩 怡

沸澄 研 46대조 光宗　　16대조 辛 慶元

45대조 休昆
44대조 慶 太乎 貴山 外斯夫 文宇
43대조 老欣
42대조 福瑞 福詳 福廷
41대조 億滋
後促 後老 40대조 후준
39대조 劒白 汝欽 仁白
38대조 尙榮 希榮 祐榮
37대조 穆和
思 36대조 恩
汀 35대조 淞 汶 浚 源 淳
34대조 格達
33대조 振欽
32대조 堥 玩 亞 瑩
頭의 顥 31대조 顯 禹
30대조 繼笭
光輔 29대조 景輔
世麒 28대조 世麟
27대조 以寬 信寬 仲寬
26대조 慶孫

15대조 榮 希軾
14대조 壽千 壽延
瀥濬 13대조 潾
應嗣 12대조 應命 ·
11대조 惠吉
10대조 正宇
9대조 鋹
8대조 漢麟
7대조 道景
6대조 信貞
5대조 洙萬
高祖父 章述
曾祖父 輝承
祖父：洪奎(養祖父) 冕奎(親祖父)
父 鎭燮

赤帝 祝融 復解의 201世孫 靑永
(이 世系는 參判公派 45세손
作家 鎭燮의 子 靑永의 世系를 기준
한 것임)

10. 소백손공(蘇伯孫公 : 蘇伐公) 연표 등

기　원　간지 (기원전)	제국왕년 (직위)	활동상황 및 타국과의 관계 등

50만년전 인류가 태어났다는 구석기시대 원시 생활

4242년　己卯　祝融　소복해 풍주배곡(바이칼호)에서 제왕에 올라 적제 축융이라하다. 전국에 무궁화를 심었기 때문에 부소(扶蘇) 성을 소(무궁화 蘇)라 함 (東國歷代史, 增補文獻備考에는 소씨를 축융의 後라 하였음)

4000년경　　　　　신석기시대

2417년　壬寅　泰帝　적제왕의 61세손 란하유역(북경동부)에서 거 주 2392년 己巳 洪帝 肇祖인 太夏公 豊은 肅愼에 이거했다. 이때 高辛氏가 침입함에 倡義하여 유동들에서 이를 격퇴하여 그 공로로 蘇城(지금의 할빈부근)의 夏伯으로 봉함(동국역대사)

2333년　戊辰　古朝鮮　단군왕검이 阿斯達(평양성)에 도읍을 정하고 나라를 열어 조선이라 일컬음삼국유사에는 魏書를 인용하여 唐高(堯)와 동시대라 하였고 또 古記를 인용하고 당요 즉위 50년인 庚寅 이라고 하였으나 지금 사용하는 단군기 원은 동국통감에 의한 당요 戊辰年 설에 쫓은 것임

2118년　癸卯　光帝　蘇奈伐은 문무의 장구지책을 봉청하고 太帝(정승)가

됨(동국역대사, 단군고사)

1730년	辛未	盧帝	고조선의 대철인 蘇大亞野(號 有爲者)가 卒함 上이 울며 국예로 장사
400년	辛巳		고조선붕괴 흉노족이 청동기 문화를 전래함(스키타이 계통의 문화)
240년			蘇伯孫 출생
215년			중국의 진시왕이 만리장성을 쌓기 위해 인력을 증발하니 소백손공이 辰公家乘을 기록하고 동지를 규합하여 後檀朝를 탈출할 계획을 세움
209년	壬辰	元帝	辰韓王 소백손이 申有, 陳岐, 神川, 發山 과 함께 후조선을 떠나 辰地에 이르러 진한을 건국하고 진한주가 됨(소백손공 31세 妃 이영 부인)
207년			扶乙美출생(소백손의 자 33세 때)
206년			중국 漢 의 고조가 천하를 통일했다. 이에 여러 나라의 공신을 제후로 삼다.
195년	丙午		燕人 衛滿이 조선에 망명하여옴. 準王이 그를 박사로 삼고 서쪽 경계를 지키게 함
194년	丁未		위만이 조선을 공취하여 왕검성에 도읍을 정하고 위만 조선 건국 고조선 멸망
180년			소백손의 3세 成高(文公) 출생
175년			소백손공 별세(75세)
155년			소백손의 4세 基老 출생
145년			소부을미(泰公) 별세(63세)

129년 壬子 3월1일 蘇伐公(蘇伐都利) 출생(소백손의 5세)

125년	丙辰	소벌공 5세 어머니 羅和夫人 한테 불장난을 했다고 피가 나도록 회초리를 맞음
112년	己巳	소벌공 결혼함(18세)
110년	辛未	위만의 右渠王이 진국과 한나라의 통교를 방해함
109년	壬申	위만의 우거왕이 한의 요동도위를 공격하여 도위를 사살함. 이에 한 나라에서 수륙으로 내침하여 왕검성을 포위함
108년	癸酉	소벌공22세 위만조선의 尼谿相 參이 왕 우거를 죽이고 한 나라에 항복함. 194년에 건국한 위만조선 멸망. 한은 그 땅에 한사군(낙랑, 임둔, 현도, 진번)을 설치함
101년	庚辰	소벌공29세 장남 解利公 출생
96년	乙酉	소벌공34세 차남 桂陽 출생
82년	己亥	소벌공48세 漢은 진번군을 폐하고 그 일부를 낙랑에 편입
79년	壬寅	소벌공51세 소백손의 4세 基老公(聖公) 별세
66년	乙卯	소벌공64세 소벌공 장손 부류 출생
62년	己未	소벌공68세 소벌공 차손 井同公(智伯虎) 출생
59년	壬戌	소벌공71세 天帝 해모수(解慕漱) 북부여 건국 (삼국유사)
58년	癸亥	소벌공72세 동부여에서 주몽 탄생(삼국유사)
57년	甲子	소벌공73세 소벌공이 주관하는 6촌장 회의에

서 박혁거세를 왕으로 추대함. 호를 居西干국호를 徐羅伐(후 新羅)

53년	戊辰	소벌공77세 혁거세왕 알영(閼英)과 혼인 비로 삼음
50년	辛未	소벌공80세 倭가 신라 변경을 침범하려다 돌아감(삼국사기)
49년	壬辛	소벌공81세 蘇伐公 별세(음8월 17일) 국장으로 장례를 치룸

가족관계

妃 : 徐首乙 夫人

장남 : 解利(52세)

장손 : 扶流(19세)

차손 : 井同(智伯虎16세) 훗날 晉州 정씨

차남 : 桂陽(47세) 훗날 開城 최씨가 됨

48년	桂酉	해리공53세 모친 서수을 부인 별세
46년	乙亥	해리공55세 扶流 혁거세왕의 부름으로 첫 登廳 차남 井同 벼슬을 원치 않음(18세)
45년	丙子	해리공56세 부류 혼인함(22세)
		부인 孫貞己(20세):무산 대수촌장 손구레마의 손녀
41년	庚辰	해리공60세 신라 혁거세왕 왕비(閼英)와 함께 6부를 순무하고 농상(農桑)을 장려 함.
40년	辛巳	해리공61세 해리공 장손 乙智 출생
39년	壬午	해리공62세 신라혁거세(재위 19년)弁韓신라에 투

항 井同公 改姓(진주 정씨) 혁거세 왕

으로부터 賜姓

| 37년 | 甲申 | 해리공64세 | 신라 혁거세(재위 21년) 金城을 쌓음. |

고구려 시조 주몽(東明王) 졸본 부여에서 즉위.

고구려 건국

| 36년 | 乙酉 | 해리공65세 | 고구려 동명왕(松壤−비류국왕 항 |

복 하여옴. 해리공 둘째 손자 彬 출생

| 32년 | 己丑 | 해리공 69세 | 신라 금성에 궁실을 세움 |

해리공 셋째 손자 突金 출생

| 28년 | 癸巳 | 해리공73세 | 고구려 동명왕(10) 북옥저를 멸함 |

낙랑인 신라(혁거세:30)를 침입

소부류 장군이 낙랑 장수 호배인 군사

5만 명을 파주(임진강)에서 멸함

해리공 넷깨 손자 于位 출생

24년	丁酉	해리공77세	해리공 다섯째 손자 大吏 출생
20년	辛酉	해리공80세	해리공 여섯째 손자 利貞 출생
19년	壬寅	해리공81세	고구려 동명왕 죽고 2대 유리왕 즉위

해리공 증손자 仇須今 출생

| 18년 | 癸卯 | 해리공82세 | 해리공 82세로 별세 |

백제 시조 온조왕 위례성에서 즉위(백제건국)

| 17년 | 甲辰 | 부류공49세 | 백제 乙즙 우보로 삼음 |

고구려 유리왕 黃鳥歌를 지음

| 6년 | 乙卯 | 부류공56세 | 손자 구수금 족보를 배우다. |

| 5년 | 丙辰 | | 부류공57세 | 백제(온조왕 14) 도읍을 한산으로 |

5년　丙辰　　　　부류공57세　백제(온조왕 14) 도읍을 한산으로
옮김. 한강 서북 쪽에 성을 쌓음

기원후 서기 3년

3년　癸亥　　　　부류공63세　고구려(유리왕 22) 도읍을 國內城으
로 옮김, 위나 암성(尉那巖城)을 쌓음

4년　甲子　　　　부류공64세　신라 박혁거세 죽고, 南海次次雄 즉위
낙랑이 신라를 습격
백제 石頭와 高木城을 쌓음
백제가 父近峴(강원도 평강 부근)에서 말갈을 격파함

6년　丙寅　　　　부류공66세　신라 (남해왕 3년) 시조 묘를 세움
백제 (온조왕 26)가 마한을 멸함
利貞公：慶州 崔氏로 得姓함

10년 庚午　　　　부류공76세　신라(남해왕7)는 昔脫解를 大輔(정승)
로 삼음
扶流公 별세함(관직 大輔 역임)

가족관계

동생　井同　벼슬 없음　일명 智伯虎로 鄭氏 득성함, 정씨 시조가 됨
부류공의 子 장남(59세)　乙智　　大輔(정승 : 서기 40년 출생임)
　　　　차남(55세)　　彬　　大舍
　　　　삼남(51세)　　突金　　沙潰

사남(47세) 于位   吉瓚
오남(43세) 大吏   벼슬무
육남(39세) 利貞   派珍瓚(경주 최씨로 득성, 최씨 시조가 됨)

孫子 仇須金(38세)
증손자 朝鮮(8세)
　소벌공의 상상계 역사와 공의 9세손(朝鮮)까지로 마
　감한다.

(이 연표는 실제 역사와 소씨 상상계와 소설 속에 등장 인물과 연계 해서 작
성 되었음을 밝혀둔다.)

蘇鎭燮 작가 연보

1938년 경기 안성시 미양면 고지리 538번지에서 아버지 소면규와 어머니 신연자 사이에 4남 1녀중 장남으로 태어남. 신라 6촌 고허촌장 소벌공(소벌도리)의 25세 손인 중시조 신라 상대등 소알천공의 후손으로 참판공파 제44세 손임.

0. 학력

1957년 안성농업고등학교 졸업
1957년 단국대학교 정치의교과 입학
2002년 한국불교 교육대학 졸업
2006년 단국대학교 명예졸업

0. 경력

1962년 육군만기제대(병장)

1963년 공무원 임용

1996년 한일친선협회 이사(부천−오까야마)

1996년 수필등단(수필과 비평)

1996년 국제라이온스협회 309, 지−지구 동부라이온스클럽
　　　이사

1996년 공무원 정년퇴임(34년 근무)

1996년 부천문화원 향토사 연구위원

1996년 재부천 안성향우회 고문(−2014)

1997년 부천시 문화예술위원

1997년 한국문인협회 제21대 임원 선거관리위원(수필)

1998년 소설등단(월간문학세계)

1998년 한국소설가협회 회원(2012년 중앙위원)

2000년경기향토사학회회장(−2004)

2001년 국사편찬 사료조사위원(−2014)

2001년 한국문인협회 부천지부장(−2004)

2001년 국제펜클럽 한국본부회원(−2012 원로회원)

2001년 경기수필가협회 부회장(−2003년)

2003년 한국불교문인협회 회원(−2012부회장)

2003년 도서출판 소진 대표(−2014)

2005년 부천시 원로협의회 회원(−2012 재무이사)

2005년 현대문학 문예동인회 회장(−2009)

2010년 시 등단(아세아 문예)

2011년 경남 진주문화원 특별회원
2013년 부천시 원로협의회 회장(-2014)

작품집

가. 소설

1998년 장편소설(안개여인)
1999년 장편소설(동굴)
2003년 대하소설(백두대간의 새벽 1. 2권)
2004년 대하소설(백두대간의 새벽 3. 4. 5권)
2006년 장편소설(서울은 내꺼다)
2011년 대하소설(백두대간의 새벽 10권)
2012년 장편소설(신라의 상대등 소알천)
2013년 소설집(두더지의 눈빛)
2014년 소설집(혈로를 찾아라)
2014년 장편소설(소벌도리 : 소벌공)

나. 수필

1996년 어설프게 생긴 사람
1997년 꺼지지 않는 등불
2001년 우편물이 오지 않는 날
2007년 숲속의 환상열차

다. 논문집

2000년 부천의 민속과 문화

라. 수상

1970년 총무처장관(제2회 모범공무원)
1983년 내무부장관
1987년 국무총리
1997년 순수문학상
1999년 전국향토사논문(장려상)
2002년 새천년 한국문인상
2005년 한국불교문학상
2013년 경기도문학상

진한왕 소백손공의 5세손 소벌도리(蘇伐公)의 풍경 추상

중시조 : 신라 상대등(현 국무총리) 소알천공 존영

신라 박혁거세 대왕 탄생 설화지 나성(경주시)

산재 : 고허촌장 소벌도리공과 6부 촌장의 위패를 모신 사당(경주시)

양산재 정문 정경

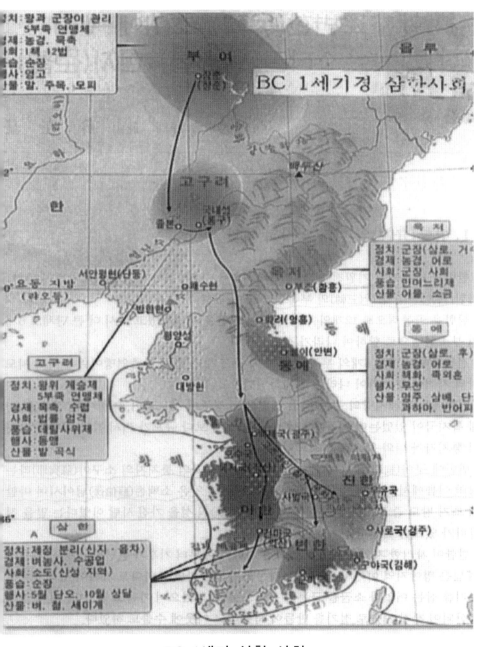

BC 1세기 삼한 사회

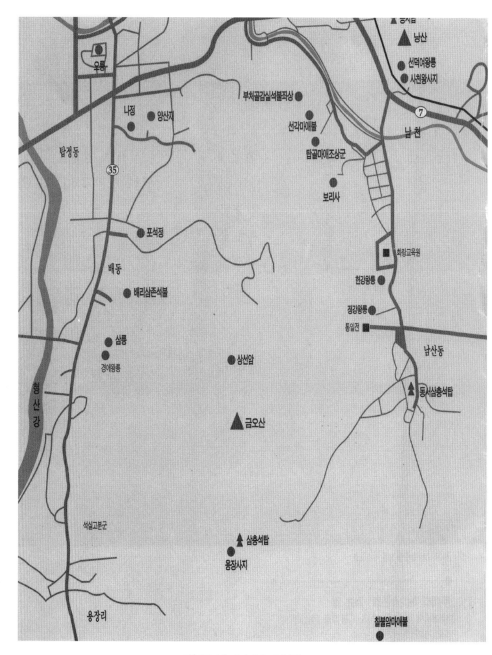

경주시 나성 부근